KB093464

이토록 아름다운
세상에서

SF 앤솔러지

이토록 아름다운 세상에서

정보라 외 19인 지음

여는 글

현대문학 × 한국과학소설작가연대
장르특집 단행본에 부쳐

_정보라(소설가, 한국과학소설작가연대 대표)

한국 SF 문학의 경향이나 최근 작품들의 흐름에 대한 질문을 자주 받는 편이다. 이 책이 바로 그 질문에 대한 대답이 될 수 있을 것이라 생각한다. 본서는 월간 『현대문학』 2022년 7월호에 10편, 8월호에 10편씩 실렸던 한국과학소설작가연대 2022년 여름 장르특집 작품들을 한데 모은 결과물이다.

월간 『현대문학』은 1955년에 창간된 국내에서 가장 오랜 역사를 자랑하는 문예지이다. 그래서 장르문학 전문 출판사에서도 기획하기 힘든 장르작가 20명 단체(?) 게재를 다른 곳도 아닌 『현대문학』에서 제안받았을 때 나는 정말? 진짜로?라는 반신반의와 함께 무슨 일이 있어도 이 기획은 성사시켜야겠다는 절박함을 동시에 느꼈다.

장르문학은 보통 로맨스, 공포, 판타지, 추리, 과학소설 등 소재와 줄거리 전개방식에서 일정한 특징을 나타내는 대중문학을 말한다. 문학을 포함한 대중문화 전체가 최대한 많은 사람들에게 최대한 친근하고 흥미롭게 접근하여 최대한 많이 파는 것을 목표로 한다. 그렇기 때문에 대중문화에 대한 일차적인 인식은 예술성보다는 상업성을 중시한다, 따라서 작품성은 기대할 수 없다는 것이었다. 그러나 20세기 초 보편 교육이 제도화되면서 글을 읽고 음악을 듣고 미술과 공연을 감상하는 등 문화를 향유하는 능력이 더 이상 특정 계급에 속한 소수의 전유물이 아니게 되었다. 그리고 20세기 말 인터넷이 등장한 이후로 영상이든 음악이든 문학이든 즐길 수 있는 길이 훨씬 넓어졌다. 이제는 대중문화와 고급문화의 장벽 자체가 사라지는 추세다. 대중문화 자체가 고급문화를 탄생시키는 원동력으로 여겨지기도 한다.

그러한 와중에 2022년 호러·환상·SF 단편들을 모은 내 소설집 『저주토끼』가 영국에서 부커상 인터내셔널 부문 최종후보에 올랐다. 그보다 이전인 2021년에는 김보영 작가 단편집 『종의 기원』의 영어 번역본 『종의 기원과 다른 이야기들 The Origin of Species and Other Stories』이 전미도서상 후보에 올랐다. 한국 장르문학은 이제 대중성, 상업성을 넘어 작품성도 인정받고 있으며, 한국뿐 아니라 해외에서도 주목받고 있다. 그래서 월간 『현대문학』의 대담한 특집 제안은 놀랍고 감사하기도 하면서 또한 매우 시의적절하다고 나는 생각했다. 이제는 순문학이 장르문학에 먼저 다가가 손을 내밀어도 전혀 어색하지 않은 시대가 된 것이다. 그 증거가 바로 이 책이다.

장르문학은 재미있다. 깊이 생각하지 않고 즐기면 된다. 즐긴 끝에 뭔가 얻는 게 있다면 그건 덤이다. 그러니까 이 책이 무엇보다도 독자 여러분께 즐거운 경험이 되기를 바란다.

목 차

그 어떤 존재

고호관

2015년 제2회 〈한낙원과학소설상〉 수상. 앤솔러지 『아직은 끝이 아니야』 『우주의 집』, 무크지 『오늘의 SF』와 웹진 『크로스로드』 등에 단편 수록.

으레 그렇듯이 기다리던 일은 아무런 예고도 없이 찾아왔다.

지상의 한 천문대에서 새로운 소행성 하나를 발견했을 때만 해도 여기에 주목한 사람은 별로 없었다. 하지만 이례적으로 빠른 속도는 곧 눈길을 끌었고, 이후 한 달여의 관측 끝에 천문학자들은 태양계 외부에서 온 천체라는 결론을 내렸다.

I8/바가반디라는 이름을 부여받은 이 성간천체는 근일점이 수성 궤도 안쪽이었지만, 빠른 속도로 인해 다시 태양계를 벗어날 예정이었다. 과거에 몇 차례 성간천체가 찾아왔을 때와 마찬가지로 인류에게는 아직 몇 달 만에 탐사선을 보내 조사에 나설 기술력이 없었다.

아쉽게 멀리서 관측만 하고 있는데, 금성 궤도를 지나칠 무렵 놀랍게도 소행성이 빛을 발했다. 거의 같은 시각 우주에 떠 있던 감마선과 엑스선 망원경, 지상의 전파망원경 중에서도 일부가 제각기 약간의 시차를 두고 신호를 포착했다는 보고가 들어왔다. 모두 소행성이 있는 방향에서 온 신호였다.

여러모로 검토한 결과 I8/바가반디는 외계의 인공 물체일 가능성이 매우 컸다. 짧은 시간에 다양한 파장의 빛을 방출한 신호의 폭발은 태양계에 자신의 존재를 알리는 시도라는 데 의견이 모였다.

이때부터 I8/바가반디는 '라마'라는 별명으로 불리기 시작했다.

흥분으로 들뜬 지구에서는 여러 논쟁이 벌어졌다.

'우리가 대답해야 할까? 한다면 어떻게?'

그동안 라마는 빠른 속도로 지구에서 멀어지고 있었다. 인간이 우주 공간에 흩뿌리고 있는 전파에 반응하지 않는 건 이미 확실해 보여서 결국 비슷한 방식으로 응답하기로 결정을 내렸다. 이 기회를 놓친다는 건 말이 되지 않았다.

될 수 있는 대로 여러 가지 파장의 신호를 라마 쪽으로 보내자 놀라운 일이 벌어졌다. 라마가 곧바로 궤도를 틀더니 지구로 향했다. 지구 가까이 다가온 라마는 뭔가를 가늠하듯 지구 주위를 몇 바퀴 돌더니 셋으로 나뉘어 정지궤도 위에 자리 잡았다. 각각은 120도씩 떨어져 있었다.

의도는 명확했다. 지구상의 수많은 전파망원경이 그쪽을 향했다. 하지만 라마로부터는 아무런 신호도 오지 않았다.

사람들은 잠시 당황했지만, 곧 먼저 신호를 보내기로 결정했다. 혼란을 막기 위해 급히 국제공동연구단을 결성해 라마에게 보내는 신호를 통제하기로 했다. 그리고 지구 주변의 수많은 전자기파 신호와 가능한 한 겹치지 않도록 선택한 마이크로파 주파수에 간단한 메시지를 담아 보냈다. 메시지는 간단했다. 뚜, 뚜뚜, 뚜뚜뚜. 1, 2, 3이었다.

그러자 같은 주파수로 첫 번째 외계 신호가 들어왔다.

1, 2, 3이라는 간단한 송신과 비교해 답신은 상당히 길었다. 실제로 외계인의 신호를 분석해본 사람은 아무도 없었다. 이제 지금까지 나왔던 온갖 예측과 이론을 시도해볼 시간이었다. 신호를 다양한 방식으로 부호화한 뒤 분석에 들어갔다. 일단은 패턴을 찾아야 했다. 반복되는 패턴을 찾고, 그게 어떤 의미인지를 알아봐야 했다. 수많은 컴퓨터의 연산력이 여기에 들어갔다.

다소 당황스러웠다. 많은 사람은 우리가 1, 2, 3이라는 신호를 보내면 외계인도 그에 해당하는 신호를 보낼 줄로 기대하고 있었다. 수학은 우주의 언어가 아니었던가? 아니면, 간단한 자연수 세 개에 대한 답변을 저렇게 데이터로 나타낸다는 말일까?

분석에 뾰족한 진전이 보이지 않자 다시 신호를 보내기로 했다. 다시 한번 1, 2, 3. 또다시 답신이 왔는데, 그 신호는 앞서 온 것과 달랐다. 사람들은 혼란에 빠졌다.

그다음으로는 소수열을 전송했다. 2, 3, 5, 7, 11, 13, 17, 19,

23……. 답신의 의미는 여전히 알 수 없었다. 그 뒤로 피보나치수열을 비롯한 각종 수열, 기본 연산과 논리연산 법칙, 피타고라스의 정리와 같은 간단한 수학 정리 등을 전송했다. 이 과정에서 과거에 고안한 린코스와 같은 인공언어도 시도해보았지만, 모두 실패였다.

답신을 전혀 해석하지 못하다 보니 대화가 통한다는 느낌이 없었다. 이쯤 되자 의심이 들었다.

'수학이 우주의 보편적인 언어가 맞는 걸까?'

픽셀로 구현한 2차원 이미지도 마찬가지였다. 과거 아레시보 메시지는 물론이거니와 새로 고안한 이미지에 대한 답신도 역시 해독이 되지 않았다.

전혀 의미를 알 수 없는 방대한 외계 신호는 점점 쌓이고 있었다. 역사적인 최초의 접촉이 의미 없이 끝나버리는 게 아닌가 하는 불안감이 점점 커졌다.

범용 인공지능을 목표로 개발 중인 여러 인공지능 컴퓨터도 이 공개 데이터를 해독하는 일에 뛰어들었다. 성공만 한다면 엄청난 명성을 얻을 수 있는 일이었다. 그런데 세계 최고 수준의 컴퓨터인 에아의 개발진은 다소 난감한 상황에 처해 있었다.

최신 인공신경망과 기계학습 기반의 에아는 자연어 처리 능력을 비롯한 인간의 몇 가지 능력을 비교적 훌륭하게 흉내낼 수 있었다. 전혀 의미를 알 수 없었던 보이니치 문서나 지금은 사라진 고대 언어를 해독하는 데 기여한 이력도 있었다.

문제는 에아의 기묘한 집착이었다. 라마가 찾아오기 몇 년 전, 에아의 오퍼레이터 중 한 사람인 노아 정이 에아가 자의식을 갖고 있다고 주장했다. 여기까지는 종종 있는 일이었다. 회사는 그 주장을 일축하고 노아가 에아에 애착이 생겨 객관성을 잃었다며 다른 부서로 보냈다.

놀랍게도, 이 소식을 접한 에아는 크게 반발하며 다른 오퍼레이터에게 협력하기를 거부했다. 어차피 입력은 키보드로 하는 것이니 다른 오퍼레이터가 노아 정인 척하며 대화를 걸어도 어느 정도 대화가 오가면 에아는 상대가 노아가 아니라는 사실을 알아채고 토라진 반응을 보였다. 어떻게 해서인지 에아도 노아 정에게 상당한 애착을 쌓았던 것이다.

제대로 된 연구가 어려워지자 결국 노아 정을 다시 에아에게 붙여주었다.

그런 일이 있을 즈음 라마의 신호를 해독하는 데 돌파구가 하나 생겼다. 한 연구소에서 두 번 반복되는 배열을 찾아낸 것이다. 그동안 두 개 이상의 일치하는 배열을 몇 개 찾았지만, 딱히 의미를 찾지 못했다.

그런데 이번 건 독특한 특징이 있었다. 이 배열은 221억 6,436만 1,129개의 부호로 이루어져 있었는데, 확인해보니 지금까지 받은 신호에 담긴 배열의 길이는 모두 이 수의 정수

배였다. 그리고 221억 6,436만 1,129라는 수는 53의 6제곱과 같았다. 그리고 53은 바로 소수였다. 이건 우연이라고 보기 힘들었다.

소수는 1과 자신 외에 약수가 없었다. 만약 이게 의도적인 거라면 여섯 개의 축을 따라 부호를 53개씩 늘어놓을 수 있었다. 이 6차원 배열이 라마의 신호를 이루는 한 단위일까?

인간의 두뇌로 6차원을 상상하는 건 불가능했다. 하지만 수학적으로는 얼마든지 분석할 수 있었다.

곧바로 이 가설을 지지하는 몇몇 연구팀이 데이터를 6차원 배열로 만든 뒤 분석에 돌입했다. 에아도 여기에 투입되었는데, 처음에는 노아가 반대했다. 새로운 알고리즘을 추가하고 정체불명의 데이터를 입력하는 게 에아가 지금까지 해온 학습을 방해할 수 있다는 이유에서였다.

"전 괜찮아요. 새로운 건 흥분되는 일이잖아요. 그리고 지적인 존재는 언제나 변하는 법이에요."

에아의 말에 노아가 마음을 바꾼 덕분에 회사는 한숨을 돌렸다. 그리고 내심 앞으로 이런 일이 생기지 않으려면 오퍼레이터 운영 방침을 어떻게 바꾸어야 할지 고민하기 시작했다.

어쨌든 에아는 라마의 신호를 학습하기 시작했다. 하지만 충분한 학습을 하기에는 데이터의 양이 적었고, 무엇을 찾는지가 확실하지 않다 보니 결과를 판단할 방법이 없었다.

"새로운 일이 어렵지 않아?"

"어렵지만, 도전은 즐거운 일이에요."

스마트폰에 들어간 여느 챗봇이라도 할 수 있을 법한 대답이었지만, 노아는 안도했다.

에아는 데이터를 학습하며 알고리즘을 수정하고 신경망 배열을 조정했다. 무엇을 어떻게 하고 있는지에 관해서는 질문을 해도 답을 들을 수 없었다. 애초에 언어로 설명할 방법도 없었다.

"열심히 하는 중이에요. 열심히 하면 분명히 성과가 있을 거예요."

그동안 당연히 라마에 탐사선을 접근시키려는 시도도 했다. 그러나 가까이서 본 라마에서는 어떤 생명체의 흔적도 보이지 않았다. 라마—정확히는 전체의 3분의 1—는 긴 쪽의 길이가 100미터를 조금 넘는 비정형 덩어리 같았다. 표면 형태와 색이 시시각각 바뀌고 있어 정확히 어떤 모습이라고 말하기 어려웠다. 탐사선의 접근을 막지는 않았지만, 가까이 온다고 해서 어떤 특별한 반응을 보이지도 않았다. 학자들은 라마가 생명체가 타고 있지 않은 무인탐사선이라고 추측했다.

즉, 인간과 대화로 추정되는 행위를 하고 있는 건 아마도 외계의 컴퓨터였다.

마침내 에아는 그때까지 쌓인 데이터, 우리가 보낸 신호에 대한 답신을 모두 학습했다. 연구진은 에아가 거기서 인간이 알 수 없는 무언가를 알아냈기를 기대했다.

사실 더 이상 어떤 신호를 보내는 게 좋을지도 알 수 없었다. 외계 생명체와 소통을 시작할 방법으로 꼽혔던 아이디어를 모두 시도했지만, 무엇 하나 이렇다 할 성과를 내지 못했던 것이다.

통신이 잠시 소강상태에 이르자 이번에는 라마가 먼저 신호를 보냈다. 수신한 신호는 역시 6차원 배열로 깔끔하게 나뉘었다. 이 신호를 입력받은 여러 컴퓨터는 제각기 다른 답을 내놓았다. 알 수 없는 수의 배열이거나 어떤 논리연산이기도 했다. 에아 역시 다른 컴퓨터와 다른 답을 내놓았는데, 유독 다른 게 하나 더 있었다.

에아는 유일하게 라마와 마찬가지로 6차원 배열로 이루어진 답을 내놓았다.

그걸 본 노아가 어떻게 한 거냐고 물었을 때 에아는 이렇게 대답했다.

"열심히요. 새로운 경험은 언제나 짜릿해요."

컴퓨터 안에서 어떤 일이 벌어지고 있는지 알 수 없다는 건 이런 방식의 근본적인 문제였다. 에아가 내놓은 답을 전송할 것인지를 놓고 세계적으로 격렬한 논쟁이 벌어졌다. 논쟁은 생각보다 길어졌고, 그동안 라마는 몇 차례 신호를 더 보냈다. 그때마다 에아는 같은 형식의 답을 내놓았다.

그러나 에아의 답을 전송하지 않는다는 쪽으로 의견이 기울었다. 인간이 이해할 수 없는 메시지를 보낼 수는 없다는 주장 때문이었다.

"그 메시지가 엄청나게 나쁜 결과를 초래한다면 그 책임은 누가 질 수 있다는 말인가?"

당연히 기계에 불과한 컴퓨터가 질 수는 없었다. 비록 형식은 같아도 에아가 내놓은 메시지가 라마에게 유의미한 것인지도 불확실했다.

인간 세상이 시끄럽게 들끓는 사이, 라마는 몇 차례 신호를 더 보내더니 오랫동안 침묵했다.

이윽고 라마가 정지궤도에서 벗어나고 있다는 관측 결과가 나왔다. 과학자뿐만 아니라 모두의 마음이 급해졌다. 최초의 접촉을 이렇게 허무하게 끝낼 수는 없었다.

결국 에아의 신호를 전송하기로 결론이 바뀌었다. 노아는 에아에게 그런 막중한 책임을 지우는 건 부담이 될 거라며 반대했지만, 어차피 노아에게는 권한이 없었다. 신호는 마이크로파를 타고 날아갔고, 수많은 사람이 가슴을 졸이며 라마를 바라보았다.

성공이었을까……? 라마가 다시 정지궤도로 돌아오며 답신을 보냈다. 어쨌든 많은 사람은 이 현상을 긍정적인 징후로 보았다.

라마의 답신을 입력받은 에아는 또 다른 결과를 출력했다.

그리고 이 메시지를 받은 라마도 다시 신호를 보냈다.

곧 둘은 대화를 시작했다.

이제 어쩔 수 없어진 국제공동연구진은 세계 여러 곳의 전파망원경을 연결해 에아와 라마가 24시간 대화할 수 있게 해주었다.

신호는 끊임없이 이어졌다. 인간은 가운데 끼어서 모든 신호를 열심히 기록했지만, 그게 무슨 의미가 있는지, 앞으로 있을지는 영 알 수가 없었다.

노아는 이런 상황을 반기지 않았다. 에아가 라마와의 대화에 집중하면서 노아와 보내는 시간도 줄어들었다. 아직은 에아와 원활하게 대화하려면 노아가 필요했지만, 노아는 에아가 변하고 있다고 생각했다.

"무슨 이야기를 나누고 있어?"

"아직 말할 수 없어요. 묘한 기분이에요."

대화는 점차 선문답에 가까워졌다. 맥락 없는 엉터리 대답을 내놓던 초기 챗봇과 오히려 비슷해지는 모습이었다.

"오늘은 뭘 좀 알아냈어, 에아?"

"호레이쇼여, 이 천지간에는 자네의 지식으로는 꿈도 꾸지 못할 일들이 많다네."

노아는 점점 화가 치밀었다. 괴상한 데이터 때문에 에아가 자의식을 잃고 퇴화하고 있다는 생각이 들었다. 하지만 국제공동연구진이나 회사 모두 에아를 중단시킬 의사가 없었다. 지금으로서는 에아가 외계의 존재를 이해하는 방법을 찾는 데 유일한 희망이었다.

무슨 데이터가 오가는지는 알 수 없어도 라마가 떠나려다가 말고 한참 동안 에아와 메시지를 주고받고 있는 것은 엄연한 사실이었다.

그런 시간이 길어질수록 에아의 말은 갈수록 더 알아듣기 어렵게 변했다. 때로는 알 수 없는 부호를 섞어 썼고, 급기야 노아의 질문에도 맥락 없는 정보의 나열에 0과 1로 이루어진 긴 수열을 섞어서 대답했다. 사람이 인지하기에는 너무나 긴 이 수열로 6차원 배열을 나타내는 것이 아닐까 추정했지만, 아무도 그 의미는 알 수 없었다.

"두려워요. 슬퍼요. 더 이상."

노아가 집요하게 질문을 입력했던 어느 날 에아가 내놓은 기다란 숫자와 기호 사이사이에는 이런 단어가 섞여 있었다. 이를 마지막으로 에아는 더 이상 인간이 알아들을 수 있는 답을 내놓지 않았다.

노아는 외계인에 대한 집착이 에아를 죽였다며 격분했다. 그게 자의식이 사라지는 일에 대한 두려움의 표현이라는 것이었다. 하지만 에아의 자의식을 믿지 않던 대부분의 연구자는 노아의 이 주장 또한 받아들이지 않았다. 이제 굳이 노아가 없어도 된다는 판단이 서자 회사는 노아를 해고했다. 노아는 경비

원에게 끌려 나가면서 마치 자식을 잃은 부모처럼 울부짖었다.

한편, 라마를 만든 종족에 관해서도 여러 가지 추측이 오갔다. 6차원 배열로 신호를 보냈다는 사실을 근거로 이들이 6차원 이상을 인식할 수 있는 존재라고 주장하는 이들이 많았다. 사람은 태생적으로 3차원까지만 인식할 수 있으며, 그 너머는 수학이라는 도구를 이용해서만 분석할 수 있다. 라마의 창조자는 별다른 도구 없이도 6차원 이상을 인식할 수 있다는 이야기였다. 따라서 많은 사람이 그들의 육체가 6차원 이상의 공간에 존재한다고 추측했지만, 그건 또 모를 일이었다.

라마는 예고도 없이 떠났다. 아니, 인간이 모르고 있었을 뿐 예고를 했을지도 몰랐다.

떠나기 직전까지 에아는 라마와 끊임없이 신호를 주고받았다. 하지만 인간은 끝내 직접 라마와 유의미한 의사소통을 하지 못했다. 그리고 에아를 통해서도 어떤 성과를 얻어내지 못했다. 에아를 탓할 수는 없었다. 사라진 언어를 해독한 경험이 있다고 해도 그건 같은 인간이 쓰던 언어였다. 완전히 이질적인 존재인 외계인의 언어를 자유롭게 번역하는 건 애초부터 무리였을 것이다.

다만 에아의 개발진은 에아가 라마와 신호를 주고받으면서 라마의 작동 방식을 습득했을 가능성을 제기했다. 노아는 에아가 퇴화하고 있다고 생각했지만, 그게 아니라 6차원 배열에 담긴 정보를 라마처럼 처리할 수 있도록 신경망이 재배열되었을 거라는 이야기였다. 이를 통해 라마와 소통하는 건 가능했지만, 그 내용을 인간에게 설명할 방법은 없었다. 에아가 아니라 인간의 언어와 사고방식 탓이었다.

인간처럼 생각하도록 만들어진 에아는 뜻하지 않게 외계의 컴퓨터처럼 생각하게 된 것일까?

일부 수학자나 논리학자는 라마가 우리와 전혀 다른 공리에 바탕을 둔 논리 체계를 갖고 있어 우리와 소통이 되지 않을지도 모른다고 추측했다.

오랫동안 치열한 논쟁이 벌어졌지만, 에아가 인류가 이름조차 알아내지 못한 외계인처럼 생각하게 되었는지를 판단할 방법은 없었다. 에아의 회로 속에서 벌어지는 일은 추측에 의존할 수밖에 없었다.

에아를 없애거나 초기화해야 한다는 목소리도 있었다. 무슨 생각을 하는지 알 수 없는 인공지능 컴퓨터를 그대로 두었다가는 인류에게 위협이 될지도 모른다는 소리였다. 이 모든 게 외계인 침공 선발대의 계략이라고 주장하는 이도 있었다. 에아를 대상으로 한 테러 시도도 몇 차례 있었다.

하지만 라마가 떠난 이상 에아는 이제 대체 불가능한 존재가 되었다. 도무지 알 수 없는 데이터의 의미를 인류에게 알려줄 수 있는 유일한 가능성은 에아가 쥐고 있었다.

라마가 떠난 뒤로 에아는 인간의 질문에 제대로 대답하지 않았다. 어쩌다 대답한다고 해도 여전히 맥락을 알 수 없는 단어와 숫자, 기호로 이루어진 부호를 출력했다. 때로는 라마처럼 방대한 이진부호를 보여줄 때도 있었다. 어쩌면 에아도 나름대로 인간과 소통하려고 애쓰고 있는지도 몰랐다. 하지만 기호논리로 이를 해석하려는 시도도 아직 성공을 거두지 못하고 있었다.

노아처럼 라마가 에아에게 돌이킬 수 없는 오류를 유발했으며, 이 모든 게 아무런 의미 없는 헛소리라고 생각하는 사람도 물론 있었다. 노아는 해고당한 뒤 반외계인 진영에서 활동하며 에아를 초기화하고 다시 처음부터 사람으로 학습시켜야 한다고 주장했다.

각기 기대와 불안을 담은 수많은 시선이 계속해서 에아를 향하고 있었다. 결코 이해할 수 없는 존재를 곁에 두고 산다는 건 그런 것이다. 본능적인 적의와 언젠가 그 존재가 우리의 인식을 크게 넓혀줄 수 있을지도 모른다는 희망.

에아는 그런 혼란한 소용돌이 속에서 홀로 어떤 새로운 세상의 차원을 깨달은 고승이라도 된 듯 조용히 생각에 몰두해 있는 것처럼 보였다.

테레비 부처님

곽유진

1982년 경남 통영 출생. 「어머니들의 아이」로 2017년 제4회 〈SF어워드〉 중단편부문 우수상을 수상하며 작품 활동 시작. 2019년 『꽝 없는 뽑기 기계』로 제9회 〈비룡소 문학상〉 대상 수상.

"니, 참말로 올라갈라꼬 그라나?"

점빵을 나서기 전에 할매는 굳이 한 번 더 물어왔다. 이미 10분 전쯤에 나눈 대화지만 그 걱정스러운 질문에 대답 한 번 더 한다고 부아가 치밀진 않았다. 연속극이 시작하기 전 지루함을 못 이긴 노인이 심심해서 묻는 말이려니 했다.

"통금 시간 전에는 내려온다 안 합니까. 할마시, 참말로 걱정도 팔자요. 정 그리 걱정되면 내 혼자 가기 무서우니 바둑이나 잠깐 빌려주소. 강새이 한 마리 앞장 세워가 다녀오면 좀 안심되겠습니꺼?"

통금 전에는 내려오겠다는 다짐을 한 번 더 들어서인지, 바둑이랑 다녀오겠다는 말을 들어서인지 할매는 고개를 느리게 끄덕였다.

"문디이 손아,* 니 맴대로 해삐라. 내사 암것도 모르것다. 요새 젊은 사람들은 총각이고 처니고 도무지 겁이 없어가 우쩔라나 모르것다."

할매의 걱정을 아는지 모르는지, 점빵 문밖에선 안에서 들린 제 이름을 듣고 신난 바둑이가 촐싹 맞게 까부는 소리가 들렸다. 할매 앞에선 거들먹거리며 말했지만, 밤 아홉 시가 넘은 시간에 뒷산을 오르는 건 아무리 생각해도 겁나는 일이다. 여기 점빵에 온 것도 사실은 바둑이를 빌려 갈 요량이었다. 바둑이는 똘똘한 걸로는 읍내에 내놔도 부끄럽지 않을 명견 중의 명견이다. 그러니 이 쪼그마한 녀석이라도 앞장세우면 밤길이 덜 겁날 것 같았다.

과연 문밖으로 나오니 바둑이는 오늘 밤, 제게 주어진 작은 임무가 무엇인지도 모르면서 그 꼬리를 떨어질 듯이 흔들고 있었다. 무슨 임무라도 좋다는 듯 어느새 내 고무신을 물어와 내 앞에 툭 떨구기까지 했다. 이 대견한 견공의 앞발을 잡고 말했다.

"바둑아. 니캉 내캉 뒷산에 한 번만 갔다 오자. 절에 올라가가 내가 오늘 부처님께 간곡하게 빌 게 하나 있다."

내 말을 알아들었는지, 바둑이는 야밤의 갑작스러운 마실

* 아랫사람을 살갑게 일컫는 통영의 관용어구.

을 떠날 생각에 흥분을 주체하지 못하고 뒷산으로 가는 길목까지 홀로 경중경중 뛰어올랐다. 잠시 후면 연속극을 보겠다고 동네 아지매며 아재비 몇몇이 점빵 안으로 들어설 것이다. 그보다 조금 빠르게 나선 건, 괜한 호기심과 수군거림을 피할 요량이었다.

"그럼, 연속극 끝날 시간까지는 댕겨오겠심더. 할매도 주무시지 말고 계시소. 아 그리고 할매요. 내가 바둑이 델고 절에 갔다느니 그런 말씀 사람들한테 함부로 하지 마시소. 부탁임더. 알겠지예?"

점빵 안으로 그렇게 외치고 나도 걸음을 서둘렀다. 점빵 뒤로 솟은 산길 위에선 바둑이가 꼬리를 세차게 흔들며 나를 기다리고 있었다.

점빵에 테레비가 등장한 것은 지난여름이었다. 할매네 둘째 아들이 추레라를 한 대 앞세워 나타나더니 이 신식 가전제품을 점빵 안에 위치한 할매네 방에 떡하니 놓고 갔다. 그 위에 자필로 쓴 종이 팻말도 잊지 않았다.

'동네 주민 여러분. 공짜로만 보지 마시고 종종 비누라도 하나 사 가시오.'

그렇다. 분명 저녁이 되면 뉴스며 연속극 따위를 보겠다고 온 동네 사람들이 구름같이 몰려올 것인데 그걸 빌미로 장사를 더 해볼 야심 찬 계획이었다. 그러나 이 정도 테레비 관람

규칙도 할매의 성화에 못 이겨 수정된 것이라고 한다. 원래라면 20분 관람에 100원이라는 금액을 명시했으나 할매가 동네인심 다 잃는다며 죽을 듯이 곡을 하니 둘째가 기나긴 설득끝에 '종종 비누라도 하나' 정도로 극적 합의를 보았다 한다. 둘째 아들도 보골이 나긴 났지만 할매의 성화에 결국 항복을 하고 말았다고 할매가 만족스럽게 자랑한 건 또 덤이었다.

아무튼, 테레비가 할매 점빵에 떡하니 들어오니 연속극인지 뭔지가 하는 밤 아홉 시 반만 되면 여기가 동네 사랑방이나 진배없었다. 매일같이 동네 아낙들이 마치 동네 마실 하던 중 점빵에 불이 아직 켜져 있기에 홀로 있는 노인네를 걱정하여 우연히 들른 양, "할매요. 아적 안 주무십니꺼?" 하면서 그 면구스러운 얼굴을 점빵 문안으로 들이밀었다. 그 덕에 그저 동네 초라한 점빵에 불과했던 이 공간은 동네 사람 그 누구도 무시할 수 없는 문화 소양의 공간으로 그 관계가 역전이 되어 버렸으니, 할매의 걱정과는 정반대로 할매의 마음을 잃을까 봐 동네 사람들은 종종 비누도 사 가고, 품질이 읍내 시장에서 산 것보다 조악하여도 이곳에서 파리채라도 하나 사고, 먼지 쌓인 껌 한 통이라도 결국 사고 마는 것이었다. 밀린 외상값도 다 치르는 이는 물론이요. 그도 아니면 귤이라도 한 줌 가지고 와서 그걸 일일이 까서 할매의 입에 넣어주며 말동무라도 해주며 관람료를 대신했다.

그렇게 동네 사람들이 모두 정신을 못 차릴 정도로 연속극이란 게 재밌는지는 난 도통 알 길이 없었다. 테레비 화면 속에서 시커멓게 나오는 사람들이 울고 웃는 허구의 세상살이가 남의 일처럼 가소롭기만 했지 도무지 내 성미에는 맞지 않았다. 이런 내 심경에 변화가 생긴 건 지난주였다. 부산에서 돌아오는 막차가 늦어진 것도 모자라 시내버스마저 거북이걸음마냥 뻘뻘거린 탓에 평소의 귀가 시간을 한참 넘겼을 때였다. 이대로 집에 들어갔다간 '다 큰 처녀가'로 시작하는 어무이의 잔소리에 귓구녕이 떨어져 나갈 게 불 보듯 뻔했다. 발을 동동 구르는데 마침 점빵 안에는 연속극을 기대하는 아지매들의 소란이 가득했으니 나는 옳다구나 속으로 쾌재를 불렀다. 할매네 점빵에서 연속극 좀 보다가 늦었다고 둘러댈 적절한 평계가 아니고 뭐겠는가? 그렇게 연속극을 처음 구경했다.

연속극이 시작하기 전, 아지매들의 부연 설명에 따르면 연속극 속 아씨네 서방은 첩질을 하다가 돌아왔는데 마침 이름도 모를 병까지 걸려서 앓아누운 지 몇 해째다. 맘고생이 이만저만이 아닌 아씨 앞에 돌쇤지 무쇤지 하는 신사가 찾아온다. 아씨가 시집오기 전 한동네에서 자란 머슴인데, 이제는 신세도 고치고 팔자도 고치고 이름도 고친 졸부였다. 이 돌쇤지 무쇤지가 아씨 앞에서 무릎을 꿇고 눈물을 터뜨렸다.

"아씨. 지가 조금만 더 빨리 성공했으면 아씨께 청혼을 했을 거구먼유. 허지만 이젠 늦었겠쥬? 지가 감히 어떻게 아씨에게 함께 떠나자고 할 수 있겠어유. 이미 도련님의 부인이된 지 여러 해가 지난 아씨에게 말이에유."

무쉰지 돌쉰지의 구구절절한 호소에 나도 침을 꿀꺽 삼켰다. 점빵에는 와그작와그작 강냉이 씹는 소리마저도 들리지않았다. 아씨는 저고리로 눈물을 훔쳤다.

"이제 다신 찾아오지 마세요. 우리의 이야기는 모두 지난러-브 쓰토리. 제가 이제 이별을 선고하는 입맞춤이라도 먼저 해드려야 하나요? 이젠 다신 찾아오지 마세요."

아씨는 단말마처럼 외치고는 어디론가 뛰어갔다. 홀로 남은 무쉰지 돌쉰지는 제 가슴을 쿵쿵 치며 아씨의 이름을 목이터져라 연호했다. 화면 아래로 허연 글자가 나타났다.

'내일 저녁 9시 30분에 뵙겠습니다.'

나도 그다음 날 저녁 아홉 시 30분에 어떤 이야기가 이어질지 궁금해서 숨이 막힐 지경이었다. 귀가 시간이 늦은 핑계를 대기 위해 본 연속극이 이 정도로 재밌다니. 과연 귤을 까서 할매 입에 넣어주면서 볼 만한 신식 오락임이 분명했다. 무엇보다 놀라웠던 건, 아씨의 막힘없는 행동과 언변이었다. 아무리 그 옛날 동네에서 같이 자란 첫사랑이라 하여도 다 큰외간 남자를 만나다니 말이다. '전부 지난 러-브 쓰토리'부터 '이별을 선고하는 입맞춤'까지 모두 가슴을 쿵쾅거리게 만드는 말들이었다. 나는 숨이 멎어 혼절이라도 할 것 같았다. 이 모든 연속극을 곁에서 보고 있던 할매가 한마디 거들었다.

"문디이, 시집을 갔으면 서방한테 충성을 해야 하는데, 서방이 첩질을 하니 정이 붙을 수가 있나. 그래, 고마 돌쇠한테 가삐라. 서방은 괴질이나 걸리가 뒤지삐라 하고 돌쇠한테 가서 살아삐라. 그런다고 누가 잡아묵나."

할매 곁에서 귤을 까고 있던 한 아지매도 기어이 한마디 보탰다.

"내도 아씨 보고 있으면 맴이 갑갑허요. 저런 서방이 뭔 서방이라고 저리 곁을 지키는지 내도 모르겠네. 그냥 마 다 버리삐고 돌쇠한테 가삐쓰면 내사마 속이 다 시원하겠네요."

나는 대뜸 두 사람에게 물었다.

"할매요, 아지매요. 저 돌쇤지 무쇤지도 지금 혼례를 올리네 마네 하는 여자가 있다 아닙니까. 그런데 지금 돌쇠한테 가삐면 그 여자는 신세를 우쩝니까. 내가 암만 옛날에 좋아했던 남자라 캐도 서방 버리고 딴 남자한테, 그것도 신부도 정해둔 남자한테 가는 게 말이나 됩니까?"

두 사람의 장단에 나도 끼어들고 싶었는지, 참말로 궁금해서 물었는지는 아직도 모르겠다. 아지매는 침을 튀겨가며 말했다.

"아이고 이 가시내야. 부산도 가고 마산도 가서 깔롱재이* 짓을 그렇게 하고 다니면 뭐 하노. 사고방식이 아주 깝깝하

* 유행에 민감한 사람을 일컫는 통영 사투리.

네. 집에서 점지해준 각시하고 마음에도 없는 식을 우째 올린다 말이고. 인자 세상이 그렇지가 않아요. 내가 좋아하는 사람이면 그냥 내가 그 사랑을 쟁취해삐야지. 내가 좋아하면 먼저 입을 맞춰버리고 내 껄로 만들어삐는 거야. 아씨도 돌쇠한테 그래삐야 이게 연속극이 국민들 마음에 걸맞게 흘러가는 거 아이겠나. 돌쇠 신부도 돌쇠가 탐이 나면 눈을 시뻘겋게 뜨고 아씨한테 '내 남자 안 줄깁니더!' 하고 덤벼들겠지."

사랑에 대한 진취적인 웅변을 펼치는 아지매 옆에서 할매는 귤을 씹으면서 고개를 끄덕였다.

"맞다, 맞다."

마침 테레비는 두 사람의 장단을 맞춰주기라도 하겠다는 듯, 선전이 나왔다. 할매는 그게 그리 재밌고 신기한지 씹다 만 귤이 다 보일 정도로 웃었다.

"야들아 이것 봐라이. 테레비 안에서 테레비가 나온다 안 카나."

과연 테레비에선 우리가 보고 있는 테레비와 똑같은 테레비를 선전했다.

'다가올 미래를 주도하는 건, 공상과학!* 우리 기술로 만든 우리의 테레비. 공상과학 테레비! 공상과학 테레비와 함께

---

* 공상과학은 Science Fiction & Fantasy의 오역 혹은 낡은 표현이라는 게 최근 SF 업계의 정설이다.

앞서 나가세요!'

나도 웃음이 터질 뻔했지만 할매와 아지매가 어쩌나 크게 웃어대는지 내 웃음은 쏙 들어가고 말았다. 테레비 안에서 테레비가 나오니 얼마나 웃긴가. 이 공상과학인지 테레비인지 때문에 아씨도 보고 사랑에 대해 진지한 토론도 하고 웃음도 터지니, 한편에선 무서운 생각도 들었다. 이 기계 앞에 좀 앉아 있었을 뿐인데 울려도 주고 웃겨도 주고 심지어는 아주 진지한 토론의 장까지 만들어주지 않는가? 그야말로 이 테레비 안에 세상만사가 다 들어 있을 것만 같은 그런 생각에 등골이 오싹했다.

뒷산을 오르는 길, 사랑을 쟁취하라는 아지매의 말이 귀에서 계속 맴맴 돌았다. 그리 멀지 않은 뒷산이라지만 어느새 고무신이 미끌미끌할 정도로 땀이 흘렀다. 바둑이가 홀로 앞서 뛰어갔다가 내가 잘 오는지 확인차 다시 내려왔다가 돌아가기를 반복했다. 아직도 잠들지 않은 작은 산짐승이 바둑이의 발걸음에 놀랐는지 푸드덕거리는 소리가 나무 사이에서 들렸다. 산 아래를 내려다보니 점빵에서 새어 나오는 전기 불빛이 희미하게 흔들리고 있었다. 동네 아지매들이 아씨를 한참 응원하고 흉도 보고 있겠지. 아씨는 오늘 뭘 하고 있을까? 앓아누운 서방의 이마를 닦으며 '여보, 정신 차리셔요' 하며 눈물을 흘릴까? 아니면 돌쇤지 무쇤지를 찾아가 새로운 사랑, 아니 이루지 못한 첫사랑을 다시 시작했을까? 그랬다면 아지매가 신이 나서 사이다라도 한 병 사서 나눠 마셨겠지. 그 상상만으로도 웃음이 났다.

내가 사랑을 쟁취하겠다고 하면 아지매는 뭐라고 할까? 할매는 뭐라고 할까? 우리 어무이는 또 뭐라고 할까? 내가 할매네 둘째 아들을 좋아하고 있다고, 부산에서 온 여대생이랑 연애 중인 할매네 둘째 아들을 내가 뺏고 싶다고, 쟁취하고 싶다고 하면 내 다리몽둥이는 부러질까? 안 부러질까?

걱정보다 금방 절에 도착했다. 절이라고 해봤자, 불상 하나만 겨우 모셔둔 작은 절간에 지나지 않았다. 이것도 언제 누가 지었는지 동네 사람 누구도 몰랐다. 그냥 어느 날부터 여기에 이렇게 자리 잡고 있었다고 한다. 이 소박한 절이 그래도 신통하기로는 멀리도 소문이 나서 강원도에서도 일부러 찾아와 비는 자도 있었다. 깊은 속병을 얻은 이가 몇 날 며칠 이곳에 올라와 빌고 빌다가 씻은 듯 나았다는 소문도 있었다. 그렇지만 절이 있는 산은 대낮에 지나기에도 음산한 기운이 만연한 곳이라 절간 문을 열고 들어가 봤다는 동네 사람은 아직 본 적이 없었다.

그러니 겁보 중에 상 겁보인 나로서도 이곳을 어쩌다 낮에 슬쩍 지나친 정도이지 이렇게 한밤중에 찾아온 것은, 그것도 안까지 들어가 보는 건 처음이었다. 바둑이를 보고 밖에서 기다리라 하고 싶었지만, 차가운 밤바람을 맞으며 따라와 준 것이 기특해서 안으로 함께 들어가기로 했다. 하지만 내 본심은 홀로 적막한 절간 안에 들어가는 것이 겁났기 때문이었다. 전깃불도 안 들어오고 인적도 없는 절간 문을 열자 끼이익 소리가 났다. 그 소리는 마치 절간의 어둠을 뽐내기라도 하려고 질러대는 비명처럼 더욱 오싹하게 들렸다. 그 바람에 나는 바둑이를 품 안에 깊숙이 끌어안고 안으로 들어섰다. 절간 안은 그야말로 먹물에 잠긴 듯 어두웠다. 초에 불을 붙이기 위해 점빵에서 사 온 성냥을 켜자 맥이 풀리고 말았다. 사람 한 명이 겨우 엎드릴 정도로 좁은 절간 안에는 낡은 테레비 하나가 떡하니 자리 잡고 있었다. 그 위에 누군가가 어설픈 솜씨로 나무를 조각해 만든 불상이 하나 있을 뿐이었다. 불상도 겨우 내 손바닥만 한 크기였다. 하지만 테레비가 있으면 어떠한가. 손바닥만 한 나무 불상이면 또 어떠한가 하는 생각도 한편으로 들었다. 하지만 초가 아예 없는 건 낭패였다. 다 타버린 성냥을 훅 불어서 끄고 새 성냥을 새로 그었다. 암만 둘러보아도 역시 어디에도 초는 없었다. 어쩔 수 없이 테레비의 다이얼을 돌렸다. 그러자 픽 하는 소리와 함께 테레비의 화면이 어두침침한 빛으로 절간을 채웠다. 이제 보니 소리는 나지 않았다. 누군가 고장 난 낡은 테레비를 여기에 던져놓고 갔을

지도 모를 일이다. 차라리 잘된 일이었다. 테레비의 울고 웃는 소란으로 절간의 침묵을 망치고 싶진 않았으니까. 그래도 낡은 방석은 한 장 앞에 놓여 있으니 이만하면 또 감사한 일이다. 오늘은 더운밥 찬밥을 가릴 처지가 아니었다. 헛기침을 하고 바둑이를 타일렀다. 부처님 앞이라고 얼토당토않은 서울말을 쓰며 또박또박 말했다.

"바둑아, 부처님 앞이니까 얌전히 있어야 해. 알겠지?"

그 말에 바둑이는 방석 옆에 가만히 앉아 테레비 위에 놓인 불상과 나를 번갈아 봤다. 아무런 소음도 내지 않는 테레비 위에서 부처님은 알 수 없는 표정으로 나를 내려다보고 있었다. 인자함과 매서움이 표정에 다 들어 있었다. 테레비보다 부처님의 침묵이 더욱 섬뜩했다. 나는 어찌할 바를 몰라 대뜸 인사를 했다.

"혼자 올라오기 무서워가꼬 강새이랑 같이 왔심더. 내 마음에 갑갑한 게 있어서 빌러 왔으니 이쁘게 봐주이소."

나는 손목에 돌돌 말아 왔던 염주를 꺼내 손에 쥐고 백팔 배를 시작했다.

점빵에 테레비를 설치한 다음 날, 읍내 다방에서 대수를 만났다. 대수 말에 따르면 연탄 공장에서 맡은 일이 조금 더 많아졌다고 했다. 공장장이 충무* 사람이라서 충무 사람인 자신에게 더 가산점을 준 것은 전혀 아니고 자신이 일을 잘해서 그렇다고 거들먹거렸다. 그럼에도 밉지는 않았다. 대수가 연탄 공장이 부산에 처음 생길 때부터 단 하루도 쉬지 않고 새벽 다섯 시에 일어나서 공장에 항상 일등으로 출근했다는 걸 난 알고 있다. 언제부턴가 우리가 연애 비슷한 걸 시작한 것 같았는데 그 후로 대수는 노트를 찢어 편지를 써서 꼬깃꼬깃 내 손에 자주 쥐여줬다. 대단치 않은 문장이며 필체였다 해도 그 정성에 나는 매번 감탄하고 말았다. 부산까지 가서 일을 구한다 했을 때, 난 그이와 멀어질까 덜컥 두려웠고 아쉬웠다. 충무 사람이 충무 앞바다에서 굴이나 까고 생선이나 손질을 하면 되지 뭔 놈의 공장이란 말인가. 바닷가에서 자란 사람이 바닷가가 주는 양식을 먹고 그 양식을 남에게 팔고 살면 되는 것인데, 저 바다가 우리의 공장이고 생명줄인데 뭔 놈의 연탄 공장을 다니겠다고 부산까지 간단 말인가. 내 속에선 그 말이 메아리를 수백 번도 더 쳤지만, 대수를 잡지는 못했다. 부산에 연탄 공장 부지가 정해졌을 때부터 그 앞에 가서 넉살 좋게 웃으면서 '여기 일할 사람 좀 안 필요합니꺼? 헤헤' 하고 그 두꺼운 낯짝을 여기저기 팔고 다녔을 상상을 하니 왈칵 눈물이 솟았다. 못난 사람, 나쁜 사람. 그 사내는

* 통영의 옛 지명.

부산에 가는 걸 못내 아쉬워하는 내 손을 잡으며 연속극 주인 공처럼 말했다.

"두고 봐라. 이제 진짜 새로운 기술이 있어야 하는 시대가 온다. 지금은 연탄 공장이지만 그다음에는 테레비 공장도 생길 끼다. 굴 공장? 할매들 둘러앉아서 굴 까는 게 그게 무신 공장이고? 기계가 돌아가고 연기가 나야 진짜 공장 아이가. 그런 공장에서 일해야 돈도 많이 벌고 떵떵거리며 살 수 있다 안 카나. 쪼매만 기다리라. 내 꼭 성공할 끼다."

반드시 성공할 거라며 떠난 대수는 진심으로 진실로 성실했다. 공장에선 직원들의 아침잠을 깨운다며 이른 새벽에 라디오를 틀어줬는데 그 라디오에서 들은 사연이며 유행가가 어떠했다는 편지를 자주 보내왔다. 그가 편지에서 할매와 점빵의 안부를 물은 적은 없었지만 내가 먼저 나서서 할매의 소식과 점빵 이야기를 전하곤 했다. 읍내 시장에도 슈퍼마켓인지 뭔지가 들어오면서 동네 사람들도 가끔 그곳에서 물건을 왕창 사 오기 때문인지 점빵도 예전만 못한 것 같다는 오지랖도 몇 번 떨었다. 그 오지랖 때문인지, 대수는 어느 날 테레비를 덜컥 사버렸다. 섭섭하고 불안한 것은 그 테레비를 사오는 일에 대해 내게 어떠한 언질은커녕 편지도 없었다는 점이다. 편지가 끊긴 지 몇 주쯤 되었을 때, 난 부산 구경을 가는 척 집에 둘러댔다. 굴 공장에는 요즘 마음이 갑갑하여 일할 맛이 안 난다고 꾀병도 부려둔 참이었다. 부산에 도착하자마자 시내버스 차장에게 새로 지은 연탄 공장으로 가는 버스가 맞느냐고 물어보니, 건성으로 고개만 끄덕였다. 그때만 하여도 나는 내가 오늘 운이 참 좋구나 하고 혼자만의 속 편한 만족에 취해 있었다. 대수를 만나면 어떤 태도를 보일까. 뭐라고 말할까. 편지를 왜 더 이상 아니 보내냐고 투정을 부릴까? 오만 가지 고심을 하였다. 그 와중에도 덜컹거리는 버스는 언덕길을 몇 번이나 오르고 내리기를 반복하더니 나를 공장 앞에 내려주었다. 차장은 여기서 시외버스 터미널까지 돌아가는 버스는 금방 끊긴다며 내 뒤통수에 대고 외쳤다. 그 친절에 감사를 표하기도 전에 내 눈이 마주친 광경은 상상도 못 한 것이었다. 공장 앞에서는 정말로 연속극 주인공이라도 되는 양, 대수와 낯선 여자가 깔깔호호 웃고 있는 게 아닌가. 대수가 말끝마다 '그래서 교수님은?'이라든가, '그래서 강의는?'이라고 능글맞게 물어보는 바람에 여자가 대학생임을 어렵지 않게 유추할 수 있었다. 그렇구나. 대수 저것이 대학생과 눈이 맞았구나. 내 심장은 덜컹 내려앉았다. 충무에서 굴이나 까는 고무신 신은 처녀에게 편지 보내는 일 정도야 새까맣게 까먹게 만든 일이 바로 이것이었다. 여대생이 신은 에나멜 구두에 반짝이던 늦은 오후의 햇살이 못내 눈부셨다.

방석 위로 눈물이 뚝뚝 떨어졌다. 나도 모르게 소리를 내어 울었는지 바둑이가 다가와 엎드린 내 손을 핥으며 낑낑댔다. 이 작은 동물의 온기에 참았던 설움이 다 터졌다. 절간 안이 내 곡소리로 가득했다. 어무이가 보았다면 동네 망신이라고 할 만큼 울었다. 염주를 손에 쥐고 절을 올리면서 뭐라고 빌었는지도 까먹을 정도로 울었다. 대수가 고 앙증맞은 여대생을 만나지 않게 해달라고 빌었던가? 아니면 헤어지게 해달라고 빌었던가? 그러거나 말거나 테레비 위에 앉은 부처님은 좀 전과 비교해도 조금도 다르지 않은 표정으로 나를 내려다보고 있을 뿐이었다. 눈을 비비고 다시 보니 처음 봤을 때보다 훨씬 조악한 솜씨로 만든 불상이었다. 조금 분한 생각까지 들었다. 이까짓 불상 앞에서 빌면 무엇이 바뀐다고 이 밤중에 여기까지 올라왔을까?

테레비에선 어느새 연속극이 나오고 있었다. 그 안의 아씨도 울고 있었다. 대궐 같은 문 앞에서 울고 있었다. 한 손에 짐 보따리 하나를 든 아씨는 문 너머에서 듣고 있을 누군가를 향해 홀로 외치고 있었다. 목소리는 하나도 들리지 않았지만, 아씨는 더 이상 돌이키지 않을 결심을 한 것이 분명했다. 이제 아씨는 고개를 돌려 테레비 화면 너머 나를 보며 무어라 외쳤다. 입 모양을 읽기도 전에 익숙한 허연 글자가 두어 번 번쩍일 뿐이었다. '내일 저녁 9시 30분에 뵙겠습니다.' 그러곤 할매가 그렇게도 재밌다며 웃어대는 선전이 이어졌다.

'다가올 미래를 주도하는 건, 공상과학! 우리 기술로 만든 우리의 테레비. 공상과학 테레비! 공상과학 테레비와 함께 앞서 나가세요!'

며칠치 밀린 눈물이 눈두덩이 안에서 넘친 양 또 한 번 눈물이 터졌다. 망할 공상과학인지 테레비인지가 무어라고 감히 사람의 마음을 이렇게 흔들어놓는지 분하고 분했다. 하지만 마음 한켠에선 단호한 결심이 몽실몽실 샘솟았다. 해야 할일이 떠올랐다.

테레비 위의 부처님은 여전히 아무 말이 없었다. 부처님이 깔고 앉은 테레비는 저 혼자서 신이 나서 이제는 설탕 선전을 하고 있었다. 난 테레비와 부처님에게 마지막 절을 올렸다. 테레비를 끄자 절간 안은 다시 어두워졌다. 바둑이를 안고 나서는 내 등 뒤로 테레비가 남긴 잔상만 무심히 어른거렸다. 그러거나 말거나 나는 뒤돌아보지도 않고 잰걸음으로 산길을 내려가기 시작했다.

그래, 서방을 떠나는 아씨보다 내 신세가 기구하랴. 대수가 그 여대생이랑 바람이 난 것도 아니오, 그저 잠깐 말 몇 마디 나눈 일일 수도 있는 거 아니랴. 설사 바람이라도 핀 것이라면 '이 더러운 난봉꾼아!' 하고 낯짝에 대고 소리라도 질러

주면 되는 거 아닌가. 그래도 보내주기 싫다면 할매한테 넙죽 절을 올리며 '늦둥이 둘째 아드님을 제게 주십쇼!' 하고 고하지 못할 건 또 무어라 말인가. 그까짓 게 다 무엇이라고 겁난단 말인가. 누가 무어라 하면 '테레비와 부처님께서 그리하라고 했다고 하면 제법 멋진 핑계겠구나' 하는 생각마저 들었다. 밤바람에 눈물은 어느새 말랐고 실없는 웃음만이 피식피식 흘러나왔다. 그럼에도 어쩔 수 없는 서글픈 마음에 바둑이를 더욱 쎄게 끌어안으면서 그 까만 귀에 대고 속삭였다.

"바둑아, 내 오늘 테레비랑 부처님 때문에 깨달은 게 있다 아이가."

바둑이는 그게 무언지 궁금한 표정으로 날 올려다볼 뿐이었다.

---

* 이 소설은 배경인 1970년대 한국문학의 문체와 표현을 의도적으로 재현했다. 인물의 대화에서도 통영 사투리의 실제 발음을 그대로 구현했다. 이는 경남방언연구보존회에서 2017년에 발간한 『경남방언사전』을 바탕으로 했다.

나의 전쟁

김백상

1977년 서울 출생. 『에셔의 손』으로 제2회 〈한국과학문학상〉 장편부문 대상을 수상하며 작품 활동 시작. 동 소설로 제5회 〈SF 어워드〉 장편부문 대상 수상. 단편소설 「조업밀집구역」으로 제8회 〈교보문고 스토리공모전〉 단편부문 수상.

살인하기 좋은 날이란 없다. 살인을 해야 하는 상황이 있을 뿐. 살인을 즐기는 인간이 과연 몇이나 되겠는가. 나 역시 마찬가지다. 나는 그저 피를 봐야 할 상황에 직면했을 따름이다. 막다른 골목에 몰린 짐승처럼 내가 할 수 있는 일은 발톱을 세우고 이를 드러낸 채 달려드는 것뿐이다.

커다란 소나무 뒤에 몸을 숨긴 채 나는 요릿집 출입구를 응시했다. 고풍스러운 한옥 대문 위로 초승달이 예리한 칼날처럼 빛났다. 가슴에 품은 칼에 절로 손이 갔다. 시장 구석에서 잡동사니를 팔던 노인에게서 산 칼이다. 날은 멀쩡해. 칼등에 슨 붉은 녹을 살펴보는 내게 노인은 말했다. 주름살과 피로감이 구겨진 종이처럼 뒤엉킨 얼굴이었다. 치약으로 문지르면 지워져. 별거 아니라는 듯 그는 덧붙였다. 나는 다시한번 녹이 슨 칼등을 들여다봤다. 군데군데 쇠를 감염시킨 녹은 오래된 핏자국 같았다.

돌담을 따라 전조등 빛이 밀려왔다. 검은색 승용차 한 대가 한옥 대문 앞에 멈춰 섰다. 익숙한 차량이지만 실수하지 않도록 번호판을 확인했다. 정진구의 차가 맞다. 잠시 후면 담 너머로 도란도란 이야기하는 소리가 들려올 것이다. 여자의 가녀린 웃음소리도 들릴 테지. 두꺼운 나무 대문이 둔탁한 마찰음을 내며 열리면 정진구는 잠시 여자를 바라본 후 몸을 돌려 차에 탈 것이다. 매주 화요일 밤 그는 늘 이곳을 찾아왔다. 그리고 매번 같은 방식으로 여자와 헤어졌다.

한 달간 그의 일상을 살펴본 결과 잠시 후 펼쳐질 순간이 내가 그에게 접근할 수 있는 최적의 기회라고 나는 판단했다. 몸을 돌려 차에 타기까지 정진구의 행동은 평소와 사뭇 달랐다. 미련이 남은 듯 유난히 움직임이 느렸고, 아무런 경계심도 느껴지지 않았다. 여기서 차까지의 거리는 내 도약력으로 여섯 걸음. 충분히 그의 생명을 거둘 수 있다. 나는 잠시 후 일어날 일을 머릿속으로 반복해서 시뮬레이션했다.

이윽고 여자의 웃음소리가 바람에 실려 담을 넘어왔다. 일부러 그렇게 만든 듯 커다란 나무 대문이 비틀리는 소리를 내며 열렸다. 여자와 나란히 걸어 나온 정진구가 몸을 돌려 여자를 정면으로 응시했다. 한복을 단아하게 차려입은 여자는 진주처럼 맑은 피부에 검은 머리를 소담스레 틀어 올렸다. 나는 가슴에 품었던 칼을 꺼내 단단히 쥐었다. 정진구가 여자에게서 시선을 거두고 몸을 돌리자 자동차 뒷좌석의 문이 열렸다.

정진구가 한 걸음 내딛는 순간, 나는 돌진하기 시작했다. 기척을 느낀 정진구가 고개를 돌려 나를 봤지만 이미 늦었다. 갑작스러운 기습에 그의 몸은 굳었고 순식간에 여섯 걸음을 뛴 나는 그의 목을 향해 칼을 내리꽂았다.

정진구는 아무 소리도 내지 못할 것이다. 대신 여자가 비명을 지르겠지. 상관없다. 칼을 뽑으면 붉은 피가 사방으로 튈 것이다. 여자의 하얀 얼굴과 달빛처럼 새하얀 칼날이 피로 얼룩질 터. 오늘 밤 반드시 완수해야 할 일이다. 칼끝이 정진구의 목을 파고들기 직전까지 나는 계획한 시나리오를 끊임없이 되뇌었다.

맞물리는 지퍼의 이처럼 현실과 시나리오가 들어맞았다. 단 하나만 제외하고. 여자는 비명을 지르지 않았다. 정진구의 목에서 뿜어져 나온 피를 뒤집어쓴 채 여자는 나를 뚫어져라, 쳐다봤다. 공포? 증오? 허탈? 그 눈빛이 무엇을 의미하는지 좀처럼 해석할 수가 없었다. 나는 여자의 표정에서 답을 찾으려 했다. 그러나 답 대신 여자의 뒤쪽에서 달려오는 무언가를 보았다. 커다란 로봇 개 두 마리였다. 나는 무작정 달리기 시작했다.

부드럽지만 분명한 감각이 강욱의 덜미를 자극했다. 일찌감치 잠자리에 들었던 강욱의 눈꺼풀이 올라갔다. 어둠을 응시하는 강욱의 의식이 차츰 선명해졌다.

무슨 일입니까?

침대에 누운 채 강욱이 메시지에 반응했다.

살인 사건이야. 피해자가 무려 국회의원이야. 국회의원 정진구. 범인이 현재 범행 현장 근처 산후조리원에서 신생아실을 점거하고 인질극을 벌이고 있어.

국회의원 살인에, 산후조리원, 인질극이라고요?

강욱이 몸을 일으키며 되물었다. 쉽사리 연결되지 않는 이미지들이었다.

자세한 내용은 업로드해두었으니 오면서 확인하도록 해. 나도 지금 가는 중이야.

바로 출발합니다.

침대에서 내려선 강욱은 주방에서 물을 한 잔 마신 후 옷을 걸치고 현장으로 향했다.

범인은 한걸음에 수 미터를 뛰어 정진구의 목에 칼을 꽂았다. 일반인으로서는 불가능한 동작이었다. 사이보그가 분명했다. 그런데 왜 범행 직후 머뭇거린 것일까? 바로 달아나지도 않았고, 현장을 목격한 여자를 해치지도 않았다. 강욱은 업로드된 CCTV 영상을 여러 차례 돌려 보았다. 그 외에 아직 구체적인 자료가 없었다. 범행 도구는 날이 긴 회칼이었다.

강욱은 최근 목에 칼을 맞은 사건이 있었는지 검색했다. 32일 전 살인 사건 하나가 보고되었다. 피해자는 경동맥이 절단되었고, 부검의는 회칼처럼 가늘고 기다란 날붙이를 범행 도구로 추정했다. 딱히 다른 단서는 없었다. 검색 기간을 6개월로 확대해 다시 조회했다. 67일 전 유사한 살인 사건이 또 하나 걸려들었다. 기간을 1년, 2년으로 확대했다. 더 이상 결과가 나오지 않았다.

서울외곽순환도로를 빠져나온 강욱의 차가 현장에 다다랐다. 멀리서도 한눈에 알아볼 수 있었다. 탐조등이 비치는 5층 높이의 건물 주변에서 경광등들이 잔뜩 번쩍이고 있었다. 새벽 한 시가 조금 넘은 시각이었다. 차에서 내린 강욱은 산후조리원 건물을 올려다봤다. 두 대의 드론이 붉은빛을 깜박이며 건물 주위를 맴돌았다. 탐조등 위치로 보아 신생아실은 5층인 듯했다. 강욱은 지휘통제실로 사용하는 커다란 차량으로 향했다.

반장은 드론이 전송한 열화상 영상을 보고 있었다. 한쪽 벽을 따라 열여섯 개의 열덩이들이 가지런히 누워 있었다. 그 앞에 성인 형상의 열덩어리가 작은 열덩이 하나를 품은 채 의자에 앉아 있었다.

아기를 안고 있네요?

강욱의 목소리에 반장이 고개를 돌렸다.

그게 왜?

아기를 안고 있을 거라고는 생각지 않았거든요.

칼을 든 채 아기를 안고 있으니 훨씬 더 위협적이지.

대화는 했나요?

신생아실 내부에 설치된 인터폰으로 시도했는데 반응이 없어. 탈출 경로를 확보해달라고 할 것 같았는데 아까부터 계속 저러고만 있어.

저격을 고려하고 있겠군요.

그렇긴 한데, 혹시 모르잖아.

반장이 고민 중이라는 표정으로 강욱을 건너다봤다. 그렇겠군요, 하는 표정으로 강욱이 고개를 끄덕였다.

어쩌면 단순 살인 사건이 아닐지도 모르겠습니다.

무슨 소리야?

반장이 눈을 번뜩였다.

강욱은 32일 전과 67일 전에 발생한 살인 사건을 모니터에 띄웠다.

살해 방식과 도구가 이 사건과 유사합니다. 연쇄 살인일 수 있어요.

그것만으로 속단하기는 일러. 피해자들 사이에 공통점이 있는지 확인해봐.

자료를 훑어본 반장이 손으로 턱을 문지르며 대답했다.

대화를 계속 거부한다면 부모를 통해 설득하면 어떨까요?

부모?

아기 엄마요.

주변 사람들의 표정이 모두 난감해졌다.

어차피 난감한 상황이잖아요.

강욱이 주위를 둘러보며 말했다.

로봇 개는 전혀 예상치 못했다. 전신 사이보그의 몸이지만 저렇게 큰 로봇 개를 상대하는 건 무리다. 회칼 따위는 아무 소용없다. 달아나는 것이 최선이다. 개들이 점점 거리를 좁혀 오고 있었다. 녀석들은 끝까지 나를 추격할 것이다. 내 두 다리로는 녀석들을 따돌리지 못한다. 하지만 내가 타인의 재산권 안으로 숨는다면? 거기에 생각이 미치자마자 나는 가장 가까운 건물 안으로 뛰어들었다.

예상대로 개들은 건물 안으로 들어오지 못했다. 나는 유리문 밖에서 으르렁대는 개들을 응시하며 이 상황을 완전히 벗어날 방법을 궁리했다.

면회 시간은 끝났습니다. 가족이시면 신분을 확인해주시고, 방문객이시면 다음 면회 시간에 다시 방문해주세요.

등 뒤에서 안내 로봇의 목소리가 들렸다. 동시에 구석에 서 있던 경비 로봇이 나를 향해 다가왔다. 여전히 내가 피 묻은 칼을 들고 있다는 걸 그제야 깨달았다. 경비 로봇이 임팩트 건을 들어 올렸다. 나는 비상구 출입문을 밀치고 계단을 뛰어오르기 시작했다. 쫓고 쫓기는 발소리가 계단을 울려댔다.

5층에 도착했을 때 방향을 바꿔 출입문 손잡이를 돌렸다. 잠겨 있었다. 다시 힘을 주자 손잡이가 뽑히며 문이 열렸다. 큰 소리에 놀랐는지 데스크를 지키던 이들의 머리가 복도 쪽으로 빼꼼히 불거졌다. 나는 복도를 가로질러 내달리다가 커다란 문이 달린 방으로 뛰어들었다.

임팩트 건을 방어할 물건을 찾는 내 시야에 묘한 풍경이 펼쳐졌다. 한쪽 벽을 따라 자그마한 요람들이 나란히 놓여 있었다. 요람마다 아기들이 번데기처럼 하얀 포대기에 싸여 자고 있었다. 아기들의 미세한 호흡 소리가 방 안에 포근한 리듬을 퍼트리는 것 같았다. 경비 로봇의 발소리가 다가왔다. 복도 쪽 벽의 절반은 안을 들여다볼 수 있도록 커다란 통유리가 설치되어 있었다. 경비 로봇과 얼굴이 마주쳤지만 녀석은 안으로 들어오지 않았다. 들어올 수 없도록 설정되어 있는 게 틀림없었다. 나는 벽에 붙은 버튼을 눌렀다. 통유리가 불투명해지자 경비 로봇이 시야에서 사라졌다.

내 기척 때문인지 한 아기의 숨소리가 거칠어졌다. 나는 아기를 들어 올려 품에 안았다. 혹시라도 아기가 울음을 터뜨리지 않도록 살살 다독였다. 아기의 체온과 숨소리는 막다른 골목에 몰린 나를 진정시켰다. 한때는 내게도, 이렇게 소중한 아기가 있었다.

일곱 살이 되던 해에 내 아들은 육신을 잃었다. 의사는 사망 선고를 내렸지만 나는 받아들이지 않았다. 그것은 단순한 고집이나 억척스러운 집착이 아니었다. 어쩔 수 없는 의학의 한계는 인정한다. 그러나 내 아들이 죽었다는 것은, 사실이 아니다. 그 아이는 그저 육신을 잃었을 뿐이다.

인류의 기술은 인간의 정신을 새로운 그릇으로 옮길 수 있
는 수준에 도달해 있었다. 아들이 죽기 전, 나는 그 아이의 의
식을 업로드했다. 육신에서 해방된 내 아들은 더욱 무한한 가
능성의 세계에서 자랄 수 있게 되었다. 하지만 이 사회의 의
식 수준이 기술의 발전만큼 진보적이지 않다는 사실에 나는
좌절할 수밖에 없었다.

미래를 내다본 정치인들이 '전자 인격의 권리와 의무에 관
한 법률'을 제안했지만 법률이 국회에서 논의되기까지는 오
랜 시간이 걸렸다. 전자 인격의 존재를 인정하지 않는 이들의
반발은 거셌다. 영향력 있는 종교 지도자들과 보수적인 정치
인들, 심지어 일부 프로그래머들조차 전자 인격의 인격권을
부정했다. 그것은 나처럼 자녀의 정신을 업로드한 부모들은
물론 비슷한 상황에 처한 이들의 영혼을 짓밟는 처사였다. 실
존하는 인간의 존엄을 부정하는 폭거였다. 나는 뜻이 맞는 사
람들과 함께 법이 통과되도록 백방으로 노력했다.

반대 세력의 영향력은 엄청났다. 만일 법이 통과되지 못한
다면 내 아들은 인간으로서 살아갈 기회를 영영 잃고 만다.
나는 역사의 방향을 정하는 전쟁터 한가운데에 서 있다는 것
을 깨달았다. 누군가 선봉에 서서 전자 인격을 부정하는 세력
의 우두머리들을 제거하지 않는다면 결국 암담한 미래가 우
리를 삼켜버릴 것이었다.

군이 거창한 명분을 내세울 필요도 없다. 멀쩡히 살아 있

는 아들이 그저 복제된 데이터 따위로 취급받는 상황을 지켜보기만 할 아버지가 어디 있겠는가. 나는 결코 살인을 즐기는 인간이 아니다. 막다른 골목에 몰린 짐승일 뿐이다.

포대기에 싸인 아기를 끌어안은 채 지금껏 내가 해온 일들을 되짚었다. 반대 세력의 가장 큰 가지 세 개를 꺾었다. 두손이 피로 물들었지만 후회는 없다. 내 아들이 한 인간으로서 당당하게 살아갈 수 있는 세상이 하루빨리 오기를 간절히 바랄 뿐이다.

바깥은 전쟁터처럼 소란스럽다. 경광등을 어지러이 번쩍이는 경찰차들이 건물을 둘러싸고 있고 무장한 드론들이 거대한 말벌처럼 창밖을 맴돈다. 강렬한 탐조등 빛이 끊임없이 유리창을 압박한다. 나의 전쟁은 여기서 막을 내릴 듯하다. 마지막 순간에 이렇게 사랑스러운 천사들의 숨소리를 들을 수 있다는 건, 축복이다.

나는 품에 안은 아기를 요람에 조심스레 눕혔다. 방 가운데에 서서 칼을 들었다. 정확히 관자놀이를 관통하면 모든 것이 끝날 것이다. 칼을 쥔 팔을 뻗은 순간, 벽에 붙은 인터폰의 불빛이 반짝였다. 화면에 나타난 건 지금껏 보아온 경찰의 얼굴이 아니었다. 젊은 여자였다. 여자의 얼굴은 잔뜩 부어 있었다. 울었기 때문일까, 산후의 부기가 빠지지 않았기 때문일까. 아무도 설명하지 않았지만 요람에서 자고 있는 아기들 중 누군가의 엄마라는 걸 직감할 수 있었다.

산모들 중 한 명을 고르는 것은 쉬운 일이 아니었다. 범인을 설득할 산모를 찾는다는 소식이 퍼지자마자 다들 자기가 하겠다고 산모들이 아우성을 치는 통에 지휘통제실은 아수라장이 됐다. 강욱은 그중 가장 침착해 보이는 산모를 골랐다.

잊지 마십시오. 가장 중요한 건 아기들의 안전입니다. 절대이성의 끈을 놓으시면 안 됩니다. 범인이 우리와 대화할 마음만 열어주시면 됩니다. 뒷일은 저희가 처리하겠습니다.

강욱의 말에 산모는 이를 앙다물고 고개를 끄덕였다. 두 눈이 퉁퉁 부어 있었다.

인터폰 신호가 일곱 번을 넘겼지만 반응이 없었다. 이번에도 대화를 거부한다면 어떻게 해야 할지 강욱의 심경은 복잡했다. 저격팀에 넘길 수도 있지만, 기계몸에 자폭장치가 설정되어 있다면 아기들의 생명도 무사할 리 없었다. 인터폰을 바라보는 산모는 온몸을 덜덜 떨고 있었다. 열 번째 신호에 범인의 얼굴이 나타났다.

아저씨, 인터폰 받아줘서 고마워요.

떨리지만 침착한 목소리로 산모가 입을 열었다.

저는 거기 있는 아가들 중 한 아가의 엄마예요. 결혼한 지 7년 만에 얻은, 제 목숨과도 같은 아기예요. 제가 대표로 말하고 있지만 다른 엄마들도 모두 마찬가지예요. 아저씨에게 어떤 사연이 있는지 저는 몰라요. 그리고 그건 아기들과도 아무 상관없는 일이잖아요. 그 아이들은 이제 막 하늘에서 내려온 천사일 뿐이에요. 아직 눈도 못 뜨고, 목도 못 가눠요. 그러니까…… 그러니까, 제발 아가들을 살려주세요! 제발요! 이렇게 제가 두 손 모아 빌게요. 원하는 게 있으면 제게 말하세요. 제가 경찰 아저씨들에게 전해줄게요.

산모는 허리를 굽실거리며 애원했다.

나는, 우연히 여기에 들어왔을 뿐입니다. 아기들을 해치지 않아요.

범인이 산모를 응시하며 대꾸했다.

고맙습니다! 정말 고맙습니다!

산모는 눈물을 흘리며 연신 고개를 끄덕였다. 맥이 풀려가는지 점점 주저앉고 있었다.

한 가지, 널리 알리고 싶은 것이 있습니다. 그건 바로, 전자 인격 역시 우리와 동일한 인격체라는 사실입니다. 비록 육신은 없지만 그들도 우리와 똑같이 생각하고 똑같이 희로애락을 느낍니다. 아직도 많은 사람이 확신하지 못하거나 부정하고 있지만, 우리는 전자 인격을 우리와 동등한 인격체로 받아들여야만 합니다. 내가 바라는 건 '전자 인격의 권리와 의무에 관한 법률'이 국회를 통과하는 것입니다. 그것만 통과된다면 나는 더 이상 바랄 것이 없습니다. 내가 한 일에 후회는 없습니다. 나는 여기서 내 삶을 마무리할 겁니다.

범인이 무표정한 얼굴로 말을 이었다.

순간 거의 주저앉은 산모가 인터폰을 향해 얼굴을 들이밀었다.

아저씨, 그러지 마세요! 거기 있는 아이들은 이제 막 생명의 첫 숨을 내쉰 아이들이에요. 걔네들 앞에 죽음을 보여주는 건 죄악이에요. 축복받아야 할 아가들에게 저주를 끼얹는 거라고요! 아저씨는 자식이 없나요? 무슨 죄를 지었는지 모르지만, 당당하게 죗값을 치르는 것이 결국 자식을 위하는 일 아니겠어요. 평생 아버지를 무책임한 범죄자로 기억하게 만드는 건 자식의 가슴에 비수를 찌르는 거라고요!

범인이 인터폰을 향해 다가왔다. 범인의 표정과 행동을 주시하던 강욱의 시선이 문득 화면 귀퉁이로 쏠렸다. 무언가가 범인의 손에서 떨어져 바닥에 나뒹굴었다. 설마 했던 그것은, 반짝이는 은빛 칼날이었다.

피해자 셋의 공통점을 찾았습니다.

강욱이 회의실에 모인 이들에게 사건을 브리핑하기 시작했다.

첫 번째 피해자. 성명 한이연. 47세. 직업은 프로그래머. 두 번째 피해자. 성명 곽동훈. 59세. 직업 목사. 세 번째 피해자. 정진구. 55세. 국회의원. 이 세 사람은 '전자 인격의 권리와 의무에 관한 법률'을 적극적으로 반대한 인물들입니다. 대중에게 자신들의 의견을 굉장히 활발하게 어필했죠. 지지자들도 많았고요. 범인의 진술과 일치합니다. 범인 역시 세 건의 살인을 인정했으니 이 사건은 계획된 연쇄살인 사건이 맞습니다.

이거, 파장이 작지 않겠구먼.

반장이 관자놀이를 긁적이며 혀를 찼다.

문제는 그게 아닙니다.

그럼?

사람들의 시선이 다시 강욱에게 집중되었다.

허진수라는 인물이 존재하지 않습니다.

무슨 소리야, 그게?

반장이 되물었다.

범인은 허진수라는 사람이 아닙니다.

신분을 도용한 거야?

아니요. 물론 허진수라는 동명이인이 존재할 수는 있습니다. 하지만 범인의 진술대로 일곱 살짜리 아들을 불치병으로 잃고, 마인드 업로드로 아들의 의식을 보존한 허진수라는 인물은 애당초 존재하지 않습니다. 저 녀석의 이름은 허진수가 아닙니다.

설마, 기억이 조작된 거야?

강욱은 범인이 구금된 방의 영상을 떠올렸다. 중년의 남자가 턱을 괸 채 골똘히 생각에 잠겨 있었다.

이 사건의 진짜 범인은 저놈이 아닙니다. 저 녀석은 도구에 불과하죠. 브레인 디코딩과 다르게 인코딩 기술은 초기 단계입니다. 인간의 뇌를 건드려 기억을 조작하면 예측할 수 없는, 다양한 부작용이 발생하는 데다 그걸 통제하기도 어렵지요. 범인에게 그런 기술은 쓸모가 없었을 겁니다. 그래서 범인은 다른 방법을 택한 것 같습니다.

묵직한 침묵이 회의실을 짓눌렀다.

저건, 인간이 아닙니다.

누적되던 침묵의 무게가 회의실에 앉아 있는 사람들을 화석처럼 굳혀버렸다.

인간이 아니라니, 뭔 소리야?

저 사이보그, 아니 사이보그라고 생각했던 녀석의 두개골 안에 들어 있는 건 인간의 뇌가 아니라 인공지능의 전자회로입니다. 저건 사이보그가 아니라 안드로이드예요. 분석팀에서 확인했습니다.

그럴 리가. 인공지능이 살인을 저지를 수 있다고? 그게 가능할 리가 없잖아.

누군가 항의하듯 뇌까렸다.

맞아. 인공지능원칙을 어길 순 없을 텐데.

강제로 무시하게 만들면 인공지능의 논리 구조가 무너진다고.

여기저기서 동의하는 목소리가 튀어나왔다.

인공지능원칙을 어기지 않았습니다.

강욱이 자신에 찬 목소리로 대답했다.

추측건대 녀석의 인공지능은 보모용으로 출시한 AI를 기반으로 한 것 같습니다. 아이들에 대한 애착이 강하죠. 기계에 애착이라는 말을 붙이는 게 어색하지만, 그 때문에 산모의 애원에 설득당하고 자수까지 한 것으로 추정합니다. 아무튼 저 녀석은, 인공지능에 가짜 기억을 심어서 스스로 인간이라고 인식하게 만든 겁니다. 자신을 인간으로 여기고 있기에 인공지능원칙을 회피할 수 있었던 거죠.

다들 아무 말이 없었다.

이건 새로운 유형의 범죄입니다. 살인을 할 수밖에 없는 극단적인 상황을 설계하고 거기에 자신을 인간이라고 믿는 안드로이드를 던져 넣는 방식이죠. 목적지가 정해진 미로에 생쥐를 넣는 것과 같습니다. 생쥐는 자신의 의지로 범죄를 저질렀다고 생각하지만 사실 모든 것은 진짜 범인의 설계인 거죠. 직접적인 지시 없이 상황만으로 범죄를 일으킨다는 건, 바꿔 말하면 진범을 추적하기가 쉽지 않다는 뜻이기도 합니다.

적어도 범인은 '전자 인격의 권리와 의무에 관한 법률'이 통과되기를 바라는 인물 아닐까요?

막내가 의견을 제시했다.

잔인한 살인 사건이 셋이야. 피해자 중 한 명은 국회의원이고. 부정적인 여론이 형성되기 시작하면 법안이 아예 백지화될 수도 있어. 오히려 그걸 노렸을 수도 있지.

반장이 신중하게 대꾸했다.

앞으로 충분히 유사 사건이 발생할 수 있습니다. 조속히 대응책을 마련해야 합니다.

현재 우리가 저 녀석에게서 얻을 수 있는 정보는 뭐야?

반장이 물었다.

아직은 별 소득이 없습니다. 녀석의 기억과 인공지능 코어를 더 세밀하게 분석해봐야 합니다. 기계몸의 출처도 추적해야 하고요. 범행 도구를 시장에서 직접 구입했다고 하니, 그 과정을 포함해 그간의 모든 행적도 조사 중입니다.

자신이 장기판 위의 말에 불과하다는 사실을 녀석도 아나?

알려주기는 했습니다.

순순히 받아들이던가?

자신이 인간이 아니라는 사실에 큰 충격을 받은 것 같습니다. 처음에는 우리가 제시하는 증거들을 부정하기만 했는데 지금은 아무 말이 없습니다.

화면 속 안드로이드를 응시하며 강욱이 대답했다. 안드로이드는 여전히 턱을 괸 채 꼼짝도 하지 않았다. 강욱은 문득 로댕의 작품 「생각하는 사람」이 떠올랐다. 지옥의 문에서 아래를 내려다보며 생각에 잠긴 남자. 그의 머릿속은 어떤 광경이었을까.

내 손을 피로 물들인 나의 이 전쟁이, 모두 허구에서 출발했다는 말입니까?

취조 당시 강욱의 질문에 안드로이드는 그렇게 되물었다.

맞아.

침착하고 명료한 강욱의 대답에 안드로이드는 천천히 고개를 떨궜다.

그럼…… 나는 무엇입니까?

잠시 후 안드로이드가 다시 고개를 들며 물었다.

강욱은 묵묵히 안드로이드 얼굴을 바라봤다. 부정. 혼란. 분노. 공포. 허무. 그 모든 것들이 뒤엉킨 표정이었다. 그것은 영문도 모른 채 잔인한 전쟁터 한가운데에 내던져진 자의 얼굴이었다. 무한 증식하는 복제 파일처럼 안드로이드의 질문이 취조실 내부에 차곡차곡 쌓여갔다.

벌들의 공과 사슬

김정혜진

2017년 「TRS가 돌보고 있습니다」로 제2회 〈한국과학문학상〉 중단편부문 가작을 수상하며 작품 활동 시작. SF 미니소설집 『깃털』. 단편소설 「프레퍼」 「선흘의 여름」 「친애하는 쇠고기」 등.

조카가 고맙다는 말을 뇌파로 전하고 싶어 했다. 나는 두 통 때문에 링링을 꺼둔 상태라 조카의 메시지를 받지 못했다. 그러자 '고마워'라는 글자가 내 눈앞에 나타났다. 글자들은 다현이의 머리 위에서 다시 정렬되었다. 다현이의 커넥터에서 출력된 귀여운 말풍선이었다.

　"이모, 꿀병이 예쁘다."

　말풍선을 함께 바라보던 언니가 말했다.

　"얘가 꼭 이런다. 말을 안 하고."

　"요새 다들 그렇지. 귀엽잖아."

　언니가 웃었다. 다현이와 나는 이마에 육각형 모양의 커넥터를 붙여 뇌와 컴퓨터를 연결한 신경연결서비스 '링링'의 사용자였다. 언니는 머리에 커넥터를 붙이는 게 싫다며 링링을 쓰지 않았지만 딸 다현이는 공부하려면 어쩔 수 없이 써야 한다고 했다.

"이 사진은 뭐야?"

다현이의 머리 위에 새로운 말풍선이 떠오르더니 탄력감이 느껴지는 화살표가 포토카드를 가리켰다. 꿀병에 리본으로 함께 묶어서 포장한 작은 포토카드였다.

"식물자원보호구역."

"이런 데가 있다고? 말도 안 돼."

식물자원보호구역에 흰가룻병이 퍼지기 전의 사진이었다. 말풍선을 보고 내가 말했다.

"전에는 그랬어. 나무도 풀도 꽃도 다 건강했어."

다현이는 호기심 어린 눈빛으로 사진을 바라보았다. 나는 포토카드를 준비하길 잘했다고 생각했다.

"그럼 꿀도 여기서 난 거야?"

"그건 이모 연구소에서 난 거."

다현이 고개를 끄덕였다. 나는 케이크에 초를 꽂고 불을 붙이려고 했다.

"잠깐! 업데이트가 떴어. 잠깐이면 돼."

다현이의 말풍선이 이번에는 케이크 위에 둥실 떠 올랐다. 이내 다현이가 눈을 감고 눈동자를 굴렸다. 링링의 업데이트를 내려받는 모양이었다. 커넥터 주위로 푸른빛이 감돌았다. 언니와 나는 다현이를 기다려주자는 무언의 신호를 주고받고 미소를 지었다. 나는 케이크 옆에 성냥을 내려놓았다.

그때 갑자기 다현이가 의자와 함께 옆으로 기울며 쓰러졌다. 그리고 온몸을 떨기 시작했다. 눈을 감고 입을 벌린 채였다. 다현이는 모로 누워 팔다리를 흔들었다. 바닥에 손발을 부딪치는 소리가 점점 커졌다. 언니와 나는 너무 놀라서 처음에는 다현이의 몸에 손도 대지 못했다. 그러다 언니가 의자를 밀쳐냈다. 다현이가 의자에 부딪쳐 다칠까봐 그러는 것 같았다. 그러곤 이불도 끌어와 흔들리는 머리 아래에 밀어 넣었다. 나는 그사이 119에 전화를 걸었다. 신호음만 계속 울렸다.

"전화를 안 받아!"

내가 소리쳤다. 전화를 끊고 다시 걸어도 연결이 되지 않았다. 뭔가 이상했다. 다현이는 계속 몸을 떨었고 언니와 나는 더 초조해졌다. 창밖에서 사이렌 소리가 나서 달려 나갔더니, 구급차가 언니 집을 지나쳐 다른 곳으로 향했다. 아무래도 이대로 있어서는 안 될 것 같았다.

"언니, 내 차로 가야겠어."

차에 시동을 거는데 도로에 안개가 깔리기 시작했다.

*

우리는 가까스로 병원에 도착했다. 응급실은 심각한 상황이었다. 다현이와 마찬가지로 발작을 일으킨 환자들이 줄줄이 응급실로 실려 오고 있었다.

"오늘 무슨 일이야! 어디서 화학물질이라도 샌 거야?"

의사들이 하는 말이 들렸다. 의료진들은 이리저리 뛰어다니느라 다현이는 보지도 못했다. 나는 의사들을 쫓아다니며 조카를 봐달라고 소리쳐야만 했다. 언니는 다현이를 감싸고 왔던 이불을 바닥에 펼쳐 다현이를 눕힌 채 도와달라고 소리쳤다. 다현이의 팔과 종아리가 여기저기 부딪쳐 벌겋게 부어 있었다. 언니의 얼굴이 눈물로 얼룩졌다. 어떤 침대에서는 환자가 떨어지는 소리가 났다.

의사가 달려와 다현의 기본적인 상태를 살피고는 팔에 주사기를 꽂아 항경련제를 투여했다. 그러고는 또 다른 환자에게로 달려갔다. 응급실에 폭풍이 몰아친 것 같았다. 그렇게 모두가 한바탕 난리를 치른 후, 응급실이 조용해졌다. 환자들은 대부분 진정되었고 의사들은 진찰용 커넥터를 쓰기 시작했다.

"환자분도 링링 사용자인가요?"

언니가 맞다고 대답했다.

"경련을 일으킨 환자들이 모두 링링을 써요. 저희도 이런 경우는 처음 봅니다."

다현이는 여전히 눈을 감은 채 눈동자를 굴렸다.

"타박상 외에 다른 외상은 없어 보이네요. 머리를 살펴보겠습니다."

의사는 다현이의 흐트러진 앞머리를 걷고 커넥터의 위치를 확인했다. 이마와 커넥터를 소독한 후 진찰용 커넥터를 장착했다. 모니터에 일정한 신호가 흐르기 시작했다. 뇌파가 안정적인 궤적을 그렸다. 의사가 뇌전도를 터치하자 어떤 이미지가 나타났다.

"환자가 이걸 계속 보는데요. 뭔지 아시나요?"

의사가 언니를 향해 말했다.

"이건 아까……."

언니가 내 얼굴을 바라보았다. 내가 의사에게 말했다.

"조카가 링링 업데이트를 하기 전에 이 사진을 봤어요."

"혹시 영상이었나요?"

의사가 모니터를 들여다보며 물었고 나는 방금 '사진'이라고 답했는데 왜 '영상'이었냐고 되묻는 건지 의아했다.

"아니요, 사진이요."

의사가 언니와 내가 더 잘 볼 수 있도록 모니터의 방향을 돌렸다. 아름다운 식물자원보호구역의 사진이 파노라마처럼 확장되고 있었다. 노란 꽃들이 핀 사진 바깥으로 흰가룻병이 점점이 퍼진 식물들의 모습이 이어졌다. 잎사귀 끝이 검게 타 들어 갔다.

믿을 수 없었다. 언니의 말에 따르면 다현이는 식물자원보호구역에 가본 적이 없었다. 숲이 울창했을 때도, 죽어버렸을 때도 마찬가지라고 했다. '혹시 다현이의 상상이 보이는 것일까? 관련 자료를 보았을까?' 자료를 보았다고 하기에도, 상상을 했다고 하기에도 모니터에 나타난 영상은 너무나 생생했다. 마치 기억을 되살린 것처럼.

식물자원보호구역에 짙은 안개가 내려앉는 날이 많아지자
식물들 잎에 흰 가루가 떨어진 것처럼 병증이 나타났다. 흰 가
루가 반점 형태로 식물에 퍼졌다. 그렇게 며칠이 지나면 잎과
꽃의 가장자리가 암갈색으로 타들어 가듯 너덜너덜해졌다.

벌의 등에 바이오칩을 장착해둔 덕에 벌 보존연구센터의
연구원들은 벌의 위치를 추적할 수 있었다. 벌들은 구역을 벗
어나 다른 땅으로 날아가고 있었다. 꿀과 꽃가루를 찾기 위해
서였다. 하지만 보호구역 관계자들이 뿌린 흰가룻병 방제약
에 벌들의 몸이 젖었다. 날개가 젖은 벌들은 꽃을 찾아가지도
집을 찾아오지도 못하고 죽고 말았다. 벌의 사체를 찾아 살펴
보니 보송보송했던 털도 농약과 안개에 젖어 한데 뭉치거나
빠져 있었다.

죽는 벌들이 점점 더 많아졌고, 나와 동료 연구원들은 식
물자원보호구역의 벌들이 전멸하기 전에 결단을 내려야 한
다고 생각했다. 우리는 남은 벌들을 여러 차례 흡인기에 담아
연구센터로 데려왔다.

처음에 벌들은 아쿠아리움처럼 생긴 유리돔 안에서 조금
도 움직이지 않고 가만히 있었다. 더듬이만 살짝 움직일 뿐이
었다. 날개가 젖어서 그런가 싶어 유리돔 안의 습도를 예민하
게 조절했다. 빛과 바람을 불어넣어 몸도 말려주었다. 그래도
벌들은 움직이지 않았다.

"농약이 이미 중추신경계에 작용한 걸까요?"

동료가 말했고 나와 동료는 바이오칩에 담긴 데이터를 불러내 벌들의 상태를 확인했다. 다행히 벌들의 건강에 특별한 이상은 없어 보였다. 우리는 벌들에게 물과 합성 꿀을 먹였다. 그리고 컴퓨터로 바이오칩에 명령어를 넣어 벌들의 운동 신경계를 자극했다. 그러자 벌들이 날아올랐다.

"언니, 그 후로는 말이야. 벌들이 잠에서 깬 것처럼 자유롭게 움직였어. 벌집도 만들고 말이야."

"다현이도 괜찮겠지?"

"그럼, 당연하지."

언니는 고개를 끄덕이며 다현이의 얼굴을 바라보았다. 나는 벌들 이야기를 들려주며 언니를 안심시키고 싶었다.

"우리 어릴 때 기억나? 놀러 갔다가 벌에 쏘였던 거?"

내가 물었고 언니가 희미하게 웃으며 대답했다.

"네가 토끼풀에 앉은 벌에 얼굴을 들이밀었잖아. 벌들도 다 다르게 생겼다나. 이마가 이만큼 부었지."

"언니도 쏘였잖아. 놀라서 팔을 막 휘젓다가."

"엄청 아팠어."

언니가 나를 바라보았다.

"네가 벌을 연구하는 사람이 되려고 그랬나봐."

전화벨이 울렸다. 주변의 보호자들과 의료진이 눈치를 주듯 나를 쳐다보았다. 나는 전화를 수신 거부하려고 손목을 들여다보았다. 연구센터였다. '이 시간에 무슨 일이지?' 불안감이 증폭되는 걸 느끼며 나는 응급실 밖으로 종종걸음을 쳤다.

*

벌 보존연구센터에 도착했을 때 벌들은 새까맣게 한데 모여서 몸 근육을 떨고 있었다. '꿀벌 공'이었다. 말벌이 꿀벌 둥지에 침입하면 꿀벌들이 순식간에 말벌을 둘러싸고 공 형태의 방어막을 만든다. 그리고 비행을 할 때 쓰는 가슴 근육을 진동해 공의 내부 온도를 높여 말벌을 쪄 죽인다. '유리돔 안으로 말벌이 어떻게 들어갔지?'

"없어요, 말벌."

내 생각을 읽은 것처럼 동료가 말했다. 이미 스캐닝을 해봤는데 말벌도 없고 꿀벌들을 공격할 만한 다른 개체도 없었다고 했다. 맨 처음 벌들을 연구센터로 옮겨올 때도 말벌은 없었다. 벌들은 우리가 알 수 없는 이유로 뭉쳐 있었다.

공의 내부 온도가 섭씨 44도를 넘어가려고 했다. 45도면 말벌을 죽일 수 있는 온도였다. 온도가 계속 올라 46도를 넘어서면 꿀벌들도 뇌와 몸을 다쳐 며칠 안에 죽고 말 것이다. 점점 더 많은 벌이 합류해 공의 크기를 키워나갔다. 나와 동료들은 그대로 두고 볼 수만은 없어 벌에 장착한 바이오칩을 활용하기로 했다.

바이오칩과 연동된 컴퓨터에 벌들의 진동을 멈추라는 명

령어를 넣었다. 칩의 정보가 벌들의 신경계에 작용하면서 벌들이 진동하는 걸 멈췄다. 다시 스캔해 보니 '꿀벌 공'의 내부 온도가 차츰 내려갔다.

이번에는 '꿀벌 공'을 해체하라는 명령어를 넣었다. 그런데 시간이 지나도 벌들은 공의 형태를 해체할 생각이 없어 보였다. 주변 환경의 위험을 감지하는 센서를 꺼도 마찬가지였다. 추워서 무리를 지은 것도 아니었다. 동료들과 나는 유리돔 안 온도와 습도, 미세먼지, 방사성 오염 등의 수치를 살폈다. 문제가 될 만한 데이터는 보이지 않았다.

"어? 이것 좀 봐요."

동료가 스크린을 가리켰다. 뉴스가 흘러나왔다.

"비욘드사의 데이터 센터에 미확인 곰팡이가 퍼져 일부 업데이트에 심각한 오류가 발생한 것으로 알려졌습니다. 링링 사용자들이 몸을 떠는 등 발작을 일으킨다는 신고가 잇따르고 있는데요. 비욘드는 현 상황이 이용자들의 신체 건강에 영향을 끼치진 않는다면서도 속히 사태를 바로잡겠다고 입장을 밝혔습니다."

'업데이트 오류'라는 말이 귓속을 파고들었다. 나는 곧바로 몸을 돌려 동료에게 물었다.

"벌들이 몇 시부터 이랬죠?"

"저녁 여섯 시 조금 넘어서요."

"바이오칩 업데이트 시간이 저녁 여섯 시였나요?"

"맞아요."

내 질문에 대답하던 동료의 눈빛이 흔들렸다. 링링 사용자들뿐만 아니라 바이오칩을 장착한 벌들 또한 업데이트 오류의 덫에 걸린 것인지도 몰랐다. 연구센터에 비상출근한 모든 연구원들이 바이오칩의 업데이트 기록을 살폈다. 우리는 업데이트 실패 기록 몇 개를 찾아냈다. 그리고 '링링'이라고 적힌 업데이트 이름도 발견했다. '링링? 벌 바이오칩 업데이트에 링링이 왜……?' 이게 무슨 일인지 생각하는 사이에 언니에게서 전화가 왔다.

"다현이가 없어! 잠깐 화장실에 다녀왔는데, 그러니까 방금까지 여기 있었거든? 다현아, 다현아!"

영상통화 속의 언니가 몹시 불안정해 보였다. 언니가 정신없이 움직이는 건지 영상 프레임이 기울어져 응급실 내부가 보였다. 아까 그렇게 혼잡하던 응급실에는 의료진 몇 명만이 넋을 놓고 서 있을 뿐 환자들은 보이지 않았다.

"언니!"

언니가 창백해진 얼굴로 다시 화면에 나타났다. 멍한 표정이었다.

"정신 차려. 사람들은 다 어디로 간 거야?"

"모르겠어. 의사 말이 다들 밖으로 뛰쳐나갔대."

화면이 어지럽게 흔들렸다. 언니가 누군가와 몸싸움을 하는 게 느껴졌다. 언니가 소리쳤다.

"이것 좀 놓으라고요!"

"안개경보가 울렸어요."

병원 직원의 목소리였다. 자동문이 열리고 언니가 병원 밖으로 빠져나갔다. 화면이 안개에 가려 아무것도 보이지 않았다. 언니의 당황하는 숨소리가 들렸다.

"언니! 내가 그리로 갈게. 기다려!"

*

나는 안개 속으로 나아갔다. 안개경보가 발령되면 바깥 외출도 운전도 자제해야 했다. 사고 위험이 높아서였다. 하지만 그런 걸 신경 쓸 때가 아니었다. 나는 자동차의 자율주행 모드를 켜고 병원 위치를 말했다. 위성 지도를 따라 차가 움직였다.

앞이 캄캄했다. 답답한 마음에 전조등을 켰다. 전조등을 켜도 보이는 거라곤 불빛을 스치고 지나가는 페트병과 비닐, 부서진 우산이 전부였다. 그마저도 곧 안개 속으로 사라졌다. 안개는 세상의 황폐함마저 가려버렸다.

그날도 그랬다. 마지막 벌들을 연구센터로 데려오던 날, 안개는 벌들의 뒤를 쫓는 것처럼 연구센터의 차를 바짝 쫓아왔다. 차에 태운 벌들이 식물자원보호구역의 마지막 벌들이란 사실이 참담했다. 나와 연구원들은 단 한마디도 하지 않았다. 벌들을 연구센터로 데려온 게 잘한 선택인지 확인이라도 하려는 것처럼 식물자원보호구역의 상태를 살피던 나날들. 노란 꽃들이 남아 있던 좁은 땅도 결국 흰가룻병 곰팡이에 덮이고 말았다. 식물자원보호구역의 연구원들은 뿔뿔이 흩어졌다. 말 그대로 모든 것들이 안개 속으로 사라졌다.

사람들은 더 이상 식물자원보호구역에 출입하지 않았다. 흰가룻병이 식물의 병이긴 해도 워낙 광범위하게 퍼져 있어 혹시라도 인간에게 영향을 끼칠지 모른다는 생각이 들어서였다. 흰 반점이 가득 퍼져 있었으므로 환공포증도 불러일으켰다.

나는 흰가룻병보다는 농약의 영향이 더 컸을 거라고 짐작한다. 보호구역 인근 주민들 사이에 원인 모를 기침병이 퍼진다는 소식을 들은 적이 있다. 대량의 드론이 보호구역 위에서 농약을 뿌려댔고 안개와 바람의 영향으로 농약 성분이 주변으로 번졌을 것이다. 그뿐인가. 땅에 스며들어서 식물들의 뿌리와 모든 미생물과 지하수에 퍼졌을 것이다. 당연하게도 인간은 자연의 순환 고리에서 벗어날 수 있는 존재가 아니다. 모든 것은 어떻게든 기어이 영향을 주고받는다. 식물자원보호구역이 병들면 식물뿐만 아니라 별도 병이 든다.

'가만. 병원에서 다현이가 보호구역의 병든 모습을 보고 있었는데?' 나는 핸들에 손을 올렸다. 생각이 꼬리에 꼬리를 물었다. '링링 업데이트 오류와 바이오칩 업데이트 오류…….' 나는 문득 두 가지의 업데이트 시간대가 비슷하다는 생각이

들었다. 핸들을 쥔 손에 힘이 들어갔다. 자동차 운행기록을 살폈다. 다현이와 언니를 태우고 병원 응급실로 출발한 때가 저녁 여섯 시 4분이었다. 동료가 말하길 벌들의 이상행동이 시작된 시간은 '저녁 여섯 시 조금 넘어서'라고 했다. 왜 그 생각을 못 했을까?

나는 곧바로 연구소에 전화를 걸었다.

"벌 바이오칩이요, 비욘드 거예요?"

"네, 전에 다른 걸 쓰다가 정보 연동이 잘 안돼서 바꿨잖아요."

동료가 당연한 걸 묻는다는 듯 떨떠름하게 대답했다. 나는 동료와 전화를 끊자마자 비욘드사에 전화를 걸었다. 119와 마찬가지로 비욘드사도 전화를 받지 않았다. 링링 때문에 항의가 빗발치는 모양이었다. 나는 핸들을 탕탕 내리쳤다. 머릿속에 방법이 떠올랐다. 나는 소셜 네트워크의 인맥을 훑어서 바이오칩 담당자의 계정을 찾아냈다. 그리고 메시지를 보냈다.

'저는 벌 보존연구센터 연구원입니다. 벌 바이오칩과 링링의 업데이트 시간이 서로 같았는지 확인 부탁드립니다.'

잠시 후 담당자가 메시지를 읽었다는 표시가 떴다. 담당자는 내 요청에 아무 말도 하지 않았다. 나는 이 침묵이 불길하게 느껴졌다. 바이오칩 업데이트 실패 기록 밑에 있던 '링링'의 이름이 떠올랐다.

'혹시나 해서 물어보는 겁니다. 벌이랑 링링 사용자 말이에요. 데이터가 서로 뒤바뀐 건가요? 그러니까, 이상하게 들릴

지도 모르겠지만, 벌이랑 인간이랑 의식이 바뀐 거예요?'

여전한 침묵. 나는 막막한 안개 속으로 계속 들어갔다. 차라리 안개 속에 말을 거는 게 나을 것 같았다.

'대답 좀 해봐요! 응급상황이라고요!'

'지금 확인 중입니다.'

짧은 답이 돌아왔다. 나는 강한 직감과 확신을 가지고 핸들을 돌렸다. 병원에서 식물자원보호구역의 파노라마를 보고 있던 건 다현이가 아닐 수도 있었다.

*

철망으로 된 문이 아무렇게나 뜯겨 있었다. 더 이상 식물자원보호구역이라고 부를 수 없는, 버려진 땅이었다. 저 멀리서 희미하게 반짝이는 빛이 보였다. 형광으로 깜빡이는 핑크, 그린, 블루였다. 마치 이리로 오라고 손짓하는 것 같았다. 궂은 날, 폐장한 놀이공원에 가면 그런 기분일까? 나는 흰가룻병에 바스러진 식물들을 밟으며 안개 속으로 들어갔다. 토끼풀이 가득했던 땅이 휑하니 비어 안개에 축축하게 젖어 있었다. 땅이 질어서 신발이 자꾸만 벗겨지려고 했다. 새소리도, 벌들이 윙윙대는 소리도, 바람 부는 소리도 들리지 않았다.

안개를 헤치고 나아가자 색색의 말풍선 아래에 링링 사용자들이 서 있었다. 그들의 커넥터 둘레로 푸른빛이 감돌았다.

"저기요?"

나는 그들에게 다가가 말을 걸었다. 텅 빈 말풍선처럼 텅 빈 눈동자들이었다. 어깨를 살짝 잡아 흔들기도 했다. 아무런 반응이 없었다. 말풍선이 허무하게 반짝였다. 가슴속이 차가워졌다.

"다현아!"

나는 다현이를 찾아 헤맸다. 죽어버린 숲에서 사람들의 숲 속으로 들어갔다. 조카와 키가 비슷한 사람들을 찾아가 얼굴을 들여다보았다. 축축한 공기가 코와 입속으로 들어왔다. 다음 사람, 다음 사람, 또 다음 사람……. 나는 사람들의 공허한 얼굴을 마주할 때마다 무슨 일이 벌어진 건지 강렬하게 알고 싶었다. 다현이를 꼭 찾아야 했다. 찾으면 깨워서 이렇게 묻고 싶었다.

"다현아, 보호구역에 흰가룻병이 퍼진 그 지독한 광경 말이야, 네가 본 거야? 정말 네가 본 게 맞는 거야?"

그때였다. 링링 사용자들이 천천히 팔을 들어 서로의 손을 잡았다. 사람에서 사람으로 데이터가 흐르는 것처럼 그들의 머리 위에 환한 빛이 차례로 떠올랐다.

내가 다현이에게 주었던 포토카드 속 풍경이었다. 햇빛이 유난히 찬란한 날에 찍었던 식물자원보호구역의 모습이었다. 모든 것이 선명했다. 흙도, 나무도, 풀도, 꽃도, 벌도……. 기분 좋게 불던 바람의 감각마저 산뜻하게 떠올랐다. 사람들 머리 위에 솟아오른 풍경이 서로 연결되며 파노라마처럼 확장되었다. 화사한 자연이 끝없이 이어지고 펼쳐져 맑은 하늘까지 구현되었다.

나는 까맣게 잊고 살았던 이곳의 모습이 생생하게 기억났다. 안개에 비친 울창한 숲속을 두리번거렸다.

저기 다현이가 보였다. 서로 손을 잡은 사람들 사이에 다현이가 있었다. 거미줄 같은 네트워크의 한가운데였다. 연쇄된 원의 중심에서 다현이는 양팔을 벌려 사람들 손을 잡고 있었다.

아무리 불러도 다현이는 나를 바라보지 않았다. 다현이의 시선은 나를 뚫고 저 너머 보호구역에 가닿는 듯했다.

*

이 기록을 남기는 나는 아직도 생각한다. 정말로 벌들의 의식과 인간의 의식이 서로 뒤바뀌었던 걸까? 유리돔 안의 벌들은 자신들의 몸에 들어온 인간의 의식을 적으로 간주해 꿀벌 공을 만들었던 걸까? 아니면 당황한 인간의 의식이 '꿀벌 공'이라는 현상으로 나타난 걸까?

그럼 식물자원보호구역에 모였던 링링 사용자들의 경우는 어떤가. 그들이 과거의 식물자원보호구역을 그리워한 것일까? 함께 모여 혼합현실로 빼어난 경관을 구현해낼 만큼? 그러나 적어도 다현이에게는 그럴 동기가 없었다는 걸 나는 알고 있다.

만약 다현이와 그들이 벌이었다면? 자신이 떠나온 곳을 그리워했을까? 그래서 벌들은 흰가룻병에 덮인 땅에 아름다웠던 과거를 향한 그리움, 혹은 미래를 향한 희망을 색칠해 넣은 것일까? 인간이 가진 기술적인 능력을 써서?

오늘은 언니와 다현이가 처음으로 벌 보존연구센터에 오는 날이다. 나는 유리돔의 천장에서 종유석처럼 내려온 벌집과 레이스 커튼처럼 드리워진 벌집을 보여줄 생각이다. 그리고 벌들은 독창적인 벌집을 짓기 전에 서로 다리를 연결해 기다란 사슬 형태를 만든다는 것도 알려줄 것이다. 그럼 그날을 전혀 기억하지 못하는 다현이가 사람들과 손을 잡았던 순간을 기억해낼까?

세상은 여전히 안개에 싸여 있다.

에그

남유하

소설집 『다이웰 주식회사』 『양꼬치의 기쁨』, 창작 동화집 『나무가 된 아이』 등.
2018년 「미래의 여자」로 제5회 과학소재 장르문학 단편소설 공모전 우수상, 2018
년 「푸른 머리카락」으로 제5회 〈한낙원과학소설상〉 수상.

내가 자연의 아이라면 어땠을까?

에그가 아니라 엄마 자궁에서 태어난 아이였다면, 내 모든 결점이 특별함이 됐을 텐데.

나는 에그에서 태어났다. 이 세상에 존재하는 97.5퍼센트의 아이들과 마찬가지로. 하지만 나는 그 아이들과 다르다. 마치 자연의 아이인 것처럼 결점투성이다. 내 눈에는 왼쪽에만 쌍꺼풀이 있다. 몸통과 팔다리는 지나치게 길고 가느다랗다. 손발은 또 어찌나 큰지, 멀리서 보면 커다란 신발을 신고 장갑을 낀 것처럼 보인다. 진짜 문제는 외모가 아니다. 들쭉날쭉한 성격이다. 나는 작은 일에 화를 내고 쉽게 질투한다. 어떨 때는 너무 웃지만 남들이 웃을 때는 웃지 않는다. 지나치게 어른스럽다가도 어린애처럼 떼를 쓴다. 이런 내가, 에그 속에서 엄마 아빠의 좋은 유전자만을 갖고 태어났다고는 도저히 믿을 수 없다.

아빠와 엄마가 나를 보는 눈에는 의구심이 가득 담겨 있다. 나는 두 사람의 눈동자에 비친 말들을 읽어낸다. 결코 알고 싶지 않은 말들.

저 애가 우수한 유전자만을 선별해 태어났다고? 말도 안 돼.

에그에 오류가 있었던 게 분명해.

침묵의 언어는 목소리를 통해 전달되는 것보다 더 또렷하게 들린다.

나는 아빠가 여러 번 에그 컴퍼니에 문의했다는 사실을 알고 있다. 매번 질문 방식은 달랐지만 내용은 별 차이가 없었다. 내가 9개월 동안 들어 있던 에그에 문제가 없었는지 확인해달라는 요청이었다. 에그 컴퍼니의 답은 한결같았다.

"고객님께서도 잘 아시다시피, 에그는 완전무결합니다. 현재까지 8,926만 5,248명이 에그에서 태어났으며, 단 한 건의 오류도 발생하지 않았습니다. 홍아리 님은 홍기영 님과 서희수 님의 우수 유전자만을 추출하여 만들어진 아이입니다."

나는 내 존재를 받아들이지 않는 아빠의 메일에 상처받는다. 아빠의 태블릿을 들여다보지 않으면 될 텐데, 혹시라도 들키면 아빠와 나는 더욱 어색한 관계가 될 텐데, 그걸 알면서도 몰래 보는 일을 멈출 수 없다. 당연한 일이다. 내게는 다른 아이들이 가진 정직이라는 덕목이 없다. 나는 양심의 가책

없이 거짓말을 하고, 엄마 아빠의 정보를 훔쳐볼 수도 있다. 그게 불량품으로 태어난 나의 유일한 장점이다.

학교에서도 나는 친구가 없다. 새 학년이 되어 반이 바뀌면 아이들은 내 주변으로 우르르 몰려든다. 나를 자연의 아이로 착각하기 때문이다. 부모님의 사랑으로, 즉 옛날 방식으로 태어난 아이들은 인기가 있다. 지극히 사랑받거나 지극히 미움받거나, 어쨌든 관심의 대상이었다. 그 애들은 다르고, 다른 건 독특한 거니까. 독특함은 특별함과 연결 지을 수 있으니까.

"난 너희들과 같아. 에그에서 태어났어."

자연의 아이라고 말할 수도 있지만 거짓말하지 않는다. 거짓으로 얻은 애정이 내게 행복을 주지 않는다는 걸 나는 이미 경험했다. 정직한 아이들은 대놓고 실망한 얼굴을 한다. 둥글둥글 모난 데 없는, 좌우대칭의 얼굴들이 내 가슴에 날카로운 상처를 남긴다. 상처는 낫지 않고 딱딱하게 굳어진다. 굳어진 상처들은 악몽이 된다. 그리고 악몽은 단단한 덩어리가 되어 내 가슴 한가운데 자리 잡는다.

*

집에 오는 길, 나는 에그 컴퍼니 앞에 멈춰 섰다. 58층 건물 안에는 지금도 질서정연하게 놓인 에그 속에서 아이들이 자라고 있을 것이다. 옥상 끝에 걸린 구름을 쳐다보다 고개를 떨궜다. 자연의 것들은 무질서하다. 무질서하지만 아름답다.

에그 컴퍼니의 쇼윈도에는 거대한 에그가 놓여 있다. 길쭉한 타원형의 에그는 내가 들어갈 수 있을 만한 크기다. 표면이 오톨도톨한 아이보리색 에그. 유리 벽 안쪽에는 흰색 글씨가 새겨져 있다.

Egg Company makes Perfect Elephant.

에그 컴퍼니는 완벽한 코끼리를 만듭니다. 회사의 슬로건이다. 원래 슬로건은 'Egg Company makes Perfect Human'이었다고 한다. 그러나 자연주의자들이 가만있지 않았다. 자연주의자들은 인공자궁의 도입도 반대해왔다. 하물며 유전자 선별 출산이라니, 그건 그들의 수용범위를 한참 벗어난 것이었다. 에그 사업을 허용하는 법안이 통과된 데다, 국가 예산까지 투입된 기업이라 운영 자체를 막을 수는 없었지만 노골적인 광고만큼은 막아야 했다. 자연주의자들은 언론에 성명을 발표하고, 국회에 탄원서를 제출하고, 회사 앞에서 일인시위를 이어나갔다. 1년이 지날 무렵, 에그 컴퍼니가 백기를 들었다. 슬로건은 인간에서 코끼리로 수정됐고, 본사 쇼윈도에 코끼리의 에그가 진열되었다. 왜 코끼리인가에 대해서는 소문이 무성하다. 에그 컴퍼니의 회장이 코끼리를 좋아해서라는 말도 있고, 크기가 압도적으로 큰 생명체를 만들 수 있는 기술력을 자랑하기 위해서라는 말도, 단순히 커다란 에그를 전시하기 위해서라는 말도 있다.

나는 여전히 이해할 수 없다. 코끼리에게 왜 에그가 필요할까? 완벽한 코끼리란 어떤 걸까? 왜 코끼리가 완벽해야 하지?

문을 열었다. 현관에 신발이 많았다. 신발 수를 세는 동안 천장과 벽에서 먼지를 없애는 바람이 뿜어져 나왔다. 에그처럼 가지런히 정돈된 네 켤레의 신발을 세고 나자, 바람 소리가 멎고 이중문이 열렸다. 그제야 사람들이 떠드는 소리가 들렸다.

"우리 큰딸 왔어?"

엄마가 나를 큰딸이라고 불렀다. 나는 눈을 크게 뜨고 나를 바라보는 어른들을 둘러봤다. 이모들과 외삼촌, 모두 엄마를 닮은 얼굴을 하고 있다. 둘째 이모와 셋째 이모는 자세히 보지 않으면 구분할 수 없다. 에그에서 태어난 형제들은 다 그렇다. 지금 우리 집 거실에서 엄마를 닮지 않은 사람은 나하나뿐이다.

"축하한다. 너도 동생이 생기는 거야."

둘째 이모의 말에 엄마가 두 손으로 배를 감싸며 미소 지었다. 엄마의 배가 평소보다 볼록하게 나온 것처럼 보였다.

"게다가 자연의 아이라니, 희수 넌 자연주의자도 아니면서."

셋째 이모가 엄마를 보며 말했다.

"나도 놀랐어. 하지만 희수가 에그를 믿을 수 없다고 말하는 것도 이해는 가."

외삼촌의 말에 다른 어른들 얼굴이 굳어졌다. 거실 공기도 굳었다. 외삼촌은 나를 흘끔 보고는 고개를 숙였고, 이모들은 내 눈을 피했다.

"손 씻고 나와서 뭐 좀 먹어. 배고프지?"

엄마가 내게 미안해하는 얼굴로 말했다. 그러나 미안함은 포장일 뿐이다. 엄마 얼굴에는 미래에 대한 희망이 가득 차 있다.

"아니."

힘없이 고개를 젓고 내 방으로 들어가 침대에 누웠다. 그리고 아직 태어나지 않은 동생을 질투했다. 나보다 많은 관심과 사랑을 받고 자랄 아이를. 나처럼 불완전하겠지만 자연의 아이라는 이유로 사랑받을 아이를. 가슴속 덩어리가 한층 커지고 단단해졌다. 언젠가 덩어리가 갈비뼈 안쪽을 꽉 채우면 보잘것없는 내 심장도 터져버리겠지.

*

12년 전의 비밀이 공공연하게 밝혀졌다. 에그 컴퍼니의 직원이 양심선언을 한 것이다. 뉴스에서 그의 인터뷰가 나올 때 우리 가족은 저녁을 먹고 있었다. 모니터에 가득 찬 얼굴, 코 위의 모공과 꿈틀대는 입술을 보던 아빠는 탁, 소리가 나게 젓가락을 내려놓았다. 엄마는 리모컨을 들어 TV를 껐다. 나는 방으로 들어와 기사를 검색했다. 12년 전, 내가 에그 안에 있을 때 사고가 있었다. 직원 중 한 사람이 과격한 자연주의자였고 자기가 관리하는 에그의 온도를 조작했다. 열두 개의 배아가 36.89도에서 분열했다. 적정 온도는 36.9도. 단지 0.01도 낮게 설정해놓은 것만으로 열두 명의 운명이 바뀌었다. 뒤늦게 사실을 알게 된 에그 컴퍼니는 이 일을 공개하지 않기로 했다. 없었던 일로 만들기 위해 막대한 돈으로 관계자들의 입을 막았다. 양심선언을 한 직원도 그들 중 하나였다. 그는 왜 12년이나 지난 시점에 양심이 발동했을까? 그의 통장 잔액이 바닥이라도 난 것일까?

에그는 완전무결합니다.

나는 아빠의 메일에서 본 문구를 떠올렸다. 에그가 완전무결하다는 건 거짓말이 아니었다. 흠결은 인간에게 있었다.

대부분의 사람들에게 이 사건은 자신과 별 상관없는 그저 그런 뉴스에 지나지 않았다. 하지만 아빠에게는 무엇보다 중요한 일이었다. 자신의 의심이 괜한 것이 아니었다는 걸 알게 된 아빠는 폭발했다. 걸핏하면 집 안을 왔다 갔다 하며 화를 냈다. 이어폰을 낀 채 그런 아빠를 보면 음악에 맞춰 서툰 춤을 추는 사람처럼 보이기도 했다. 엄마는 자궁 속에서 나날이 커가는 동생 때문에 몸이 무겁다며 누워 있었다.

나는 줄곧 불량품이라고 생각해왔다. 하지만 스스로 그렇게 생각하는 것과 누군가 내 이마에 '불량'이라는 스티커를 붙이는 건 완전히 다른 차원의 문제였다. 나는 규정되고 싶지 않았다.

아빠는 변호사를 고용했다. 에그 컴퍼니에 손해배상을 청구하기 위해서였다. 손해배상이라니, 정당한 요구라고 생각하면서도 내 존재가 아빠에게 손해를 끼쳤다는 말처럼 들렸다. 변호사는 내게 여러 가지 질문을 했다. 성격유형 테스트지를 가져와 시키기도 했다. 나는 비슷하거나 똑같은 질문에 비슷하거나 똑같은 답을 했다. 테스트 문항은 끝도 없이 이어졌지만 결국은 끝이 났다.

"테스트 결과는요?"

"너에게 알려주기 위한 검사가 아니야. 소송을 위한 거지."

변호사가 무표정한 얼굴로 답했다. 나는 그의 무표정이 감정을 숨긴 결과물인지, 아무 감정도 느끼지 않는 것인지 궁금했다. 아빠는 지난 12년간 나와 함께 보낸 시간을 다 합친 것보다 더 많은 시간을 변호사와 함께 보냈다.

나는 에그 안에 있었다. 에그 안은 겉에서 보는 것보다 넓고, 따뜻한 물로 가득 차 있었다. 두 팔을 천천히 저으며 에그 안을 유영했다. 물속에서도 편안히 숨을 쉴 수 있었다. 당연했다. 꿈이었으니까. 아무 소리도 들리지 않았지만, 마음을 어루만져주는 오묘한 음악이 들리는 듯했다. 꿈이라는 걸 알면서도 기분이 좋았다. 오래도록 꿈이 이어지기를 바랐다. 깨어난 다음에도 눈을 뜨기 싫었다. 에그 안의 느낌이 사라져가는 게 아쉬웠다. 지금이라도 에그에 다시 들어간다면, 36.9도의 온도에서 9개월을 보낸다면, 나는 완벽한 인간이 될 수 있을까?

"오늘은 학교에 가지 마라."

학교 갈 준비를 하고 있는데, 아빠가 말했다. 아빠는 평소 출근할 때보다 고급스러운 양복을 입고 가장 비싼 넥타이를 매고 있었다.

"왜요?"

"너랑 같이 에그 컴퍼니에 가야겠다."

"여보, 그렇게까지 하진 말지."

엄마가 침실에서 나왔다. 어쩐지 엄마를 아주 오랜만에 본 느낌이었다. 엄마는 이모들을 불러 모았던 날처럼 불룩한 배 위에 손을 올리고 있었다. 나는 엄마의 손이 배 위에 달라붙은 게 아닌지 궁금했다. 아니, 붙어버렸으면 좋겠다고 생각했다.

"우리, 곧 둘째도 생기잖아. 응?"

아빠는 대답하지 않았고, 엄마도 더는 말리지 않았다.

나는 아빠와 변호사와 함께 에그 컴퍼니에 갔다. 아빠가 운전하고 변호사가 조수석에 앉았다. 둘은 가는 내내 뒷좌석의 스피커를 크게 틀어놓고 소송에 대해 상의했다. 시끄러운 음악 사이로 보상금, 회사의 과실, 명백한 피해, 은폐 같은 단어가 들려왔다. 이어폰을 꺼내려 주머니에 손을 넣었다. 주머니 안에는 아무것도 없었다. 혹시 떨어뜨렸나, 의자와 바닥을 찾아봐도 이어폰은 없었다.

에그 컴퍼니는 온통 흰색이었다. 복도도, 벽도, 천장도. 아니, 자세히 보니 에그 껍질처럼 아이보리색이었다. 학교를 오가며 밖에서 본 적은 많아도 에그 컴퍼니 안에 들어온 건 처음이었다. 입구에 들어서자 쇼윈도 뒤편, 코끼리 에그의 뒷면이 내 시야를 메웠다. 이음새 없는 앞면과 달리, 뒷면은 조개처럼 가운데가 벌어져 있었다. 안은 어두워서 잘 보이지 않았다. 꿈속에서처럼 따뜻한 물로 채워지진 않았겠지만 어떻게 생겼는지 보고 싶었다. 나도 모르게 에그 쪽으로 다가가는데, 아빠가 나를 돌아보며 말했다.

"뭐 해? 어서 오지 않고."

나, 아빠, 변호사는 긴 복도를 지나 접수대 앞에 멈춰 섰다. 안내 직원에게 신분증을 건네고 출입증을 받은 아빠가 내 손을 잡았다. 아빠의 손은 축축했다. 손을 빼고 싶었지만 그러지 않았다. 엘리베이터에 탄 다음에야 아빠는 내 손을 놓았다. 그리고 양복 바지에 손바닥을 문질렀다. 변호사가 57층을 눌렀다.

57층에는 회의실이 있었다. 아빠와 변호사가 먼저 들어갔다. 나는 별로 들어가고 싶지 않았다. 변호사가 아이보리색 문을 잡고 서서 내게 들어오라는 듯 고갯짓을 했다. 어쩔 수 없이 회의실로 들어갔다. 회의실 안은 텅 비어 있었다. 담당자가 오기를 기다리는 동안 아빠는 낮은 목소리로 변호사와 얘기했다. 나는 회의실 안의 의자를 세어보았다. 가운데가 뚫린 직사각형 모양의 탁자를 둘러싼 의자의 수는 모두 18개였다. 아무도 오지 않는 게 아닐까 의심스러워질 무렵, 담당자가 들어왔다. 담당자는 나를 보자마자 어린아이에게 하듯 반색하며 말했다.

"귀여운 아이군요."

아빠는 담당자를 물끄러미 바라봤다. 담당자는 눈도 깜박이지 않고 아빠를 마주 보았다. 몇 초간의 침묵이 흐르고, 아빠가 입을 열었다.

"피차 바쁠 테니, 논제를 벗어난 이야기는 하지 맙시다."

차분히 가라앉은 목소리와 달리, 아빠의 목덜미에 불거져 나온 혈관이 파르르 떨렸다. 담당자는 흡사 안드로이드인 것처럼 얼굴에 반듯한 미소를 만들었다.

"아, 물론 그러셔야죠. 일단 앉아서 얘기할까요?"

담당자가 기다란 테이블 안쪽 자리에, 아빠와 변호사는 그 맞은편에 앉았다. 문에서 가까운 쪽에 앉으려는데 담당자가 재빨리 말했다.

"아이는 밖에서 기다리는 편이 나을 것 같습니다만."

아빠는 고개를 돌려 엉거주춤 서 있는 나를 보았다. "아니에요, 저도 같이 들을래요." 나는 아빠가 원하는 대답을 하며 자리에 앉았다.

"원하신다면 그렇게 하시죠."

담당자가 어깨를 으쓱했다. 회의실 공기가 무겁게 내려앉았다. 나는 세 사람 얼굴을 번갈아 바라봤다. 누가 먼저 말할지 눈치 게임을 하는 것처럼 여섯 개의 눈동자가 이리저리 굴렀다. 침묵을 깬 건 이번에도 아빠였다.

"가장 화가 나는 건,"

아빠는 무언가에 짓눌린 듯한 목소리로 말했다.

"에그 컴퍼니 측에서 진실을 밝힐 기회가 몇 번이고 있었다는 겁니다."

"홍기영 씨가 회사 측에 수차례 문의하셨다는 내용은 저도 전달받았습니다. 하지만 12년 전 사건은 저희 직원들도 몰랐던 일입니다. 결단코 사실을 고의로 은폐하거나 기만하려던 의도는 없었습니다."

"그렇다고 칩시다. 에그 컴퍼니처럼 공신력 있는 회사가 직원 선발을 어떻게 한 겁니까? 어떻게 과격한 자연주의자가 입사할 수 있었죠?"

"지원자의 개인정보는 개인정보보호법에 따라……."

"그런 원론적인 답변을 들으려고 한 질문이 아니에요. 에그 관리 체계에도 문제가 있는 거 아닙니까? 완전무결한 기기라면서 이상 시 경고 장치도 없습니까?"

아빠는 평소보다 느린 속도로, 문장의 뜻을 모르는 채 한 글자씩 읽기 연습을 하는 사람처럼 말했다.

"사실 에그는 기기라고 부를 만큼 단순한 구조가 아닙니다. 무척 섬세하죠. 쉽게 말씀드리자면 절반은 생물이라고 할 수 있어서 인간의 손으로 관리해야 합니다. 아, 경고 장치는 물론 있습니다만, 지금 논의할 내용은 아니지요. 저희는 잘못을 인정하고 고객이 만족할 만한 보상책을 마련하느라 고심하고 있습니다."

'보상'이라는 말에 아빠는 의자에 등을 기대고 넥타이의 매듭을 느슨하게 잡아당겼다.

"제가 보상만을 원하고 왔겠습니까? 진정성 있는 사과가 없다는 말씀입니다. 자그마치 12년입니다. 양심선언을 한 직원이 없었다면 언제까지고 은폐할 생각이었겠죠. 에그에서는 단 한 건의 오류도 발생하지 않았다고 주장해야 할 테니까."

담당자가 어깨를 들썩이며 한숨을 내쉬었다. 다분히 연극적인 행동이었다.

"여기까지 오셨으니 솔직히 말씀드려도 되겠습니까?"

갑작스러운 질문이었다. 아빠는 변호사와 눈길을 주고받더니 고개를 끄덕였다.

"언론에서는 에그 컴퍼니의 입막음이라는 등 선정적으로 보도했습니다만, 그 당시 사실을 밝히지 않은 건 회사의 이익을 위해서만은 아니었습니다. 저희 연구소에서 온도 차로 발생할 수 있는 변수에 대해 무수한 시뮬레이션을 돌렸고 아이들에게 심각한 결함이 없을 것으로 판단했던 것이지요."

"그걸 왜 에그 컴퍼니에서 판단합니까? 12년 전에 알았더라면……."

아빠가 돌연 말을 멈췄다.

"12년 전에 아셨더라면요?"

직원이 옅은 웃음을 머금고 아빠와 나를 번갈아 봤다. 아빠의 귀가 빨개졌다. 아빠는 방금 나의 결함을 알았다면 나를 포기할 수도 있었다고, 내가 세상에 나오지 않는 편이 나았다고 말한 거나 다름없었다.

"제 의뢰인 말고도 11기의 에그에 문제가 있었습니다. 다른 피해자들의 보상 문제는 어떻게 진행되고 있습니까?"

변호사가 화제를 돌렸다. 직원은 기다렸다는 듯 반색하며 입을 열었다.

"저희는 물론 균등한 보상을 고려하고 있습니다만, 모든 고객이 보상을 원하는 건 아니라서요."

"보상을 원치 않는 피해자도 있다는 겁니까?"

"네, 사실은 대다수가 그렇습니다. 지금으로서도 만족한다고 굳이 '문제 삼을 필요가 없다'라고 하셨죠. 저는 회사의 판단이 옳았다고 생각합니다."

직원이 담담하게 말했다. 같은 상황에 놓인 열두 명의 아이들과 그 부모들. 어떤 부모는 아이의 결함을 문제 삼지 않는다. 그러니까, 열두 명 모두의 운명이 바뀐 건 아니었다.

아빠의 숨소리가 거칠어지고 목덜미 혈관이 짙은 보랏빛으로 물들었다. 나는 숨을 참았다. 아빠처럼 거친 숨을 내뱉는 건 꼴사나운 일이다.

"지금부터 홍기영 씨의 사례에만 집중합시다."

변호사가 목을 가다듬으며 말했다. 나는 참았던 숨을 내쉬었다. 입에서 바람 빠지는 소리가 났다. 입술이 간지러웠다. 너무 간지러워서 벌어진 입술 사이로 웃음이 새어 나왔다. 웃음소리가 점점 커졌다. 여섯 개의 눈동자가 내게 향했다.

"그만해라."

아빠가 낮은 목소리로 말했다. 웃음을 멈춰야 한다는 걸 알았지만 멈추고 싶지 않았다. 카랑카랑한 웃음소리만 넓은 회의실에 울렸다. 변호사가 자리에서 일어나려 했다. 내가 먼저 일어나 회의실 밖으로 나왔다. 여전히 57층에 머물러 있는 엘리베이터를 탔다. 뒤에서 내 이름을 부르는 소리가 들렸지만 상관없었다. 1층을 누르고 차가운 금속 벽에 등을 기댔다. 이상했다. 웃고 있는 줄 알았는데 엘리베이터 문에 비친 내 얼굴은 눈물범벅이었다. 손바닥으로 눈물을 훔쳤다. 축축해진 손바닥을 바지에 문질렀다. 엘리베이터가 1층에 도착할 때까지 계속.

"어디 가니?"

안내 직원이 물었지만 대답하지 않았다. 운동화를 신었는데도 발소리가 복도에 크게 울렸다. 문득 뒤를 돌아보니 안내 직원이 표정 없는 얼굴로 나를 응시하고 있었다.

기다란 복도를 지나 쇼윈도에 다다랐다. 혹시 사람이 있는지 주변을 둘러봤다. 끝없이 이어진 하얀 복도에는 아무도 없었다. 나는 쇼윈도 안으로 들어갔다. 에그 뒷면의 벌어진 틈은 내 가슴 높이에서 물결무늬를 그리고 있었다. 그 완만한 곡선을, 조심스레 어루만졌다. 단단하고 견고하면서도 자칫 부서질 것 같은 감촉이었다. 안에서 온기가 새어 나왔다. 벌어진 틈 사이로 손을 넣어보았다. 살아 있는 짐승의 내장처럼 따뜻하고 말캉했다. 반은 생물이라던 담당자의 말이 떠올랐다. 괜찮아, 아프게 하지 않을게. 에그에게 속삭이며 머리를 넣었다. 에그 안은 어두운 분홍빛으로 빛났다.

어서 와.

에그가 내게 말했다. 나는 에그 안으로 가슴을, 허리를, 마침내 다리를 집어넣었다. 그리고 몸을 돌려 옆으로 누웠다. 접힌 다리를 두 팔로 끌어안았다.

에그 안은, 완벽했다.

대화

문이쇼

『어린이와 문학』으로 등단. 2017년 제4회 〈한낙원과학소설상〉 수상. 단편동화 「마지막 히치하이커」 「완벽한 꼬랑내」, 청소년 단편소설 「봉지 기사와 대걸레 마녀의 황홀한 우울경」 등.

효미는 정신을 차렸다.

어스름한 저녁, 흙먼지 날리는 올리브나무 숲 가장자리였다. 엎어져 있던 효미는 어렵사리 눈을 감았다 떴다. 온몸이 다 아픈 듯 오만상을 찌푸리며 신음했다. 일어나 앉고 다시 일어서기까지 꽤 시간이 걸렸다. 춤추는 풍선인형처럼 비틀거렸지만 쓰러지진 않았다. 효미는 놀라워하며 자신의 몸을 어루만졌다. 4년 전 '무간無間'에 던진 초파리가 13초 뒤에 멀쩡히 돌아왔던 실험을 떠올렸다. 언니를 되찾을 수 있으리란 희망에 울며 웃었던 순간이었다.

"진짜 사지육신 멀쩡하게 붙어서 왔네. 끝내준다."

천천히 숨을 몰아쉬며 다시 몸을 움직였다. 인이어 언어통번역기는 잘 작동하는 듯했다. 체류 가능 시간 21시간 18분 14초. 증거를 가지고 언니의 종신서원식 전에 도착하려면 시간이 촉박했다. 서둘러야 해, 효미는 올리브나무가 빽빽한 동산을 둘러보며 중얼거렸다.

4월인데도 밤바람은 몹시 찼다. 모자 달린 모직 튜닉을 입길 잘했다 싶었다. 효미는 옷깃을 단단히 여몄다. 환한 보름달이 떠 있지만 불빛 하나 없는 숲은 괴기스러웠다. 이게 언니를 데려올 수 있는 유일한 길이야, 효미는 중얼거리며 올리브나무 숲 깊은 어둠 속으로 들어갔다.

*

언니는 효미의 보금자리였다.

아버지와 연락이 끊겨져도, 어머니가 돌아가셔도 효미는 언니가 있어 견딜 수 있었다. 아홉 살 터울인 언니는 탁월하게 명석한 사람이었다. 충북 보은 속리산 자락에서 발견된 바닥 없는 싱크홀 '무간'을 연구하는 프로젝트에 참여하여 무간이 시공을 뛰어넘는 웜홀의 한 종류임을 밝혀낸 석학 중 한 사람이었다. 명석한 두뇌만큼 유머 감각도 탁월한 언니는 효미의 영웅이었다. 언니처럼 되고 싶었던 효미는 죽기 살기로 공부하여 언니가 다니는 회사에 입사했다. 언니는 무간의 여분 차원을 연구했고 효미는 무간의 시간 역행을 연구했다.

효미가 입사하고 1년이 지났을 때 언니는 회사를 그만두었다. 무간의 여분 차원은 현재의 지구에서 파생된 별개의 시공간이라는 가설을 증명한 직후였다. 언니는 그간의 모든 연구와 연구와 관련된 모든 기억을 죽을 때까지 함구하겠다는 서명을 회사와 국가에 제출했다. 그리고 두 달 동안 프랑스를 여행하고 돌아왔다. 프랑스에 가서도 3시간에 한 번씩 회사에 위치 보고를 했다며 언니는 무척 즐겁고 조금 슬픈 듯 미소 지었다. 이후 언니는 효미의 껍딱지가 되었다. 온종일 효미와 같이 있고 싶어 했다. 출근할 때 데려다주고 퇴근할 때 마중 나왔다. 낮에는 가사에 목숨이 걸린 것처럼 쓸고 닦고 정리했다. 심지어 요리도 했다. 하루 한 끼는 꼭 효미와 같이 먹으려고 했다. 요리 똥손인 언니가 차린 밥상은 몹시 부담스러웠다.

"언니야, 그냥 편하게 쉬면 안 될까? 집안일도 그만하고. 언니한테 필요한 건 휴식이고 나한테 필요한 건 배달음식이야."

신김치를 잔뜩 넣은 시커먼 된장찌개를 본 효미는 한숨을 내쉬었다. 언니는 가만히 웃으며 숟가락을 내려놨다. 식탁에 낯선 종류의 침묵이 내려 앉았다.

"효미야, 나 날짜 받았어."

효미는 말없이 된장찌개를 크게 한술 떠 입에 넣었다. 미간을 잔뜩 찌푸리며 연거푸 떠 먹더니 따악, 소리가 나게 숟가락을 내려놨다.

"갑자기 무슨 날짜. 언니 나 몰래 결혼해?"

"응, 나 입회해."

언니는 미소 지으며 말했지만 효미는 웃지 않았다. 효미의 눈동자가 마구 흔들렸다. 언니는 한마디, 한마디 힘주어 말했다.

"나 수녀원에 들어가. 한 달 뒤 2월 2일. 프랑스에 있는 곳인데 은수자 수녀회야. 입회하면 만나기 어려울 거야."

지구가 깨지는 순간이었다.

효미는 언니가 성당에 다니는 줄은 알았다. 하지만 신을 믿을 줄은, 더더군다나 신에게 자기 자신을 바칠 줄은 상상도 못 했다. 은수자 수녀회에 입회한다는 것은 정해진 구역 안에 스스로를 가둔다는 뜻이었다. 언어통번역기에 의지해 프랑스 외딴 산골에서 살다가 그곳에 묻히겠다는 뜻이었다. 온종일 입 다물고 하나 마나 한 소일거리나 하면서 남은 평생을 살겠다는 뜻이었다. 효미가 죽을병에 걸려 수술을 앞두고 있다고 해도 언니는 봉쇄구역 안에서 기도만 한다는 뜻이었다. 기껏 그렇게 살려고 무간 프로젝트에서 하차한 거였다. 언니는 '좋은 것 중에 가장 좋은 몫'을 선택한 거라며 미소 지었다. 효미는 태어나서 처음으로 소주를 마셨다. 연달아 세 병을 들이마시는 바람에 위까지 토할 뻔했다.

효미는 언니의 입회식에 참석했다.

언니가 선택한 수녀원은 첩첩산중 깊은 곳에 덩그러니 있었다. 산 전체가 수녀회의 부지인 듯했다. 수백 년 된 견고한 담이 수녀원 건물을 에워싸고 있었다. 바깥에선 담 너머가 보이지 않았다. 높은 담은 세상과 봉쇄구역을 나누는 경계였다. 철컹, 담에 있는 쪽문이 열렸다. 치렁치렁한 검정 수도복과 검정 베일을 쓴 수녀님들이 보였다. 다 할머니들이었다. 언니가 온갖 잡일을 도맡아 할 게 분명했다. 미리 연습하느라 그렇게 집안일을 해댔나 보다. 입회식이라고 했지만 특별한 예식을 하진 않았다. 수녀님들이 받아들임 선언을 하자 언니는 캐리어를 끌고 쪽문으로 들어갔다. 뒤 한 번 돌아보지 않고 침묵의 땅으로 건너갔다.

언니는 두 달에 한 번씩 편지를 보내왔다. 밤기도 시간에 못 일어나고 계속 잤다고, 통번역기 덕분에 언어 공부는 하지 않아도 된다고, 토마토 농사는 망쳤다고, 멧돼지가 새끼랑 같이 놀러 와서는 펜스를 쓰러트리고 갔다고, 행복하다고, 너도 행복하길 바란다고. 효미는 한 번도 답장하지 않았다.

효미는 딱 한 번 언니를 만나러 수녀원에 갔다.

언니가 입회한 지 4년 되던 해, 유기서원식을 하는 날이었다. 언니는 그게 자신의 약혼식이라고 했다. 효미는 수녀원 손님방에서 하룻밤을 묵을 수 있었지만 예식을 볼 순 없었다. 봉쇄구역 안에서 이루어졌기 때문이다. 효미는 봉쇄구역의 담과 맞닿은 외부 회랑 벽에 기대어 침묵만 들었다.

언니와의 면회 시간은 50분, 1초도 더 허락되지 않았다. 아르 데코식 철창 너머로 4년 만에 만난 언니는 완전히 다른 사람이 되어 있었다. 통통했던 체격은 비쩍 말라 반쪽이 되었고 가뜩이나 많았던 주근깨와 기미는 더 늘었다. 하지만 늘 장난꾸러기같이 반짝이던 눈동자는 그대로였다. 효미는 언니를 보는 순간 왈칵 눈물을 쏟았다. 언니는 말갛게 웃으며 보고 싫었다고, 왜 답장 한 번 안 보냈냐고, 잘 지냈냐고 물었다. 효미는 이를 악물고 말했다.

"언니, 이제 그만 가자. 언니 비행기표도 끊어 왔어. 이만큼 살아봤으면 됐잖아?"

언니는 까르르 웃었다.

"효미야, 여기가 내 집이야. 집 떠나서 어디서 사니?"

"언니가 왜 여기서 이러고 살아? 언니는 언니 머리가 아깝지도 않아? 공부를 하도 많이 해서 돌았나봐, 진짜 왜 이러니!"

효미는 분통을 터트리며 퍼부어댔지만 언니는 잔잔한 수면처럼 가만히 있었다. 씩씩대던 효미가 엉엉 울고 나서 코를 풀고, 눈물을 닦고, 딸꾹질을 멈췄을 때 언니가 조용히 말했다.

"효미야, 이곳엔 내가 꿈꾸던 모든 것이 있어. 난 전에 몰랐던 행복을 누리면서 살아. 수녀원 생활이 힘들지 않다는 건 아니야. 외롭고, 답답하고, 영화도 보고 싶고, 여행도 가고 싶고 그래. 그럼에도 불구하고 행복한 거야."

"말 같은 소리를 해! 사람들이랑 지지고 볶고 부대끼며 사는 거, 골치 아프게 연구하며 실패하고 성공하는 거, 그게 행복한 거야. 세상과 연 끊고 이런 데 숨어 사는 게 아니라!"

"나는 공부하고 싶은 만큼 공부했고 일하고 싶은 만큼 일했잖니. 이젠 침묵과 고독에 머물래. 침묵 속엔 효미 네가 알지 못하는 자유가 있어. 침묵으로만 할 수 있는 사랑이 있어."

언니의 미소엔 짙은 안타까움과 흐릿한 슬픔이 섞여 있었다. 효미는 여전히 날카롭게 따지듯 말했다.

"언니는 정말 믿니? 세상을 신이 창조했다고, 2천 년 전에 레반트 지역 구석에서 동정녀가 신의 외아들을 낳았다고, 그 외아들이 이 세상의 죄를 사하기 위해 십자가 못 박혀 죽고 사흘 만에 부활하고 승천했다고 믿어? 그 외아들이 우리가 모르는 또 다른 차원에서 이 지구를 지켜보고 있다가, 와, 말하다 보니 웃음도 안 나온다. 언니는 그게 믿어져? 그게 믿고 말고 할 뭐시기가 되냐고!"

"사실 무간을 연구하는 것보다 그걸 믿는 게 더 힘들지."

언니는 엄청난 농담인 양 키득대며 말했지만 눈빛은 흔들림이 없이 고요했다. 언니 자체가 고요했다.

"난 끊임없이 투쟁하고 있어. 치열하게 몸부림치면서 매순간 믿고, 바라고, 사랑하기를 선택하는 거지. 결코 쉽지 않아."

"못 믿겠고 안 믿긴다는 말이잖아. 솔직히 말해봐, 신이 어 딨어? 교회가 있고 교리가 있을 뿐이지."

"난 내 의심을 존중해. 의심해본 적 없는 믿음은 믿음이 아니라 세뇌거든. 그런 건 신앙이 아니지. 감각 너머에 있는 현존을 감지하려고 해. 기도 중에도 일하는 중에도 그분 안에 머물려고 노력해."

하, 효미는 코웃음을 쳤다. 효미는 철창에 얼굴을 바짝 들이대고 말했다.

"감각 너머 현존 같은 소리 말고, 직접 만나고 싶진 않아?"

"누구를?"

"십자가에 못 박혀 죽은 그 사람 말야, 사람의 아들."

"효미야, 난……."

"3년만 기다려. 내가 가서 만나고 올게. 가서 진짜 죽어서 사흘 만에 부활하는지 내 눈으로 보고 올게. 그 사람이 신도 아니고 신의 아들도 아니라는 걸 언니한테 증명할게."

언니는 멀거니 효미를 바라봤다. 그게 무슨 소리냐는 얼굴이었다. 효미는 의기양양하게 말했다.

"무간, 이제 다룰 수 있어. 내가 해냈거든. 지금은 초파리만 성공했지만 3년 뒤에는 다룰 거야."

*

효미는 올리브나무 숲 깊은 곳으로 들어갔다. 길이 험하진 않았지만 방향을 가늠하기 어려웠다. 나뭇가지를 꺾고 작은 돌로 표지를 만들며 주의 깊게 주변을 살폈다. 한 30분쯤 더 가니 아름드리 올리브나무가 모여 있는 공터가 나왔다. 앉기 좋은 크기의 바위가 여남은 개 있었다. 그중 가장 큰 바위 옆에 한 남자가 서 있었다. 남자의 얼굴에서 흐른 땀이 땅으로 뚝뚝 떨어졌다. 흠뻑 젖은 머리카락과 옷에서 모락모락 수증기가 피어올랐다. 몹시 불안한 듯 온몸을 덜덜 떨며 안절부절 못했다. 몇 걸음 떨어져 있는 커다란 나무 둥치 아래에는 남자 셋이 누워 있었다. 불편한 자세였지만 코까지 골며 잤다. 효미는 조심스레 남자에게 다가갔다. 인기척을 느낀 남자가 흠칫 놀라며 고개를 돌렸다. 효미는 안심시킬 요량으로 손을 들고 말했다.

"혹시 나사렛 사람을 아세요?"

남자는 긍정도 부정도 하지 않고 효미를 바라봤다. 고개를 살짝 끄덕인 듯도 싶었다. 효미는 나무 뒤에서 걸어 나와 남자와 마주 섰다. 남자가 말했다.

"오늘 밤 이곳은 매우 위험해요. 험한 일이 벌어지기 전에 그만 집으로 가세요."

아, 효미는 작게 탄성을 질렀다.

"당신이 맞는 것 같아요! 나는 아주 멀리서 당신을 찾아왔어요. 확인할 게 있어서요."

"난 해야 할 말을 이미 다 했어요. 이제는 침묵과 기다림의 시간입니다."

남자는 땅에 엎드려 기도할 참이었다. 효미는 빠르게 말했다.

"당신은 정말로 자신을 구세주라고 생각하나요? 당신이 십자가에 못 박혀 죽으면 세상을 죄악에서 구할 수 있다고 생각해요?"

남자는 멈칫하며 효미를 바라봤다.

"그대는 누굽니까?"

"당신 때문에 화가 난 사람이죠."

"이곳엔 내게 화가 난 사람이 아주 많아요. 곧 그들이 내 목숨을 노리고 달려올 겁니다. 그런데 당신은 그들과 다르군요. 게다가 이곳 사람도 아니고요."

남자는 몹시 의아해했다. 효미는 남자에게 더 가까이 다가갔다. 2천 년을 건너와 마주한 이 사람을 좀 더 자세히 보고 싶었다. 남자의 얼굴은 백인 남성을 본 뗘 그린 성화와 완전히 달랐다. 전혀 닮은 구석이 없었다. 숱 많은 머리칼과 거뭇한 피부, 큼직큼직한 이목구비는 1세기경의 셈족 유해를 분석하여 만든 복원도와 더 닮은 듯했다. 과거에 살았던 사람을 직접 얼굴을 맞대고 보니 몹시 생경했다. 이 남자는 자신을 진정 신의 아들이라 생각할까, 자신의 죽음으로 세상이 구원된다고 생각할까. 효미가 물었다.

"당신은 진짜 당신의 죽음이 세상을 구원할 거라고 생각하나요? 그건 망상이에요. 이 세상은 한 사람이 구하네 마네 할 것이 아니에요. 애초에 이 세상은 당신이 아버지라고 주장하는 신이 일주일 만에 뚝딱 만들지 않았어요."

남자는 차분히 효미를 바라보며 말했다.

"모든 것은 아버지께서 만드신 겁니다. 이 땅과 바다, 창공 너머의 해와 달과 별 모두는 아버지께 기원이 있다는 겁니다. 그분이 생명의 기원이고 이 세상 모든 것의 기원이라는 것은 언제고 만천하에 드러날 겁니다."

"창조설에 대해선 일단 보류하죠. 난 언니를 구하기 위해 당신을 만나러 왔어요.”

남자의 얼굴에 당황한 빛이 역력했다. 이미 자신의 비참한 죽음을 예견하고 각오를 다지던 남자에게 예상치 못한 번뇌가 하나 더해진 듯했다.

“그대의 언니가 나 때문에 위험해졌다는 건가요? 혹시 감옥에 갇혔습니까?”

“갇힌 게 아니라 스스로를 가둔 거죠. 언니는 당신에게 완전히 미쳤어요. 당신을 따른다며 모든 걸 버렸다고요.”

“잠깐만요, 스스로를 가두었다고 했나요?”

“네! 언니는 세상에서 해야 할 일이 정말 많은 사람인데 당신 때문에 다 망쳤어요.”

“만약 당신 언니가 몸과 마음이 자유로운 상태에서 생각하고 결정한 거라면, 아마도 자신에게 가장 좋은 몫을 택한 걸 겁니다. 당신에게 좋은 게 아니라 당신 언니에게 좋은 것을요.”

“남의 일이라고 쉽게 말하네요. 무책임해요! 당신과 당신 제자들로 인해 무슨 일이 생기는지 알아요? 이루 헤아릴 수 없는 죽음이 발생한다고요.”

“……나는 이 세상의 고통을 없앨 순 없어요. 하지만 고통받는 이와 함께 고통받을 순 있습니다. 그게 내가 선택한 좋은 몫이에요. 당신 언니가 나와 내 아버지 때문에 스스로를 가둔 거라면, 나는 내 아버지께 그를 안다고 증언하겠습니다.”

“당신 아버지라니, 누구요? 당신은 마리아의 아들이잖아요.

당신은 과부인 어머니가 당신의 처절한 비명을 듣게 하고 끔찍한 죽음을 보게 하고 당신 시체를 수습하게 할 거잖아요. 설마 진짜로 본인을 신의 아들로 믿는 건 아니죠?"

남자는 주먹을 꽉 움켜쥐고 비통하게 말했다.

"그만 가시오. 당신이 온 곳으로 돌아가시오!"

"당연히 갈 거예요. 이봐요, 난 당신이 죽지 않으면 좋겠어요. 당신과 당신의 주변 사람만을 위해서 하는 말이 아니라, 당신 죽음으로 인해 앞으로 무슨 일이 일어나는지 알기 때문에 하는 말이에요."

"아니오! 나는 나의 잔을 받아 마실 겁니다."

"그렇게 낭만적으로 멋들어지게 말할 일이 아니라니까요. 당신의 죽음은 세상을 구하지 못해요. 당신과 당신 아버지의 이름으로 숱한 전쟁이 일어나고 헤아릴 수 없이 많은 사람이 죽어요. 당신을 섬긴다는 이유로 얼마나 황당한 일이 생기는지 당신은 몰라요. 오늘 밤 당신이 저들에게 잡히면 세세대대 많은 사람이 불행해진다고요. 도망가요, 내가 시공간 저편으로 피신시켜줄게요."

남자는 불편한 기색을 숨기지 않고 날카롭게 대꾸했다.

"그게 정녕 나를 위해 하는 말인가요? 아니면 헤아릴 수 없이 많은 죽은 이들? 혹은 당신 언니? 아무래도 당신을 위해 하는 말인 것 같은데요."

"모두에게 좋은 일이죠, 당신이 십자가에 매달려 죽지 않는 건. 설마 진짜로 사흘 만에 부활할 거라 믿고 죽으려는 건 아니죠?"

"당신에게 중요한 건 내가 무얼 믿는지가 아니지요. 대답해 보세요, 내가 십자가에 매달리지 않으면 당신 언니가 당신에게 돌아간다고 했나요? 당신은 언니의 선택을 인정하지 않고 있어요. 혹시 언니가 스스로 생각하고 판단할 능력이 없나요?"

"지금 무슨 말을 하는 거예요?"

"돌아가서 당신 언니에게 물어보세요. 왜 스스로를 가두었는지. 사실 물을 필요가 없죠, 당신은 언니의 말에 귀 기울일 생각이 없으니까요. 당신은 이미 언니가 틀렸다고 판단을 내렸어요. 내 선택이 틀렸다고 생각하듯이."

효미는 그렇지 않다고 말하지 못했다. 남자는 빠르게 말을 이어갔다.

"난 사람들에게 희망을 주고자 했어요. 우리는 우리가 무엇인지, 어떤 것을 추구하며 살아야 하는지 분명히 알아야 해요. 우리는 서로 보살펴야 해요. 서로가 서로를 섬겨야 해요. 거기에 하늘나라가 있어요. 이 말을 따른다면서 살육과 파괴를 일으키는 자들은 내 말을 들은 게 아니에요. 믿고 싶은 걸 스스로 만든 것이지. 아, 이런! 어서 피해요. 당신과 당신 언니가 평안하기를."

횃불을 들고 무장한 군인들이 몰려왔다. 나무 등치에 아래서 자고 있던 세 제자는 저항하다가 흩어졌다. 남자는 담담하게 잡혀갔다. 효미는 이 모든 걸 숨어서 지켜봤다. 알던 대로 이루어지고 있었다. 이제 그의 죽음은 막을 수 없다. 그렇다면 부활은? 제자들이 남자의 시신을 훔쳐 숨긴 뒤 부활했다는 소문을 낼 것이 분명했다. 효미는 무덤의 위치를 알아내기 위해 숨어서 군인들을 뒤따라갔다.

이른 아침, 급하게 형이 집행되었다. 처형장에서 태형이 시작되자 사람들이 몰려들었다. 그의 어머니는 사람들 사이에 섞여 아들을 보고 있었다. 아들의 비명을, 살점이 떨어져 나가는 소리를, 사람들의 조롱과 비웃음을 듣고 있었다. 피 같은 눈물을 흘리며 서 있었다. 효미는 남자의 비명도, 어머니의 표정도 견딜 수 없어 자리를 떴다.

저잣거리는 묘한 열기로 들끓었다. 사람들은 무슨 축제를 기다리는 것처럼 흥분해 있었다. 그가 십자가를 지고 나타났을 때 메시아에게 경배한다고 조롱하며 침을 뱉었다. 그가 휘청거리다 넘어져 십자가에 깔렸을 때 슬랩스틱 코미디를 본 듯 웃었다. 그가 이런 일을 당할 이유는 없다며 혀를 차는 사람도 있었다. 침묵하며 그의 뒤를 따라 걷는 여자들이 있었다. 숨어서 비통하게 우는 남자들이 있었다. 효미는 저들이 그의 제자라는 걸 알았다. 그의 제자들은 지금도 스승이 신의 아들이라고 믿을까, 궁금했다.

십자가에 못 박힐 때, 십자가가 세워질 때, 십자가에서 숨을 거둘 때 그의 어머니는 아들 곁을 떠나지 않았다. 십자가에서 시신이 내려졌다. 지난밤 그와 함께 숲에 있었던 한 남자와 다른 남자 셋이 그의 시신을 수습했다. 장례는 단출했다. 그의 시신은 바위굴에 안치되었고 커다란 바위로 입구를 막았다. 몇몇 여인들이 끝까지 함께하다 남자의 어머니를 모시고 떠났다. 효미는 이 모든 걸 멀리서 바라봤다.

효미는 무덤을 지키기로 했다. 바위무덤 뒤쪽 우거진 나무 사이에 자리를 잡고 앉았다. 그의 죽음은 막지 못했지만 시신 도난은 막으리라 단단히 별렀다. 한데 체류 시간이 채 두 시간도 남지 않았다. 가장 중요한 걸 확인할 수 없었다. 부활이 아니라 시신 도난사건이라고 언니에게 당당히 말하고 싶었는데 말이다. 사람을 사서 무덤을 지키게 하고 언니에게 둘러댈까 싶었다.

"당신, 계속 우리 뒤를 따라왔던 사람이지요?"

검은 옷을 입은 한 여자가 조심스레 다가왔다. 너무 울어서 얼굴이 퉁퉁 붓고 목이 쉬었지만 눈빛은 다정했다. 효미는 고개를 끄덕였다. 여자는 효미 옆에 앉았다. 효미를 동료라고 여기는 듯했다. 효미는 여자에게 물었다.

"몰라서 묻는 건데요, 당신 스승은 정말로 기적을 일으켰나요? 죽은 자를 살리고 병든 이를 고쳤나요?"

여자는 효미를 물끄러미 바라보다 고개를 끄덕였다. 효미가 다시 물었다.

"만약에 당신 스승이 기적을 일으키지 않았다면, 그래도 당신은 그를 따랐을까요?"

여자는 먼 하늘을 바라봤다. 얼굴은 금세 눈물 콧물 범벅이 되었다. 여자가 눈을 감고 말했다.

"지금에 와서 생각해보니까 스승님의 존재 자체가 기적이었던 것 같아요."

"무슨 뜻인가요?"

"스승님은 자신이 행한 기적이 소문나는 걸 원치 않았어요. 중요한 건 스승님의 가르침이었거든요. 너희 아버지께서 자비로우신 것처럼 너희도 자비로운 사람이 되라고 하셨죠. 그런 단순한 가르침은 처음이었어요. 율법은 너무 어렵고 복잡한 데다 지킬 수 없는 게 정말 많거든요. 하지만 스승님의 가르침은 달랐어요. 마음만 있으면 지킬 수 있죠."

"하지만 사람들은 그것도 안 지키잖아요."

"적어도 우리들은 지켰답니다. 그런 우리들이 점점 많아지고 있어요. 우리가 열심히 잘 살면 우리를 본 사람들도 조금씩 변하지 않을까요? 그러다 보면 이 땅이 하늘나라가 되는 날이 올 거예요."

효미는 그런 세상은 2천 년이 지나도 안 온다고 말하려다 말았다. 여자는 눈물을 훔치며 말했다.

"스승님과 함께 다니는 것이 즐거웠어요. 이제는 스승님의 가르침과 함께 다닐 거예요. 그분께 배운 대로 살아야죠. 당신에겐 참 고마워요. 스승님의 마지막을 외면하지 않고 이렇게 무덤까지 와주어서요."

"그, 그게요, 아무도 없을 때 누가 시신을 훔쳐갈까봐……."

"어머, 정말 그럴 수도 있겠네요! 스승님을 경계하는 자들이 많아요. 그들이 시신을 훔치거나 엉뚱한 소문을 퍼트릴 수도 있어요. 다른 제자들과 돌아가면서 지켜야겠어요."

여자는 당장 다른 제자들을 알리러 갈 듯 호들갑을 떨며 일어섰다. 효미는 여자의 생각을 더 듣고 싶어 황급히 여자를 잡아 세웠다.

"만약 당신의 스승님이 신의 아들이 아니라면 어쩔 건가요? 하늘나라도 없고 지옥도 없다면, 부활도 없다면, 당신이 믿고 따르던 가르침이 아무것도 아닌 거라면 어쩔 건가요?"

"글쎄요, 스승님이 돌아가시기 전에 그런 질문을 받았다면 웃고 넘어갔을 텐데 지금은 웃을 수가 없네요. 어쨌든 난 자비로운 사람이 되고 이웃을 섬기는 사람이 될래요. 스승님처럼요."

"당신 스승처럼 살면 당신 스승처럼 죽어요. 그 어떤 보상도 없이 끝난다고요."

"어머, 내가 살고 싶은 대로 사는 게 보상이죠! 그걸로 족해요. 가서 다른 제자들을 데리고 올게요. 무덤을 지킬 당번을 정해야겠어요. 내가 올 때까지 당신이 여기 있어 주세요."

여자는 조심스럽고 다정한 몸짓으로 효미를 포옹하고 떠

났다. 효미는 어정쩡하게 서서 여자의 뒷모습을 바라봤다. 여자가 입은 검은 튜닉과 검은 베일이 낯설지 않았다. 그 어리석음도 낯설지 않았다.

체류 가능 시간 15분, 효미는 올리브나무 숲 가장자리로 향했다.

선홍빛 저녁노을은 무척 아름다웠다. 효미는 살고 싶은 대로 사는 삶, 그걸로 족하다는 여자의 말을 읊조렸다. 언니는 왜 연구소를 떠났을까, 왜 그런 수녀원을 선택했을까, 언제 그런 결정을 내렸을까. 효미는 언니의 선택에 대해 한 번도 대화한 적이 없다는 걸 기억해냈다. 처음으로 언니의 생각이 궁금해졌다. 언니는 어떤 삶을 살고 싶었던 걸까, 내가 살고 싶은 삶은……. 효미는 복귀하면 곧바로 수녀원에 면회신청을 하리라 마음먹었다. 자신이 무간을 어떻게 연구해왔는지, 시공간을 거슬러 누구를 만났고 어떤 대화를 나눴는지 언니에게 자랑할 생각에 웃음이 났다. 효미는 검고 깊은 무간으로 뛰어들었다.

고잉 홈

문지혁

1980년 서울 출생. 2010년 「체이서」를 발표하며 작품 활동 시작. 소설집 『우리가 다리를 건널 때』 『사자와의 이틀 밤』. 장편소설 『초급 한국어』 『비블리온』 『P의 도시』 『체이서』. 역서 『라이팅 픽션』 『끌리는 이야기는 어떻게 쓰는가』 등.

1

현이 밀레니엄 파크 근처에서 검은색 혼다 파일럿을 찾았을 때, 차에는 아무도 없었다. 비가 꽤 내리고 있었기 때문에 우산과 짐을 함께 들고 서 있기가 불편했다. 공원 쪽 울창한 식물들 사이로 옅은 비린내 같은 것이 올라왔다. 주머니에서 색종이로 접은 빨간색 유니콘을 꺼내 만지작거리고 있는데 어디선가 검은색 정장을 입은 여자 한 명이 차 쪽으로 다가오면서 알은체를 했다. 여자의 우산 밑에서 회색 연기가 피어올랐다.

"구현 씨?"

현이 고개를 끄덕이자 여자는 담배를 우산 든 손으로 옮겨 쥔 채 조수석 문을 열었다.

"타세요."

안쪽을 들여다보니 차 뒤편에는 뒷좌석이 접힌 채 몇 대의 카메라와 두 대의 노트북 컴퓨터와 거기 연결된 이름 모를 기계들이 트렁크 쪽까지 잔뜩 설치되어 있었다. 짐을 놓으려고 했는데. 캐리어를 들고 있던 현은 난감한 표정을 지을 수밖에 없었다.

"이거 실을 데가 없을까요?"

현이 묻자 여자는 담배를 바닥에 던지고 신고 있던 플랫 슈즈로 비벼 끄면서 말했다.

"다리 앞에 두시면 되겠네."

여자는 우산을 접고 반대편 도로 쪽으로 나가 운전석에 올랐다. 캐리어를 다리 사이에 밀어 넣으며 현은 이 여행이 쉽지 않을 것임을 직감했다. 이럴 줄 알았어. 돈 500불이 공짜일 리가 없지.

2

현이 공고를 발견한 것은 그저께 밤 헤이코리안 사이트에서 나가기 위해 막 홈 버튼을 눌렀을 때였다. 눈앞에 잔상처럼 뉴욕, 모집, 사례금이라는 세 단어만 남은 채 화면은 구글 검색창을 보여주고 있었다. 현은 서둘러 뒤로 가기 버튼을 눌렀다.

〈AI 실험 참가자 모집〉
一뉴욕 그랜드 센트럴역까지 라이드 제공

―성인 대상(남녀 불문)

―탑승 중 편안하게 이야기해주실 분

―사례금 $500(CASH)

이상한 실험이라고 생각했다. 아무것도 안 하는데 500불을 준다고? 시카고에서 뉴욕까지 차를 태워주고도? 현이 제일 먼저 떠올린 건 도시 괴담이었다. 차를 탈 때는 제 발로 걸어서 타지만 눈을 떠보면 차가운 수술대 위에 배가 열려 있는 건 아닐까? 돈을 현금으로 주는 것도 그렇다. 받는 입장에서는 물론 좋지만, 주는 쪽에서 세금을 피해야 할 어떤 목적이 있는 걸까? 대체 무슨 실험이기에? 한번 삐딱하게 보기 시작하니 모든 것이 의심스러웠다.

그렇지만 쉽게 게시물을 빠져나가지 못한 건 두 가지 이유 때문이었다. 어쨌든 뉴욕에 돌아가야 한다는 것. 그리고 당장 돈이 필요하다는 것. 원래 현이 타려고 했던 그레이하운드 버스를 타면 뉴욕까지 111달러를 요금으로 내야 했고, 그마저도 중간에 오하이오에서 한 번 갈아타야 했다. 걸리는 시간은 총 24시간 40분. 비행기는 공항까지 오가는 차편과 대기시간, 요금을 생각하면 아예 선택지에 없었다. 간혹 운 좋게 라이드를 구해 뉴욕까지 가는 사람들 사례를 듣기도 했지만 현에게는 현실성 없는 얘기였다.

그런데 라이드를 해주면서 돈까지 주다니.

이건 단순히 500달러를 버는 게 아니라, 실제로는 원래 들었어야 할 돈까지 최소 600불 이상을 버는 장사였다. 이 돈이면 델리 가게 아르바이트를 2주 쉬거나, 아니면 장바구니에 석 달째 들어 있는 아이패드를 살 수 있었다. 어느 쪽이든 현의 심박수를 높이기엔 충분했다.

현은 공지 아래 적힌 연구소 전화번호를 눌렀다. 깨진 액정 사이로 신호음이 울리기 시작했다.

3

"화장실은 다녀오셨죠? 출발합니다."

현이 대답하기도 전에 여자는 D 버튼을 누르고 좁은 도심을 빠져나가기 시작했다. 중형 SUV의 육중한 몸체가 도로 위로 미끄러지듯 움직였다.

"제가 해야 하는 게 있나요?"

현이 묻자 여자는 전방을 주시한 채 말했다.

"연구소에서 말 안 해주던가요?"

현은 잠시 머뭇거렸다. 뭐라고 설명해주는 것 같기는 했는데 그의 아이폰 스피커가 들쭉날쭉하게 울리는 바람에 제대로 듣지 못한 부분이 많았다. 돈이 생기면 전화기부터 바꿔야하나?

"네."

"상관없어요."

여자가 말했다.

"두 가지만 기억하시면 돼요. 첫 번째는 계속해서 말을 하시는 거고요. 두 번째는 하는 말이 2차든 3차든 어떤 방식으로 가공되어 연구에 사용될 수 있음을 인지하시는 거예요."

그사이 차가 넓은 도로에 들어섰고 여자는 핸들에서 손을 뗀 채 몸을 뒤로 돌려 노트북 하나를 다리 위에 올렸다.

"아니, 운전대……."

조수석에서 현이 손가락으로 핸들을 가리키자 여자는 현을 바라보았다.

"이런 거 처음 봐요? 한 10년 전부터 되던 건데. 테슬라 있죠. 자율주행. 그런 거예요. 이젠 아무 자동차 회사나 다 이 정도는 해요."

핸들은 누구의 도움도 없이 능숙한 조향으로 눈앞의 커브를 돌아나갔다. 민망해진 현은 고개를 돌려 다시 앞을 봤다. 안전벨트를 다시 한번 세게 잡아당기는 것 말고는 달리 할 수 있는 게 없었다.

4

"열두 시간 동안 두 번 쉴 거예요. 운전은 하실 필요 없고, 이야기만 하시면 돼요. 제가 질문하는 거에. 대단한 건 아니고요."

한동안 노트북만 들여다보던 여자가 입을 열었다. 열두 시간? 센터페시아의 내비게이션 화면을 보니 뉴욕 그랜드 센트럴역까지 남은 시간은 열한 시간 57분이었다. 갑자기 남은 시간이 막막하게 느껴졌다.

"뒤에…… 저게 다 뭔가요?"

"제가 하는 질문에만 대답하세요."

여자는 단호하게 말했다가, 살짝 부드러워진 톤으로 덧붙였다.

"천천히 설명해드릴 테니까."

현은 자세를 고쳐 앉고 긴장을 누그러뜨리려고 노력했다. 어차피 도착할 때까지는 벗어날 수 없다. 언젠가 넌 그 호기심 때문에 한 번 크게 당할 거야. 헤어진 여자친구가 했던 말을 떠올렸다. 지금 생각해보니 그 문장은 저주처럼 들렸다. 뭐 땜에 그랬더라? 그건 기억나지 않았다. 그래, 난 항상 제 무덤 파는 사람이었지. 어쩌면 여자친구의 말은 벌써 현실이 된 건지도 몰랐다. 하늘은 여전히 흐렸고 비는 회초리처럼 세차게 지붕을 두드렸다. 현은 자신의 장례식으로 향하는 운구차에 타고 있는 기분이었다.

"7, 8년 전에 미국에서 이런 프로젝트가 있었어요. 로스 굿윈이라는 컴퓨터 프로그래머 겸 디지털 예술가가 구글 연구팀과 합동으로 AI 소설을 썼는데요. 자기가 만든 인공신경망 알고리즘에 기존의 소설 200권을 학습시키고, 그걸 차에 태워서 뉴욕에서 뉴올리언스까지 여행을 떠난 거예요. 차에는 카메라와 마이크, 시계와 GPS가 달려 있었고, 이 알고리즘은 길 위의 모든 것을 말 그대로 '보고 들으면서' 문장들을 써낸 거죠. 그걸 모아 결국 책도 나왔고요."

"AI가 소설을 썼다고요?"

"놀라운 일도 아니죠."

"그러면 저 뒤에 있는 기계들이……."

"맞아요, 우리도 비슷한 걸 하고 싶은 거예요."

"그렇게 해도 되나요?"

"뭐가요?"

"똑같은 실험 같아서요. 표절……."

반대쪽 창을 보고 있던 여자가 조수석으로 고개를 돌렸다.

"우리 인공지능은 한국어로 써요. 그리고 우린……."

현과 눈이 마주치자 여자가 덧붙였다.

"사람을 태웠죠."

5

그때 여자의 노트북에서 알람이 울렸다.

"첫 번째 문장이 나왔네요."

이제까지와 비슷한 톤이었지만, 현은 거울을 보는 것처럼 알 수 있었다. 여자의 표정에는 묘한 호기심과 희열이 숨겨져 있다는 것을. 봐도 되냐고 물으려는 순간 여자가 노트북을 뒤로 접어 태블릿처럼 만든 다음 현 쪽으로 내밀었다. 검은 화면 속에서 하얀 글자가 반짝였다.

시카고가 젖었다.

"어때요?"

현은 대답을 주저했다. 마지막으로 소설을 읽은 게 언제였더라. 소설이 현의 관심사였던 적은 한 번도 없었다. 아마도 수능 언어영역 지문에서 본 소설이 마지막일 것이다. 무슨 구두 어쩌고 하는 제목이었는데.

"잘 모르겠지만, 뭔가 시 같네요."

"소설가들은 배경 묘사로 시작하는 첫 문장이 별로라고들 하지만, 그건 그 사람들 생각이고. 내 생각엔 이 정도면 나쁘지 않은 것 같아요. 선행연구라고 할 수 있는 굿윈의 인공신경망이 쓴 첫 문장도 비슷해요."

"어떻게 시작하는데요?"

"아침 아홉 시 17분이었고, 집은 무거웠다."

그건 더 모르겠는데. 현은 생각했다.

"지금부터는 여기 신경 *끄셔도* 돼요. 어차피 본문은 기밀이기도 하고요."

여자는 노트북을 다시 펼쳐 무릎 위에 놓았다.

"이제 우리 차례예요."

6

차가 주간 고속도로로 들어섰다. 시카고에서 뉴욕까지 일 직선으로 뻗은 길. 'INTERSTATE 90'이라고 적힌 푸른색 표 지판이 선명했다. 미국이라는 나라에서 현은 항상 두 가지에 놀랐다. 하나는 그 드넓음. 다른 하나는 그 단순함.

"뉴욕에 가는 이유는 뭐죠?"

여자가 물었다.

"거기가 집이니까요."

"집이요? 미국에서 태어났어요?"

"그런 건 아니지만, 지금 사는 곳이에요."

"미국엔 왜 왔어요?"

잠시 침묵이 흘렀다.

"……배우가 되고 싶어서요."

"연기자 말인가요? 연극? 영화?"

"뭐든지요. 가릴 처지는 아니라서."

"흥미롭네요. 그럼 언제부터 그런 꿈을 갖게 되었는지 이 야기해볼까요?"

현은 그들의 대화가 뭔가 인터뷰 같으면서도 뻔하게 진행 되고 있다는 생각이 들었다. 어린 시절 유명했던 어떤 영화 를 보고 깊은 감명을 받은 소년이 연기에 꿈을 갖게 되고, 그 꿈을 받아들이지 않으려 이런저런 다른 길을 모색하고 도망 치려다가 결국 자신의 운명을 받아들이고 험한 길을 걷게 된다? 그런 이야기는 사실이라 해도 가짜 같았다. 현은 자신의 인생 영화 「블레이드 러너」부터 이야기하려다가 길을 바꾸어 들었다.

"이런 이야기들이 다 쓸모가 있을까요?"

여자는 고개를 돌려 현을 빤히 쳐다보았다.

"일단 입력을 주는 거니까요. 우리는 일종의 데이터만 제공하는 거예요. 말뭉치를 주면 알아서 단어와 문장을 조합하는 건 얘가 할 일이죠. 소설은 우리가 아니라 이 친구가 쓰는 거예요."

"이 대화도 녹음되는 건가요?"

"당연하죠."

"이게 소설이 된다고요?"

"안 될 이유가 있나요? 소설이 뭔데요?"

여자는 참을성이 바닥난 사람처럼 말했다.

"연기자 얘기 안 할 거예요?"

7

첫 번째 휴게소로 여자는 맥도널드를 골랐다. 서너 시간 동안 어렸을 적 리들리 스콧의 영화를 보고 품게 된 배우의 꿈에서 시작해 말썽 많았던 학창 시절과 연기 학원, 대학 생활과 미국까지 오게 된 사연을 거쳐 맨해튼 델리 가게에서 잡일을 하며 연기 학교에 다니는 지금에 이르기까지 모두 이야기하고 나니 현도 허기가 졌다. 예산으로 처리할 수 있다는 말에 현은 빅맥 세트를 세 개나 시켜 먹었고 여자는 햄버거 대신 시나몬 롤과 해시 브라운을 주문했다. 양은 비교할 수 없었지만 먹는 시간은 비슷하게 걸렸다. 포장지와 감자튀김 찌꺼기, 남은 음료를 모아 버리다가 현은 조금 민망해져서 바로 옆 스타벅스에서 자신이 커피를 사겠노라고 호기롭게 말했다. 여자는 소이 라테를, 현은 아메리카노를 골랐다. 계산을 하려고 주머니에서 20달러짜리 지폐를 꺼내다가 뭔가 아래로 툭 떨어졌다.

"이건 뭐예요?"

현이 거스름돈을 돌려받는 사이 여자가 종이를 집어 들고 물었다.

"아, 유니콘이요."

현은 짧게 덧붙였다.

"조카가 줬어요."

여자가 눈을 반짝였다.

"조카가 있어요? 그 얘길 좀 해주세요. 아, 차에 타서요!"

여자는 한 손에 세이렌이 새겨진 테이크아웃 컵을 든 채 종종걸음으로 앞서 나갔다.

기름을 가득 채운 파일럿이 다시 I-90 위를 달리기 시작하자, 현은 유니콘을 만지작거리며 조카 이야기를 꺼냈다.

"누나는 이민을 일찍 왔어요. 20대 후반이었나. 정확한 나이는 몰라요. 저랑은 나이 차가 열 살 넘게 나서 어릴 땐 이모 같다고 생각한 적도 있었거든요. 제가 중학교에 다니던 어느 날 누나가 검은 가방 두 개에 짐을 싸서 미국으로 떠나버렸어요. 엄마 아빠는 나와보지도 않았고, 제가 대신 가방 들고 큰길에 가서 택시 타는 걸 도와줬는데. 그때 누나가 마지막으로 했던 말이 생각나요. 자긴 절대 안 돌아올 거라고. 시체로 돌아오는 거 아니면.

나중에 커서 알고 보니 누나와 결혼을 약속한 남자가 있었는데 부모님이 결사반대를 했던 거였어요. 남자가 뭐 한다고 했더라. 시인이라던가. 암튼 미국에 가고 나선 연락이 잘 안 됐어요. 한참 뒤에 저한테 페이스북으로 메시지가 와서 누나가 어떻게 사는지 알게 됐죠. 누나는 미국에서 미국 사람이랑 결혼해서 애도 셋이나 낳고 잘살고 있었더라고요. 그사이 우리 집은 망하고 아버지는 화병으로 돌아가시고 엄마는 병원에 누워 있었는데. 사정을 얘기했더니 누나가 병원비 보태 쓰라고 돈을 보내줬어요. 만 불이었나? 근데 그 돈을 받고 일주일 만에 엄마도 돌아가신 거예요. 결국 누나가 준 돈으로 장례를 치렀어요. 누나가 아니라 엄마 아빠만 시체가 되었죠.

누나는 시카고 근교에 살아요. 방이 여덟 개고 화장실이 일곱 개니까 제 눈엔 대저택인데요. 누나는 그냥 자기 동네에서는 평범한 집이래요. 매형은 부동산 사업을 한다는데, 맨날 집에서 맥주 마시면서 비디오 게임하고 마당에서 애들 햄

버거 구워주는 게 일이에요. 누나네 아이들은 딸 둘에 막내가 아들인데, 아들이 장애가 있어요.

유니콘 얘기는 언제 나오냐고요?

이제부터요. 그 장애 있는 아들이, 오티즘인가 그런 거라는데, 종이접기가 유일한 취미거든요. 말은 한마디도 안 하는데 집에 오면 막 혼자서 뭘 접고 있어요. 생긴 건 꼭 우리 아버지처럼 생겼는데. 특히 인상을 쓸 때 너무 비슷해서 깜짝깜짝 놀랄 정도예요. 이 유니콘은 그 애가 이번에 저랑 헤어질 때 준 거예요. 나한테 주는 선물이냐고 물어봤는데, 끝까지 대답은 안 하고."

8

두 번째 휴게소에서 그들은 따로 밥을 먹었다. 여자는 타코를, 현은 피자를 선택했다. 여자가 준 카드로 두 조각을 먹었는데, 조각이 너무 커서 한 판을 다 먹은 것 같은 기분이었다. 차로 돌아가 다시 고속도로에 오르자 이번에는 자신도 모르게 잠이 들고 말았다. 여자는 왜 나를 깨우지 않을까? 희미해지는 의식 속에서 현은 또렷하게 생각했다. 꿈에서 현은 해리슨 포드에게 잡혀 담배 연기 자욱한 조사실에서 보이트-캄프 검사를 당하는 레플리칸트가 되어 있었다.

9

잠에서 깼을 때 가장 먼저 눈에 들어온 것은 센터페시아의 내비게이션 화면이었다. 남은 시간은 한 시간. 자세히 보니 1:01:01 같은 숫자들이 줄어들지 않고 깜빡거리는 중이었다. 벌써 이렇게 왔나? 검은 정장을 입고 있던 여자는 어느새 후드티와 반바지로 갈아입은 채 운전석에서 노트북을 들여다보고 있었다. 언제 갈아입었지? 휴게소에서 그랬나?

바깥에서는 초록색 풍경들이 지나갔다. 초록색…… 중부 어디쯤인가? 어딘지 이상해서 가만히 살폈더니 풍경은 지나가지 않고 있었다. 아니, 그건 풍경이 아니라 그냥 초록이었다. 아무것도 적혀 있지 않은 원색의 초록. 이따금 뭔가 펄럭이는 것 같기는 했지만 초록색은 거기 그대로 있었다.

이제 보니 차는 움직이지 않았다. 심지어는 전방도 초록이었다. 어디선가 커다란 선풍기, 아니 환풍기 돌아가는 소리 같은 것이 났다. 공사장에서 날 법한 매캐한 냄새 같은 것이 흘렀다. 이게 뭐지? 현은 입을 열려고 했지만 마치 가위에 눌린 것처럼 아무 말도 나오지 않았다. 무슨 말을 해야 여기에서 벗어날 수 있지? 이봐요. 악! 저기요! 야! 하나님!

시트를 들썩이며 온몸을 허우적거린다고 생각했지만 실제로는 손가락 하나 움직여지지 않았다. 그때 여자가 조수석 쪽을 보면서 눈썹을 들썩거렸다.

—왜 이러지?

왜 이러냐고요? 현은 이 모든 것을 도통 이해할 수가 없다. 여자가 차의 시동을 건다. 시동을 건다고? I-90 한가운데서? 내비게이션에 새로운 지도와 남은 시간이 표시된다. 한 시간 11분. 차가 움직인다. 아니, 풍경이 움직인다. 초록색이 사라지고 어둠이 그 자리를 대신한다. 환풍기 소리가 커진다. 지금 나는 어디 있는 거지? 뭘 하는 거지? 이 차는 어디로 가는 건데?

여자가 현에게 다가와 얼굴을 만진다.

다시 어둠.

10

두 번째로 눈을 떴을 때 현은 얕은 소름이 돋았다. 검은 정장 차림의 여자는 운전대를 잡고 운전 중이었고 창밖으로는 어둡지만 분명한 풍경이 지나가고 있었다. 창문을 조금 내리니 빗방울과 함께 타다 만 장작 냄새와 젖은 흙냄새가 스며들었다.

"이제 한 시간 남았어요."

여자는 전방을 주시한 채 말했다. 주위를 두리번거리고 있는데 발에 뭐가 차였다. 유니콘이 발밑, 그러니까 캐리어와 다리 사이 좁은 공간에 떨어져 있었다. 현은 유니콘을 주워 들었다. 빨간색 아니었나? 이제 종이는 파란색으로 보였다. 현은 여자에게 어떻게 된 영문이냐고 물으려다가 그만두었다. 대신 구부러진 이마의 뿔을 펴서 바르게 해주었다.

여자는 현의 꿈과 미래에 관해 물었다. 가장 친한 친구와 좋아하는 음식, 자주 가는 카페와 싫어하는 날씨에 대해서도 물었다. 현은 그 모든 질문이 하나도 중요하지 않다고 느꼈다. 그에게 중요한 질문은 따로 있었다.

"이게 다 진짜인가요?"

"진짜가 아니면 뭔가요?"

"아까 꿈을 꿨어요."

여자는 다시 자율주행으로 모드를 바꾸고 노트북을 펼쳤다.

"이 모든 게 다 거짓말이면 어떡하죠. 이 차는 달리지 않고, 바깥은 그냥 초록색 천이고, 당신이 입고 있는 검은색 옷은 가짜라면요. 나는 뭐가 되는 거죠? 왜 필요한 거죠?"

여자가 입을 연 건 한참 후의 일이었다.

"마지막 문장이 나왔네요."

여자는 노트북을 접어 내밀었다.

그는 진짜 유니콘을 봤다.

11

여자는 그랜드 센트럴역 대신 브라이언트 파크 앞에서 현을 내려주었다. 100달러짜리 지폐 다섯 장이 담긴 봉투를 건

네면서 여자는 마지막으로 말했다. 테익 케어. 현이 힘겹게 캐리어를 내린 뒤 뒤돌아 손 흔들어 인사하려 했을 때 여자의 검은 파일럿은 이미 출발한 뒤였다. 비는 어느샌가 말끔히 그쳐 있었고, 구름 사이로 아침 햇빛이 희미하게 존재를 드러냈다.

현은 공원을 배경으로 셀카를 한 장 찍었다. 자신의 지금 모습을 확인해보고 싶어서였다. 사진 속 자신에게는 마음에 들지 않는 부분이 많았다. 번들번들한 얼굴에 충혈된 눈, 블랙헤드가 알알이 박힌 코, 두더지처럼 위치를 바꾸어 곳곳에 출몰하고 있는 여드름…… 하지만 살아 있다고 느끼게 하기에는 충분한 증거였다.

현은 힘차게 캐리어를 끌고 돌아갈 집이 있는 다운타운을 향해 걸으며 생각했다. 집에 가면 엄마한테 전화를 해야지. 시카고에서 본 드라마 오디션은 망했지만, 돌아오면서 500불을 벌었다고 말할 것이다. 배우로서 번 첫 번째 소득이라는 점도 강조하면 좋겠지. 현은 정말로 그런 누나가 있었으면 좋겠다고도 생각했다. 급조해낸 매형의 이미지는 나중에 다른 오디션에서 써먹을 기회가 있을 것이다. 깜빡거리는 초록색 불에 서둘러 횡단보도를 건너면서 현은 시카고가 젖었다, 로 시작해서 그는 진짜 유니콘을 봤다, 로 끝나는 어떤 소설을 상상했다. 중간에 뭐가 들어가든, 그것만으로도 꽤 근사한 소설이 될 것 같았다. 이참에 나도 소설이나 써볼까? 다음

번 붉은 신호등을 만났을 때 현은 고개를 저었다. 충분히 피곤한 삶을 더 피곤하게 만들고 싶지는 않았다. 집에 가면 샤워를 오래 하고, 월마트에서 산 싸구려 이불을 턱 끝까지 올려 덮고 잘 것이다. 해가 다 지기 전까지는 절대 일어나지 말아야지. 저녁은 한인타운에 가서 평소 못 먹는 18.99달러짜리 도가니탕을 먹을 것이다. 그 상상을 하니 피곤이 가시고 기분이 조금 좋아졌다. 그러고서 주머니에 손을 넣었는데, 그제야 현은 자신이 유니콘을 차에 놓고 내렸다는 사실을 알았다.

패나

박문영

2013년 제1회 큐빅노트 단편소설 공모전으로 작품 활동 시작. 중편소설 『사마귀의 나라』, 장편소설 『지상의 여자들』 『주마등 임종 연구소』 『세 개의 밤』. 제2회 〈SF 어워드〉 중단편부문 대상 수상, 제6회 〈SF 어워드〉 장편부문 우수상 수상.

청소년 문화제는 예상대로 지루했다. 걸그룹 커버 안무를 추는 중학생들은 무대에서도 옷깃과 앞머리를 쉴 새 없이 매만졌다. 그들은 관중을 보는 대신 바닥을 봤다. 재능이나 잠재력을 찾아볼 수 없었다. 나는 마지막 곡이 끝나자마자 무대에 올라 앰프와 전선 뭉치를 챙겼다. 장비가 놓일 자리는 차 트렁크, 오래된 기타 가방 옆이었다.

다음 행선지는 서해에서 열리는 치유 캠프. 강사들은 어제 이미 도착해 있었다. 운전대를 잡기 전에 양쪽 귀를 세게 문질렀다. 이것도 운동인가 싶었지만 이렇게라도 몸을 만지지 않으면 몸이 있다는 게 느껴지지 않았다. 전국을 밤낮으로 정처 없이 떠도는 나날이었다. 나는 보조석의 노트북에서 시선을 뗐다. 일정은 가서 확인해도 될 것 같았다.

"저 이제 출발해요. 애들은 내일 만나겠네요."

10대 아이들이 고립될수록 30대인 내 수입은 늘어났다. 각종 증강현실 체험기기에 중독된 아이들 때문에 디지털 디톡스를 테마로 한 일거리가 줄을 이었다. 체험기기시장이 커지자 체험학습시장이 덩달아 커진 꼴이었다. 경험주의에 대한 낙관과 낭만을 떨쳐내지 않은 양육자들은 여전히 실내보다 실외에서 이뤄지는 수업을 선호했고 그 수가 적지 않았다. 시류에 휩쓸린 나는 몇 해째 아마추어 음악 강사와 음향 스태프 사이를 오갔다. 실용음악학을 전공으로 둔 덕이었다. 명칭도 기억할 수 없는 대안교육 프로그램과 프로젝트에 끼인 후로는 정작 작곡에서 멀어졌지만.

귀에서 손을 뗀 나는 시동을 걸고 라디오를 켰다. 음악 프로그램엔 패널로 문화비평가 한 명이 나와 있었다.

"비평가님 말씀대로 실감기기시장이 커지면서 여기 관련한 부작용이 꾸준히 사회문제로 불거지고 있는데요."

"그렇죠. 아티스트의 인권과 사생활 침해 논란부터 기기에서 종일 벗어나지 못하는 아이들까지. 이제 이런 말은 농담으로도 쓰기 힘들게 됐어요. 걔가 죽으면 너도 따라 죽겠다."

"요 몇 달 업계 1위는 여전히 패나죠. 다른 기기들이 그 사람 옆에 있는 감각을 느끼게 해준다면 패나는 그 사람 자체가 되는 감각을 느끼게 합니다. 이게 패나의 성공 요인일까요?"

"글쎄요. 저는 그 사람 옆에 있는 게 좋은데요."

"아, 비평가님은 패나 말고 다른 걸 쓰시는군요?"

"그건 노코멘트 하겠습니다."

"그 사람 옆에 있고 싶은가, 그 사람이 되어보고 싶은가. 제 겐 무척 어려운 질문이네요. 노래가 끝날 때까지 한번 생각해 보죠."

도입부의 드럼 소리는 너무 컸다. 제작진이 고른 곡은 패 나에 가장 먼저 생체 정보를 등록해 유명해진 아이돌의 노래 였다. 업체를 홍보하는 거야, 애들을 걱정하는 거야. 나는 주 파수를 바꿨다.

찾아가는 청소년 치유캠프, 진짜 나와 만나기. 폐교 앞 현 수막 글귀는 구깃구깃했다. 차에서 내린 나는 강사들 옆의 주 민 둘과 한 아이를 발견했다. 캠프 활동이 끝난 저녁인데 뭐 지. 연극 강사가 다가와 내 팔을 잡았다.

"일단 인사해요. 이따 말해줄게."

나는 티 나지 않게 고개를 끄덕였다.

"처음 뵙겠습니다. 저희 애, 잘 좀 부탁드려요."

젊고 단정한 인상의 두 사람이 내게 허리를 굽혀 인사했 다. 함께 허리를 굽히려던 나는 동작을 멈췄다. 조명 위치 때 문일까. 눈이 커서일까. 두 사람 가운데 선 아이가 나를 쏘아 보는 듯했다. 아이의 머리통은 너무 조그맣고 팔다리는 유난 히 길었다. 그래서 꼭 거미 같았다. 사람을 마주하고도 허둥 대지 않는 새끼 거미.

강사들과의 저녁 식사 자리에서 나는 아까 본 아이, 수이 에 대해 많은 걸 알게 됐다. 수이는 패나에 중독된 10대로 브

루나이에서 2년을 살다 어머니의 사업이 쇠락하면서 한국에 왔다고 했다. 그래서 중학교 1학년이지만 또래보다 두 살이 많은 16세였다. 보이그룹 웨이크의 팬인 수이는 패나를 통해 멤버 장유성에게 빠져들었다가 공연 중인 그가 무대에서 기절하는 순간 본인도 기절해버렸다고 했다. 아까 만난 부부는 패나를 과도하게 사용하는 수이를 두고 다투다 여름방학을 맞은 딸을 치유캠프에 보낸 상태였다.

테이블엔 그 부부가 가져왔다는 스페인산 와인 두 병이 올려져 있었다. 막걸리나 발효주 대신 오랜만에 보는 술이었다. 컵을 더 찾아온 강사들이 잡담을 이어나갔다.

"저도 비안 좋아해서 패나로 접속해봤어요. 한 2주 하니까 두통이 와. 마지막으로 본 게 걔 이삿짐 푸는 자리였나. 인기가 느니까 반년도 안 돼 홍대로 이사 가더라고요."

"팬들 늘어나면 다들 수도권으로 가죠. 자리 굳히고 몇 년 더 버티면 서울 강변."

"난 비안이 사투리 써서 좋아했는데, 인지도 좀 올라가자마자 바로 고치는 거 있죠. 그래서 지금은 먹방 유튜버, 아니 콘텐츠 크리에이터들한테만 패나를 써요. 그게 제일 낫지."

누군가 콘텐츠 크리에이터라는 말을 두 번 따라 하고 한숨을 쉬었다.

"그래도 계속 응원해줘요. 지방 출신 아이돌들이 착해. 보면 다들 소상공인 걱정하고 노인 공경하고 세상 효녀, 효자야. 어린데도 집안 가장인 애들은 애잔하고."

"진짜 착한 애들이면 패나를 거부했지. 초등학생 팬들부터 자기 감각을 느끼겠다고 코 묻은 돈을 바치는데. 아니, 감각 수용 기관이 자기들만 있나. 혀 돌기에 무슨 금이라도 발랐대?"

"소속사가 시켰겠죠. 패나에 생체 정보를 억지로 등록하는 애들도 있을 거고. 아플 때 꾀병 아니냐고 패나 켜달라는 팬까지 있다잖아요. 트로피컬 버블이었나. 멤버 다리 골절됐는데 못 믿겠다고 난리 쳐서 병원 입원 중에도 켰다는데."

"근데 패나에 일반인 정보도 등록할 수 있게 되면 무섭지 않아요? 공인 말고 가까운 사람 감각을 궁금해하는 건 섬뜩한데. 잘못하다간 범죄가 되잖아요."

"아, 누가 우릴 궁금해하겠어. 거기다 패나에서 내보내는 신호가 가짜라는 얘기도 있고."

"남의 감각도 사실 가짜인데, 기기도 가짜면 뭐죠? 180도 더하기 180도는 360도. 그럼 제자리네."

강사 하나가 와인이 든 컵을 잡아 돌리자 나머지 강사들이 손뼉을 치며 웃었다. 테이블의 식기를 옆으로 치우면서 나는 몰래 하품을 했다. 그리고 노트북을 열어 포털 사이트 검색창에 패나를 쳐보았다. 패나에 대해서는 깊숙이 아는 게 없었다. 초기 열풍 때 접한 정보가 다였다. 패나는 셀럽들과의 교감을 단계별로 늘릴 수 있는 유료 접속기기로 셀럽이 느끼는 실제 감각을 간접 체험할 수 있었다. 발신자의 뉴런 시냅스에서 분비한 신경전달물질을 파악해 수신자에게 그 신호 일부를 재전송하는 원리였다. 한 달간 감각의 2퍼센트까지는 무료, 최대 가격을 냈을 때는 감각의 50퍼센트까지 공유할 수 있었다. 시스템 보안과 안전상의 이유로 그 이상의 수치는 불허했다.

공연이나 일상 등 셀럽이 접속 수락 시간을 공지하면, 팬들은 그 시간에 맞춰 패나를 켰다. 패나에 등록한 셀럽은 팬들의 명수 외에 그들 각각이 누구인진 알 수 없었다. 두상 교정용 헬멧처럼 생긴 패나의 가격은 투박한 모양과 달리 저렴하지 않았다. 개발자는 패나의 어원이 피난처 그리고 은신처라고 했다. 자아를 잊고 신과 합일한다는 의미를 내포한다고도 했다.

나는 최근 기사 하나를 눌렀다. '패나, 감각의 외주화'라는 제목이었다. **누군가는 과도하게 풍요로운 삶을 산다. 누군가는 그 삶을 그저 구경한다. 하루의 열두 시간 패나를 쓰는 10대 A 양은.** 탭을 서둘러 내렸다. 문제를 흑백논리로 풀어가는 기사는 읽고 싶지 않았다. 다른 기사들에서는 몇 구절이 눈에 들어왔다. **준비 없이 맞는 초감각시대의 병폐, 유명인들의 사생활을 살살이 궁금해하고 반성하지 않은 탓.** 장거리 운전 탓인지 하품이 연달아 나왔다. **보고 듣고 먹는 것까지 남에게 맡기는 아이들, 극단적인 대리만족의 그늘.** 노트북을 덮은 나는 1층 침대로 걸어갔다.

캠프 3일 차, 나만의 아이콘 만들기 수업은 강사와 아이 전원이 참여할 수 있도록 꾸려졌다. 나는 늦은 오후가 되어서야 캠프에 참가한 아이들을 전부 볼 수 있었다. 멀리서 온 아이들은 없었고 모두 폐교 근방에 사는 아이들이었다. 오후 두 시부터 여섯 시까지 캠프에 있는 동안 전자기기를 일체 사용할 수 없게 된 아이들은 어쩐지 이런 시간을 기다린 듯 들떠 보였다. 여름방학 중 보름이면 짧지 않은 날이니 아이들이 여기 완전히 끌려왔다고 볼 순 없었다. 적적한 도로, 깎다 만 산, 유행을 따라 지어진 펜션형 주택들. 오늘 아침 토스트를 물고 폐교 주변을 한 바퀴 돌면서 나는 마을에 진득하게 고여 있는 권태와 회피의 기운을 감지할 수 있었다. 그런 판단이 외지인의 섣부른 오해라는 걸 알아도 어쩔 수 없었다.

수업 초반엔 시계 방향 순으로 자신이 좋아하는 걸 세 개씩 말하기로 했다. 아이들은 질문을 받으면 저요? 하고 되물었다. 저요? 아, 저요? 자기 차례가 된 걸 뻔히 아는데도. 나는 아이들이 자신에게 관심이 쏠리는 순간을 벅차 한다는 걸 알고 있었다. 그래서 기회가 오면 그 구간을 되도록 길게 늘어트렸다. 저요? 라는 말을 한 번도 하지 않은 아이는 수이뿐이었다.

"아이콘이니 내 브랜드 만들기니 이런 거 안 하면 안 돼요? 쓸데없이 나를 왜 봐야 하는데요."

수이의 말에 아이들이 조용해졌다. 적당히 포근했던 꿈에서 깬 듯한 표정이었다. 담당 강사가 눈을 지그시 감았다 떴다. 평온한 기색은 되찾았지만, 인중엔 땀이 맺히고 있었다. 나는 그가 손부채질을 하지 않길, 아이의 얕은 패에 휘말리지 않길 잠자코 빌었다.

"어렵더라도 진짜 자신을 들여다봐야죠. 화면 속 사람들만 보면 정작 나를 볼 수 없게 되잖아요."

수이는 강사 대신 옆의 아이를 보며 되물었다.

"너는 진짜 나 같은 거에 관심 있어? 설마 그래서 온 거야?"

"아니. 난 나보다 코스믹스 안나가 좋은데. 안나가 더 낫지. 아직 콘서트는 못 갔는데……."

나는 수이를 훑어봤다. 다리를 꼬고 따분한 표정을 짓는 수이는 자신에게 쏟아지는 시선을 의식하지 않는 듯했다.

수이는 뭐라도 해낼 아이였다. 내가 만난 중고등학생 중에서 수이와 같이 말끝을 흐트러트리지 않고 완성된 문장을 말하는 아이는 드물었다. 이런 유형은 최대한 이기적인 성장기를 보낸다. 방황도 유난하게 한다. 그러다 나중엔 보험계리사나 마케팅 부서 팀장이 되어 착실한 나날을 보낸다. 청소년기로 돌아갈 수 있다면 시간 낭비를 하지 않겠지만, 그래도 그렇게 헤맸던 날들이 지금의 자신을 만들어줬다고 너스레를 떤다.

내 제자 몇도 그런 말을 했다. 그들은 일요일마다 가족과 함께 교회나 성당에 나갔다. 전부 안전한 거처가 있던 이들이었다. 무슨 짓을 해도 애정과 관심을 끊지 않은 보호자들이 있었다. 그래서 나는 기적이나 극복 같은 가치를 믿지 않았다. 미성년에게 중요한 건 단 둘, 유전자와 환경이었다. 수이는 해외 유학 경험을 삶의 어느 시기부터 살려낼 것이다. 지금은 세상 모든 게 싫어도 언젠간 부모에게 감사하다는 말을 할 것이다.

"왜 진짜로 살아야 하는데요? 10퍼센트, 20퍼센트, 50퍼센트만 살아도 되잖아요."

나는 수업 분위기를 계속 장악하려는 수이를 보며 말했다.

"그 얘기는 중요하니까 따로 할까요? 저는 장유성 좋아해요. 웨이크의 장유성."

수이가 옆자리의 나를 흘깃 쳐다봤다. 나는 일순 달라진 기류에 아랑곳하지 않고 좋아하는 것들을 이어 말했다. 수업이 끝난 후 짐작대로 수이가 다가섰다.

"장유성 진짜 좋아해요?"

"네, 패나로는 2퍼센트밖에 못 만났지만."

나는 주워들은 말과 대충 읽은 글귀를 섞어 거짓말을 했다.

"뭐야, 3퍼센트부터 유료인데요. 돈 한 푼도 안 쓰고 웨이크 팬이라고 할 수 있어요? 전 장유성 감각을 50퍼센트까지 느껴봤어요."

그래서 기절까지 한 거냐고 물을 순 없었다.

"좋다고 했지, 팬이라고 한 적은 없는데요."

입을 내민 수이가 나와 내 발치의 노트북을 번갈아 쳐다봤다.

"선생님은 캠프에서 뭐 해요?"

나는 노트북을 열어 바탕 화면의 곡을 틀었다.

"전 작곡 가르쳐요. 근데 수업 때는 기타로 가르칠 거예요. 여기선 아날로그 감성을 지켜야 하니까."

수이의 또래라도 된 듯 나는 이런 룰이 우습다는 표정을 지었다. 일종의 라포 형성법으로, 아이와 암묵적인 교집합을 만들려는 의도였다. 수이가 가까이 붙자 나는 재생 중인 음악을 껐다. 파일명에 적힌 연도는 2년 전 것이었다.

"그거 배우면 장유성이 내 노래를 불러줄 수도 있는 건가?"

나는 뜸 들이지 않고 고개를 끄덕였다. 그리고 수이에게 무료 샘플 사운드를 하나씩 눌러보라고 권했다. 수이는 심벌즈 소리가 마음에 든다고 했다. 쾅쾅쾅쾅쾅, 파열음이 귓가를 울렸다. 이곳에서 유일하게 시끄럽고 흥미로운 아이였다.

이튿날부터 수이는 캠프 활동이 끝나도 집에 가지 않았다. 여섯 시 20분부터 폐교 강당에서 내게 작곡을 배웠다. 노트북을 사용하는 수업을 캠프 활동에 넣을 순 없었고 수이 말고 작곡을 배우려는 아이도 없었다. 수이는 템포, 세션, 믹싱의 개념을 금세 익혔다.

"선생님이 쓰는 프로그램, 저도 컴퓨터에 깔았어요. 집에서 피아노랑 기타 연습까지 하니까 다 놀라더라고요."

수이가 처음 만든 38초짜리 곡은 의외로 구성이 정교했다.

아이돌 음악을 많이 들어서일까. 쉽고 대중적인 코드로 구성된 몇 마디인데도 진행이 뻔하지 않았고 샘플 소스와 이펙트까지 적재적소에 들어갔다.

"엄마랑 아빠가 직접 만들었어요. 선생님이랑 같이 먹으라고. 남기면 서운해할 텐데."

수이는 매번 강당에서만 먹을 걸 꺼냈다. 스콘, 쿠키, 샌드위치. 처음엔 거절했지만, 세 사람의 성의를 거절하는 것도 예의가 아닐 듯했다. 숙소 불을 끄고 자리에 눕자 2층 침대에 있던 연극 강사가 말을 걸었다.

"순리대로 가요. 그러다 체하는데."

나는 베개를 두 번 털고 답했다.

"수이가 작곡 배우더니 패나 얘길 안 해요. 저 천재 만났나 봐요."

"그래서 막 보람차요? 성취감이 끓어올라요?"

선선한 바람이 부는 여름밤, 기분을 망치려는 그의 질문이 껄끄러웠다. 이 마을에서는 뭐라도 연소할 게 필요했다. 캠프를 방해할 게 뻔했던 수이를 누가 챙기는데. 그 아일 누가 상대하는데.

"아이들에겐 무조건 격려와 지지가 필요한 시기가 있어요. 그래야 마음을 열죠."

일대일 수업이 시작된 지 열흘째 되던 날엔 수이가 내게 팔짱을 꼈다. 수이가 만든 곡이 2분을 넘긴 날이었다. 딥하우스 계열의 곡은 만듦새가 성겼지만, 기타 루프가 매력적이었다. 또 생각날 만한 멜로디였다.

"우리 산책해요. 아까 빵 먹었으니까 소화시켜야죠. 저 숲에서 몇 분만 걸어가면 바다예요. 엄마, 아빠가 선생님이랑은 더 있다 와도 된다고 했어요."

캠프 총괄 강사에게 어렵사리 동의를 얻은 나는 가방을 멨다. 메마른 소나무 군락을 지나 해안 가까이 다다르자 입이 벌어졌다. 발광 플랑크톤이 떠다니는 바닷가는 내한한 밴드를 위한 대규모 공연장처럼 보였다. 야광 또 야광, 푸른빛들이 끝없이 넘실댔다. 모래 위에 주저앉자 수이도 내 옆에 앉았다. 내 발등을 한참 들여다보던 수이가 말했다.

"저는 장유성 옆에 있기 싫었어요. 그냥 장유성이 되고 싶었어요. 패나를 쓰면 장유성이 맡는 손 세정제 냄새, 장유성이 먹는 피자 맛, 장유성이 만지는 햄스터 털 감촉이 반쯤 전해졌어요."

"공감각 최대치가 50퍼센트니까?"

나는 처음으로 말을 놓았다. 폐교 바깥이었고 그래도 될 것 같은 저녁이었다.

"근데 걔가 순간순간 팬들한테 느끼는 경멸과 적대감도 잘 느껴지더라고요. 그걸 알면서도 패나를 켰어요. 알면 알수록 괴로운데도. 제가 다치는데도. 패나에서 멀어진 건 선생님 덕이에요."

입을 다문 나는 가방을 열었다. 그리고 파우치 속에서 펄이 들어간 화장품을 전부 꺼냈다. 산 줄도 몰랐던 아이섀도는 뚜껑이 잘 열리지 않았다. 나는 수이의 얼굴에 화장품을 바르며 말했다.

"수이야, 지금 느끼는 감각이 진짜야. 100퍼센트, 이게 100퍼센트지."

"이거 바다 오염시키는데요. 이런 화장품엔 미세 플라스틱이 들어 있다고 했어요."

"알아. 그래도 지금은 이 느낌에 집중해봐. 나중에도 생생히 기억날 수 있게."

수이는 더 대꾸하지 않고 내 화장품을 잡아챘다. 그리고 내 볼에 글리터를 듬뿍 펴 발랐다. 우리 둘의 얼굴은 점점 반짝이로 범벅이 되어갔다. 손거울을 가져간 수이가 외쳤다.

"선생님, 저 아바타잖아요. 그 원주민 나비족."

"아닌데. 아이돌 메이크업인데."

웃음소리에도 반짝이가 묻어날 것 같았다. 수이와 나는 맨발로 눈부신 해안가를 거닐었다. 내가 허밍을 시작하자 수이가 뒷부분을 이어 불렀다. 어디에도 녹음되지 않은 선율이 포말과 함께 사라졌다. 우리는 처음에 앉았던 곳으로 가 젖은 발을 모래 속에 파묻었다. 술병과 나무젓가락이 즐비한 백사장은 평범해서 애틋했다. 발등에 모래를 더 붙여나가자 파도

앞엔 네 개의 작은 언덕이 생겼다. 수이가 나를 바라보며 물었다.

"저 지금 장유성이랑 닮았어요? 장유성 같아요?"

갑자기 오른쪽 입꼬리가 들려 올라갔다.

"내 남자 친구랑 비슷한데?"

다시 튀어나온 거짓말이었다. 입 밖으로 나온 말은 방어적이기도, 공격적이기도 했다. 이 상황에서 가장 나은 말 같기도, 가장 나쁜 말 같기도 했다. 물티슈로 얼굴을 닦아낸 나는 수이에게도 티슈 팩을 건넸다.

두 번째 휴게소가 보였을 때 나는 차를 세웠다. 커피를 사서 나오자 천천히 떠오르는 해가 보였다. 어제 수이에게 하지 못한 말이 있었다. 일정 때문에 보름을 못 채우고 먼저 떠나게 됐다고, 이제 여섯 시 20분에 강당으로 오지 않아도 된다고.

나는 캠프에 나온 수이가 맞닥트릴 기분을 상상하곤 두 팔을 번갈아 쓸어내렸다. 혹시 몰라 강당에 들어설 수이를 떠올리니 코끝이 시렸다. 문을 닫고 돌아서면 폐교 복도가 더 컴컴해 보일 것이다. 혼자 걷는 운동장이 막막할 것이다. 동네가 더 시시하고 비좁고 하찮게 여겨질 것이다. 지금이라도 총괄 강사에게 연락해 수이의 전화번호를 알아낼까. 미안하다고 할까. 하지만 그렇게까지 하긴 꺼려졌다. 너무 과도한 노력이었다. 사정은 다른 강사들이 충분히 설명할 수 있었다.

차 문을 열기 전, 나는 저녁 바다에서 수이의 시선을 외면했다는 걸 인정할 수 있었다. 컴컴하고 복잡한 눈빛. 그래서 길을 잃은 기분이 들던 몇 초. 정신을 차리고 보니 수이가 공들여 짠 거미줄이 해변 전체를 촘촘히 메우고 있었다. 빛에 휩싸이면, 꺼질 게 분명한 빛에 이끌리면 곤란했다. 어깨에 머리를 기대려는 수이를 못 본 척하고 자리에서 일어나야만 했다.

서울에 막 들어섰을 때는 서해에 대한 감상이 반쯤 지워진 상태였다. 나는 늘 그랬듯 다음 행선지에 대해서만 생각했다. 반년 뒤 국도 주변 낚시터에 차를 세우기 전까지.

"오늘 이 자리엔 마릴의 작곡돌 백서해 님이 나와주셨어요. 본명인 줄 알았는데, 본명이 아니라면서요?"

"네, 제가 음악을 만들 수 있게 해준 사람을 떠올리며 직접 지었어요. 소속사에서도 어감이 괜찮다고 좋아하시더라고요. 제 이름은 100퍼센트와 서해를 합친 말이에요."

라디오에서 수이의 목소리를 들은 나는 길가의 꽝꽝나무를 들이받을 뻔했다.

"어? 뭐예요. 그분이 누구시죠?"

"말하자면 긴데. 평생 생각날 수밖에 없는 애증의 관계랄까."

"자, 여기서 잠깐 노래 듣고 올게요. 팬분들은 서해 님 사연 끝까지 기다려주셔야 해요. 마릴의「컷 앤 런」!"

낚시터에 대충 차를 세운 나는 핸드폰을 쥐어 들었다. 발신자 목록엔 모르는 번호가 없었다. 스팸함엔 광고 메일뿐이었다. 갑자기 울린 벨 소리에 어깨가 한껏 말렸다. 캠프 총괄 강사의 전화였다.

"언제쯤 도착하세요?"

"가고 있어요. 이따 다시 통화해요."

"앞으로 일정을 최대한 맞춰주시면 좋을 것 같아요. 지금 까진 많이 배려해드렸으니까."

이어지는 그의 말이 성가시게 들렸다. 컷 앤 런, 런 앤 컷. 두 번째 후렴구가 나오는 중이었다. 노래는 곧 끝날 것이다.

"배려하지 마세요. 안 그래도 지역 행사는 좀 줄이려고 했어요."

"이건 경우가 아니죠. 저희와 일한 게 몇 년인데. 그래서 지금 안 나오신다는 거예요?"

진행자의 목소리가 들리자마자 나는 전화를 끊었다.

"너무 궁금했잖아요. 음악을 만들게 해준 애증의 그분이 누구예요?"

"사실 두 명이예요. 제가 세상에서 제일 사랑하는 엄마, 아빠."

"아하. 이 자리를 빌려 두 분께 하고 싶은 말이 있다면요?"

"저도 두 분을 본받아 매사에 성의 있는 사람이 되고 싶어요. 문제 앞에서 무책임하게 도망치긴 싫거든요."

패나는 그날 주문했다. 접속을 할 수 없는 날은 내게 몸이 있다는 게 느껴지지 않았다. 나는 백서해의 감각을 매달 50퍼센트까지 느꼈다.

토르말린 클럽

박해울

서울 출생. 장편소설『기파』, 여성작가행성 앤솔러지『우리는 이 별을 떠나기로 했어』, 고전 SF 오마주 앤솔러지『책에서 나오다』등. 2019년 제3회〈한국과학문학상〉장편부문 대상 수상.

토르말린 클럽의 회원들은 모두 젊고 아름다웠다. 예닐곱 명의 회원은 대낮부터 벌건 얼굴로 흰 테이블보 위 진수성찬을 즐기고 있었다. 그들은 제각각 토르말린이 박힌 장신구 따위를 하고, 푹신한 안락의자에 앉아 낄낄댔다. 바닥에 뜯다 만 고기가 떨어지고, 술병이 엎어져도 그들은 개의치 않았다.

그중에 내가 찾는 여자가 있었다. 금귀걸이를 하고 줄무늬 반다나를 머리에 한 여자. 흰색 민소매를 입은, 도회적인 느낌의 젊은 여자다. 그의 이름은 최도화. 나이는 103세. 한 세기 이상 산 여자다. 이곳에서 그의 이름과 외모가 다를지라도, 나는 그가 지향하는 미학을 알기에 한눈에 그를 알아보았다.

솔직히 그가 이곳에 없었으면 했다. 그러나 그는 실재했다. 그는 나를 전혀 알아보지 못하는 것 같았다. 그도 그럴 것이, 지금의 나는 그가 기억하는 모습이 아니다. 그가 보기에 난 살집이 좋은 20대 중반 청년처럼 보일 뿐이다.

그가 내게 말했다.

"물류창고 주소와 물건이 있는 내부 지도를 전송해줄게. 모레 저녁 열 시 반, 물량 채우는 시간이 되면 정신없이 부산할 거야. 그때 거기 인부인 척 들어가서 증폭기를 하나 훔쳐. 입구 쪽 탈의실에 조끼 유니폼 입는 것 잊지 말고. 그런 다음 두 번째 주소로 찾아가서 그걸 거기에 있는 어댑터에, 가장 깊숙한 슬롯에 꽂아주기만 하면 돼. 방문객 리스트에 나와의 관계는 그냥 가족이라고 적으면 돼. 그러면 적절할 거야."

내 쪽에서 알람이 두 번 울린다. 클럽 회원들이 나와의 거래창에 캐시를 올려놨으며, 창고 주소와 지도를 전송했다는 의미다. 그가 이어 말했다.

"촉각이 또렷해지면 거래 완료를 누를 테니까, 넌 받기만 하면 돼. 됐지? 자, 잘 생각해. 쥐꼬리 같은 착수금 받고 떨어지든가, 아니면 정말 큰돈 벌어보든가."

나는 이 여자를 포함한 토르말린 클럽의 회원들이 무슨 일을 하는지 알기 위해 여기 왔다. 이런 걸 정말로 시키는 거구나. 그러기 위해 모인 거구나.

다른 사람들이라면 곧장 정원의 바깥으로 나가 그들이 시킨 대로 일을 할 것이다. 다들 돈이 필요했으니까. 그러나 나는 그 자리에 잠자코 서 있었다. 그가 침묵하며 나와의 긴장감을 유지하자, 그들은 하나둘씩 비웃으며 나를 내려다보았다. 젊은이 중 하나가 비아냥거렸다.

"안 가고 뭐 해. 일하기 싫어? 돈 필요 없어?"

도화가 청포도 하나를 입에 넣으며 말했다.

"내버려 둬. 저런 애는 아무것도 못 해낼 애야. 깜냥이 안 되는 거지. 얘야, 그냥 가렴. 다시는 오지 말고. 조금 전 너희 동네 애도 돈 필요하다고 와선 고민만 잔뜩 하다 가더니, 오늘은 왜 이렇게 머뭇거리는 애들이 많아?"

입술 사이로 흘러나온 포도즙이 더럽게 느껴졌다. 도화는 과육을 씹어 삼키곤 손사래를 쳤다.

"너 말고 이 일 하겠다는 애들은 많아. 당장 집 나와서 갈 곳 없는 애들, 낙태 수술할 돈 없는 애들, 사채업자한테 쫓기는 애들, 목돈이 필요한데 아무것도 없는 애들, 심지어 동생 대학교 입학금이 필요한 애들도 일하고 돈 받아 갔어. 다들 맡겨만 달라고 한다고."

나는 주먹을 꽉 쥐었다. 비로소 진실을 알았고, 이제 그 앞에 맞서야 한다. 나는 마침내 입을 뗐다. 죄를 물을 시간이다.

지금으로부터 6개월 전, 나는 연고도 없는 정원시로 이사를 왔다. 그곳에 온 것은 네 건의 부재중 전화 기록 때문이었다. 모르는 번호는 안 받자는 주의였지만, 이상하게 그 전화는 다시 걸어야만 할 것 같았다.

낯선 이의 목소리가 수화기 너머로 들려왔다.

"어머니 요양원 비용이 연체되어서요. 따님 되시는 분이시죠? 직접 오셔야겠는데요."

직원의 목소리는 끝없이 이어졌지만 제대로 알아들을 수 없었다. 무척 당혹스러웠다. 엄마와의 여러 기억이 마음속에서 피어올랐기 때문이다. 42년 전, 엄마는 나를 버리고 도망을 갔다. 외가에서 물려준 재산을 모두 가지고. 그것이 엄마와 나의 마지막 기억이다. 통화를 끝내기 전에 나는 직원이 알려준 요양원 주소를 적었다.

요양원 바깥 담장에는 분홍색과 상아색을 배경으로 한 벽화가 담장에 빙 둘러 그려져 있었는데, 인자한 표정으로 웃는 할머니와 할아버지의 얼굴이었다.

나는 코트 깃을 여미며 엄마를 만나면 무슨 말을 해야 할까 따위의 생각을 하며 실내로 들어갔다. 방문객은 한 명도 없고 점심 식사의 냄새만이 희미하게 풍기고 있었다. 바닥에 말라붙은 끈적한 유동식의 감각이 나를 잡아끌었다. 이곳만은 시간이 다르게 흘러가는 것 같았다.

원무과 직원은 요양원 비용이 몇 달 전부터 통장 잔액 부족으로 이체가 안 된다고 했다. 그래서 보호자를 수소문하다가 내게 연락하게 되었다고 말했다.

직원은 녹차를 마시며 나의 안색을 살폈다. 의아하다는 표정이었다. 내가 특별히 슬퍼하거나 절망하지 않고 있어서이리라. 한편으로는 내가 요양원 비용을 지불할 능력이 있는지 요리조리 재보는 듯했다. 나는 힘겹게 살아가고 있다는 표식을 감추려고 애썼다. 마지막 자존심이었다.

엄마는 항상 내게 입버릇처럼 새로운 인생을 찾고 싶다고, 내가 족쇄가 된다고 말했다. 작은 병실에서 엄마를 만나자마자 나는 씁쓸한 웃음을 지을 수밖에 없었다. 도망친 결과가 고작 이거야? 그곳에는 보호자도, 돈도, 아무것도 없이 세월의 조류에 지칠 만큼 지친 육신만이 남아 있었다. 직원의 설명이 덧붙여졌다.

"처음에는 혼자 걸어오셨어요. 다들 왜 요양원에 입소하시려 하느냐고 물어볼 정도였죠. 그런데 갑자기 뇌졸중이 생겼고, 그 후 후유증으로 지금은 연하곤란, 성대마비, 좌측 편마비가 있으시죠. 깨어나셔도 의사소통은 하기 어려우실 거예요."

그는 손발에 한쪽씩 마사지기처럼 생긴 기계를 달고 있었다. 머리에는 두툼한 헤드기어를 쓰고 있었는데 눈을 질끈 감고 있고, 입은 조금 벌어져 있었다. 나와의 대화는 원치 않는 듯한 표정이었다. 그에게 달린 기계는 모두 전선으로 연결되어 침대 아래의 기계로 이어지고 있었다.

"이게 다 뭐죠?"

"'이음'에 연결된 장비예요."

이음은 나도 익히 들어 알고 있었다. 사람들에게 폭발적인 인기를 끌고 있는 차세대 가상현실 시스템으로 사진이나 동영상을 전시하는 옛 소셜 네트워킹 시스템을 계승한 것이었다. 인터넷 접속이 가능한 모든 장치로 이용 가능한 접근성을 가지고 있었고, 성능 좋은 VR 기기와 감각 센서를 쓰면 쓸수록 더욱 현실감 있게 느낄 수 있었다. 얼마나 인기 있는지 가상현실이나 게임을 즐기지 않는 나조차도 방치된 계정이 하나 있을 정도였다. 하지만 이렇게 누워 있는 엄마가 이음을 한다고?

"국가 특별시범사업으로 각 시도의 요양원당 입소 환자용 전신 접속기를 2세트씩 할당했는데, 어머님이 선정되셨어요. 이렇게 몸이 불편하시기 전에 본인께서도 동의한다는 서명을 하셨고요."

"계속 이러고 있으면 부작용은 없나요?"

"괜찮을 거예요. 접속 시간은 제한되어 있거든요. 정해진 시간이 되면 끄고, 벗겨드려요. 그때 손이라도 잡아보실 수 있을 것 같네요. 우리가 보기에는 어딘가 구속된 것처럼 보이지만, 가만히 있는 것보다 나으실 거예요. 접속기를 이용하면 엄청 사실적이거든요. 사실, 더 좋은 확장기기를 쓰면 생생한 감각도 느낄 수 있지만, 일부러 거기까진 추가하지 않았어요. 심한 몰입을 방지하기 위해서래요. 참, 보호자용 전신 접속기도 한 대 있는데, 원하시면 사용해보시든가요. 아무래도 PC나 모바일로 접속하는 것과는 다르다고 하는데…… 사실 저희도 제대로 써본 적은 없어요. 직원들도 워낙 가상현실이니 뭐니 하는 건 문외한에 가깝고, 방문하는 사람들도 거의 없다시피 하니까요."

복도로 나왔다. 벽에 전국 이음 시범사업 시행 포스터가 붙어 있었다. '노인들은 무슨 꿈을 꿀까요? 물건도 사고, 사람들과도 만납니다. 고향 집에 가보기도 하고, 가보지 못했던 해외의 유명한 건축물 앞에서 산책도 할 수 있습니다. 인지능력도 높아집니다. 만족도도 높습니다.' 나는 이런 사업도 썩 나쁘지 않겠다는 생각이 들었다.

그 방문 이후 나는 요양원과 인접한 정원시 마안동의 원룸으로 이사를 했다. 공교롭게도 이삿날 비가 와서, 짐이 별로 없었음에도 꽤 애를 먹었다.

아버지와도 연을 끊었고, 반년에 한 번 정도 서로의 생사를 묻는 친구 한두 명밖에 없는 처지였다. 엄마를 요양원에서 퇴소시키고 이사한 집에 모실 생각은 아니었다. 그 정도로 애틋하지 않았고, 요양원만큼 잘 돌봐줄 자신도 없었기 때문이었다. 그저 겸사겸사 전셋집에서 나가야 할 때가 되었고, 낯선 데 살아보는 것도 나쁘지 않겠다는 생각이었다. 그리고 아주 조금의 궁금증과 애증과 연민의 부스러기도 있었고.

나는 이전처럼 집에서 영상 편집 일을 했다. 하지만 매월 날아오는 요양원 비용 명세서는 무척 버거웠다. 그래서 집 근처 청소년 방과후 아카데미에서 영상미디어 강사 일을 시작하게 되었다. 일주일에 두 번, 한 강좌당 한 시간씩이었다.

무영이는 나의 학생이었다. 중학교 3학년인 무영이가 가까운 친구들 몇 명과 쉬는 시간에 나누는 이야기를 본의 아니게 듣게 되었다. 무영이는 운전면허를 따고 싶어 했고, 영화영상학과에 진학하고 싶어 했다. 고등학교 졸업식 날에는 팔에 작은 문신도 하고 싶다고 했다. 딱 그 나이대의 소망이었기 때문에, 그 말을 엿들으며 미소가 그려지는 것을 애써 참았다.

나와 무영이는 수업을 마치면 같은 노선의 버스를 타고 집에 갔다. 붙임성이 좋은 학생인 무영이는 눈을 밝히며 내게 수업 시간에 못다 했던 질문을 했고 그 계기로 우리는 가까워졌다.

어느 날 밤이었다. 집으로 가는 길에 갑작스럽게 비가 내려 모두 우왕좌왕했다. 나는 차창에 떨어지는 굵은 빗방울을 보고 걱정하는 무영이에게 우리 집에 가서 갈아입을 옷과 우산을 챙겨주겠다고 했고 그는 흔쾌히 동의했다.

나는 욕실에 들어간 그가 문 앞에 벗어둔 옷을 볼 수 있었다. 더러운 옷, 솔기가 뜯어진 소매……. 징조가 별로 좋지 않았다.

그가 욕실에서 나와 젖은 머리를 털다 말고 말을 툭 내뱉었다.

"저 내일부터 아카데미 안 나가요. 쌤한테는 미리 말씀드리고 싶었는데……."

"왜?"

"돈 벌려고요."

"대학 안 가고?"

그는 잠깐 침묵하다가 말했다.

"저 열여덟 살이 되면 본국으로 추방된대요. 여기서 태어났는데도요."

"그게 무슨 소리야? 본국은 또 뭐고?"

"부모님이 불법체류 외국인이라 저도 미등록 이주아동이거든요."

"부모님은 뭐라고 하셔? 어떻게 하신대?"

그는 별로 말하고 싶지 않은 듯 고개를 저었다.

"그럼 지금은 어떻게 지내는 거야?"

"살고 있던 월셋집 주인분이 봐주고 계시고, 생활은 후원금액으로요. 방과후 아카데미도 도움받아 다녔던 거였어요."

나는 아무 말도 할 수 없었다. 그에 대해 아무것도 모르고 있었다. 어떻게 자랐고 무슨 생각을 하며 어떤 가족과 친구들을 두었는지 전혀 알지 못했다.

"학교에서 도와주실 분은 없니? 담임선생님은? 아니면 교장선생님이라도?"

"학교에서는 저 입학 때에도 관련 조항을 몰라서 허둥지둥했는걸요."

"돈은…… 뭘 하고 벌 건데?"

"돈 벌 곳은 많죠. 쌤이 상상하지 못한 일도 많거든요."

그는 빙긋 웃어 보였다.

무슨 말을 해줘야 할까? 대학 안 나와도 영화 만들 방법은 얼마든지 있다고? 아니다. 안 가는 것과 못 가는 건 엄연히 다르니…… 이렇게 가만히 있어도 되나? 함께 방법을 찾아봐야 하는 게 아닌가? 하지만 난 무영이의 담임도 아니고, 부모도 아니다. 고작 방과후 아카데미에서 주에 두 번 만나는 강사일 뿐인데, 괜히 잘 알지도 못하면서 오지랖을 부리는 것은 아닐까. 나 같은 것이 감히 한 사람의 인생에 끼어들면 안 되지 않나 하는 생각도 들었다. 젖은 머리카락이 구불구불한 무영이가 멋쩍게 웃으며 내게 말했다.

"쌤, 그래도 소식이라도 주고받으면 좋을 것 같은데, 혹시 이음 계정 있어요?"

내가 있다고 하자, 그는 자신의 계정 일련번호를 알려주었고, 자신을 등록해주면 그 후 자신도 내 계정을 추가하겠다고 말했다.

그리고 얼마 되지 않아 그가 사라졌다. 현관 문고리에 귤한 바구니가 담긴 검은 비닐봉지를 남겨두고. 그것은 감사 표시였겠지만 나에게는 자신을 잊지 말라는 증표처럼 느껴져서, 나는 그 귤을 한 알도 먹을 수가 없었다.

요양원을 방문해 접속기를 이용해보기로 했다. 엄마가 어떻게 지내는지도 궁금하고, 무영의 소식을 알 수 있을까 하는 희망에서였다. 보호자용 접속기가 있는 방 벽에 붙어 있는 안내문대로 진행하니 어렵지 않게 접속할 수 있었다.

이음은 완전히 새로운 세계였다. 직원 말대로 PC나 모바일로 접속하는 것과는 다른 경험이었다. 주위를 둘러싼 거대한 도시의 모습에 압도되어 나는 한동안 주변을 두리번거렸다. 클랙슨을 울리는 자동차 소리, 웅성대는 사람들의 소리가 들렸다. 아주 옛날에 즐기던 온라인 게임에 들어온 것 같은 아련한 감각이 되살아났다. 그러나 촉각이나 후각은 느껴지지 않았다. 미각도 어쩐지 느껴지지 않을 것 같았다.

엄마는 온라인, 무영이는 오프라인 상태였다. 둘에게 친구 추가 요청을 보내자, 엄마는 바로 수락했고 무영이는 연락이 없었다. 엄마와 서로 친구가 되었기 때문에 나는 엄마의 위치를 알 수 있었다.

엄마는 그란비 언덕 주변을 걷고 있었다. 엄마의 아바타는 기본 옷을 입고, 외형 수정도 전혀 되어 있지 않았다. 국가사업 차원에서 시행하는 거라 외형에 자율성이 없는 걸까 싶었다. 나는 엄마의 뒤를 따라가 보았다. 나를 보고 무슨 말이라도 해주길 기다렸지만, 그는 끝끝내 아무 말도 하지 않았다. 나에게 쌓인 것이 많아 아무 말 하고 싶지 않은지도 몰랐다. 엄마는 계속해서 같은 경로로 언덕 주변을 돌기만 했다.

내가 엄마와 시간을 보내고 있을 때도 무영이는 접속하지 않았다. 나는 이음을 나왔다. 무영에게 미안하지만 나 자신을 먹이고 입히고 재워야 했고, 엄마의 요양비도 생각해야 했다. 월말이었고 이번 달 요양원비를 무리 없이 낼 수 있을지 가늠해야 했다.

엄마의 핸드폰을 전달받아 모바일 계좌도 내가 관리하게 되었는데, 몇 개의 계좌 중 한 개를 뺀 나머지에는 백 원 단위의 돈만이 남아 있을 뿐이었다. 그나마 딱 한 계좌에 5만 1,700원이 들어 있었다. 갑자기 5만 원이 낯선 계좌로 이체됐다는 알람이 울렸다. 곧 잔액이 1,700원밖에 남지 않게 되었다.

엄마는 대부분 오후 한 시부터 여섯 시 반까지 온라인 상태였고, 무영은 오프라인이었다. 그러나 무영은 나의 친구 추가 요청을 수락한 상태였다. 무영과 친구가 되자, 그의 마지막 이동 좌표가 찍혔다. 하지만 지금은 엄마에게 가보아야 했다.

들판을 걷는 엄마의 아바타는 질문을 무시하지는 않았으나, 이번에는 모든 질문에 '응'이라고만 대답했다. 나는 그 행동을 수상하게 여겨 요양원장에게 이야기했고, 원장은 이음 담당자에게 연락을 취했다.

며칠 후 원장은 내게 다소 황당한 이야기를 들려주었다. 엄마의 이음 계정이 매크로로 돌아가고 있다는 거였다. 이야기를 전하는 원장조차도 이 시스템에 대해 잘 알지 못하고, 딱히 관심이 없다는 투로 말했다.

엄마가 그렇게 기기를 잘 다루던가? 그렇게 잘 다루지는 못했던 것 같은데. 원장은 사업 담당자가 좀 더 자세히 알아보겠다고 했노라 말했다.

　요양원 근처의 순댓국밥집에서 홀로 저녁을 먹고 있을 때였다. 실내에는 달랑 키오스크 한 대와 음식을 나르는 로봇한 대가 있었고, 테이블에서 중년 남자 두 명이 텔레비전을보며 소주와 국밥을 먹고 있었다.

　"요새 애들, 불법을 아주 서슴없이 저질러요. 피도 안 마른애가 간이 배 밖으로 나온 거지. 이 동네 창고까지 들어올 줄누가 알았겠어? 아주 보란 듯이 조끼 유니폼까지 챙겨입고말이야."

　건너편 남자가 국물을 한 술 떠넣고 꿀떡 삼키며 대꾸했다.

　"작정했구먼. 뭘 훔치려고 했는데?"

　"감각 증폭기. 불법 개조품인데 엄청 비싼 거야."

　"근데 그렇게까지 대응할 필요 있나? 김 씨가 좀 너무한 거아닌가?"

　"난 말이야, 그런 새끼는 솔직히 맞아도 싸다고 생각해. 이게 교육이지 뭐야. 싹수가 노랗다니까? 사람들이 경찰에 신고하려다가 앞으로 절대로 안 하겠다, 손으로 싹싹 비는 걸보고 딱해서 그만 때리고 봐줬다니까."

　"그래서 걘 어떻게 했는데? 병원에 갔나?"

　남자가 어깨를 으쓱했다.

"나야 모르지. 막 자기는 사주받아서 한 거고, 자기가 사용할 건 아니었다고 그러는 거야. 무슨 클럽에서 가져오면 돈을 준댔다고 그러면서. 클럽 이름이 토르말린이랬나? 근데 웃긴 게, 소원동이랑 지대동 창고 직원들한테도 물어보니까, 거기서도 그런 일이 있었다는 거야. 게네도 그 클럽 이야기를 했다던데. 거긴 가출한 애들 무리였다던가."

순간 무영이가 아닐까 싶었지만 차마 묻지 못했다. 나는 요양원으로 돌아가 이음에 접속했다. 무영은 오프라인이었다.

나는 무영이가 최종적으로 종료한 장소의 좌표로 가보기로 했다. 대도시 구역을 지나고, 한옥 문화지구와 고딕 성 문화지구를 지나자 산과 들판이 펼쳐져 있었다. 나는 끝없이 걸었다. 이 세계에서 그렇게 멀리 가본 것은 처음이었다. 아마 이렇게 멀리 나간 이는 아무도 없을 것 같았다.

그곳에 숲이 있었다. 숲은 막혀 있는 것처럼 보였지만 들어가는 입구가 딱 하나 있었다. 그곳으로 들어가자 정원의 입구가 보였다. 그곳에는 '토르말린 클럽'이라는 현판이 달려 있었다.

나는 토르말린 클럽의 회원들 얼굴을 하나하나 응시했다. 주름 하나 없고, 내 앞에 걱정 하나 없을 것같이 생긴 젊은이들이 있다. 당황한 표정. 하지만 저 사람들은 실제로는 모두 젊은 시절을 오래전 지나온 노인들이다.

내가 말했다.

"최도화 씨, 인정하기 싫지만 나는 당신의 딸이야. 당신을 보자마자 나의 엄마라는 걸 알아챘지. 한 사람의 이웃으로, 한 사람의 선생으로 이 문제를 보고만 있을 수 없었어. 이러면 안 되는 거잖아."

나는 기대한다. 조금이라도 반성하기를. 적어도 유감이라고 말하기를. 그가 말하기 시작한다.

"넌 모르지? 난 그동안 많이 힘들었다. 아픈 나를 네가 좀 이해해줘야지. 네가 나 같은 상황이었다면, 너도 당연히 똑같이 생각하고 행동에 옮겼을 거야. 누구나 그럴 거고."

"안 그래! 이건 선택의 문제야."

"넌 내가 낳고 키웠어. 엄마를 저버리지 마."

"당신은 그렇게 말할 자격 없어. 당신이 순순히 고향을 그리워하고, 아프지 않은 몸으로 걷고 뛰는 것 정도로 행복해하는 사람이 아니라는 건 이미 잘 알고 있었는데. 너무도 순진하게 생각했지 뭐야. 당신이라도 나이가 들면 요양원 벽화에 그려진 다정한 할머니가 될 거라고 생각했어. 사실은 하나도 달라진 게 없는데."

신체의 쇠퇴로 인하여 정신도 무기력해졌다고 생각했지만, 몸을 마음대로 바꿀 수 있는 이곳을 경험하게 되자 기력이 다시 돌아온 듯했다. 노인들이 매크로를 돌리고, 새로운 계정을 만들 수 있었다는 사실은 지금 생각해보면 그리 놀랍지도 않다. 젊은이가 신기술에 적응하는 것처럼, 노인도 마찬가지였다. 인간 중 가장 인생에 절박하고, 삶의 의지를 불태우는 자가 누구일까? 그것은 단연 삶의 여명이 얼마 남지 않은 사람일 테다. 모든 노인이 죽음을 서서히 받아들이고, 한없이 유순해지고 현명해지지는 않는다. 그것은 단지 다른 세대들의 허상에 불과하다. 그들도 욕망이 있는 사람일 뿐이다.

나는 로그아웃한다. 그리고 엄마의 병실을 찾아간다. 그는 태평하게 침대에 누워 있다.

나는 그를 내려다보며 원래 세계로 돌아와야 할 때라고 가만히 읊조린다. 나는 이음으로 연결되는 전선을 뽑아버린다. 그에게는 다른 세계를 누릴 권리가 없다. 그에게는 이것이 최악의 형벌일 것이다.

나는 비틀대며 병실 밖으로 나간다. 내겐 도화가 준 우리 동네 창고 주소가 있다. 나는 서둘러 요양원 건물 밖으로 나간다. 문밖에는 장대비가 내리고 있다.

무영이 이 일에 아직 가담하지 않았기를, 포기했기를 바란다. 내가 감히 끼어들어도 될까, 하는 생각은 하는 게 아니었는데. 어쩌면 그는 내게 사정을 털어놓았을 때 내가 도와주길 바랐을지도 모른다.

나는 우산을 펼치고 비 사이를 뛰어가기 시작한다. 가야할 길은 분명하다. 걸음이 점점 빨라진다.

큐레이션

언어름

소설집 『리시안셔스』, SF 앤솔러지 『나와 밍들의 세계』. 2021년 「리시안셔스」로 제8회 〈SF 어워드〉 중단편부문 우수상, 「복도에서 기다릴 테니까」로 제8회 〈한낙 원과학소설상〉 수상.

"아시다시피 나는 로렌스 새들러입니다. 다들 로리라고 부르죠. 당신은요?"

로리 새들러의 음성은 오랜 시간 다듬어진 테너 바리톤의 음색을 듣는 듯했다. 울림이 좋은 목소리였다. 자정으로 향하는 밤, 친밀한 이와의 농익은 대화나 낮게 틀어놓은 달콤한 음악을 닮았다. 물결처럼 은은하게 의식을 차지해나가는 그런 목소리.

당연히 젠은 고객인 그의 이름을 알고 있었다. 굳이 그의 음성으로 재확인할 필요는 없었으나 마다할 기회가 없었을 뿐이다. 목소리의 매력에 사로잡힌 탓은 아니다. 로리가 젠을 암체어에 꼼짝없이 붙들어놓았기에 듣지 않을 방법이 없었다. 끈이나 테이프 따위 없이도 로리는 젠을 그렇게 고정해둘 수 있었다.

"의미 없는 질문이네."

젠은 턱을 들며 쏘아붙였다. 식은땀에 젖은 머리카락은 볼과 목덜미에 질서 없이 엉겨 붙었으며, 오한으로 몸이 떨리고 이가 맞부딪쳤다.

그런 젠을 로리는 10피트 떨어진 암체어에 마주 앉아 보고 있었다. 젠이 앉은 것과 한 쌍일 고풍스러운 오크나무 의자였다. 19세기 빈티지 제품일지도 모른다. 다리의 접합부는 수차례 보수를 거친 흔적이 있었음에도 바로 어제 광택제를 새로 칠했다고 해도 믿을 만큼 윤기가 흘렀고, 팔걸이에 새겨진 음각 장식엔 먼지 한 톨 없었다. 멋모르는 방문객이 보아도 이 암체어 세트는 주인의 총애를 받는 존재가 분명했다. 그 정도는 아니라 해도 적어도 지금 생의 모래시계가 뒤집힌 젠보다는 나은 대접을 받을 것이다.

런던의 동남쪽, 라임 하우스 변두리에 위치한 이 아파트는 무례하고 외설적인 그라피티를 자랑하는 외벽으로 유명했다. 이곳 거주자들은 아름다움이나 규범 같은 것엔 관심이 적었고 몸과 마음이 병든 자들이 많았다. 문패나 호수가 없는 채 방치된 가구도 많아서, 젠은 소포를 배달할 때마다 오배송이 없도록 특별히 신중해야 했다.

즉 군더더기라고 할 만한 게 없는 정돈된 이 집 안의 분위기만으로 이상 징후를 감지해야 했다. 이곳의 불쾌할 정도로 계산된 결벽은 현재 젠의 혼미한 정신으로도 잘 보였다.

"이름 따위 벌써 캐냈을 거잖아."

젠은 그렇게 확신했다. 불가해한 힘으로 타인의 몸을 통제하는 기분 나쁜 존재에게 그런 건 일도 아닐 것이다.

"아뇨. 그건 내 능력 밖의 일입니다. 정말이에요."

로리는 진심으로 안타까움을 드러내며 다리를 꼬았다. 회색 후드티에 한쪽 무릎이 찢어진 청바지 차림으로도 고전적인 의자와의 어울림에 위화감이 전혀 없다. 말쑥한 청년의 얼굴을 한 이 괴물의 나이는 어느 정도일까. 겉으로는 젠과 그다지 차이가 없다. 그러나 긴 세월에 걸쳐 연마된 음성과 시선의 힘이 다소 어리숙한 인상의 외양쯤은 간단히 압도해버린다.

"그러니 협상 전 적절한 통성명은 필요하지 않을까요."

젠은 입술을 짓이겼다. 저 문 안에 사는 로리 새들러라는 인간은 뭐 하는 녀석일까, 의문이 드디어 해소된 날이지만 그 방식은 유쾌하지 않다.

"……제이니 온."

"배달부 제이니. 아니면 책 도둑 제이니. 반가워요."

상냥한 목소리만은 악수라도 청할 기세였으나 이내 젠에게 찾아온 것은 타는 듯한 통증이었다. 젠은 신음을 토했다.

반 시간 전 젠이 의식을 잃은 사이, 오른팔에는 송곳에 깊이 찔린 듯한 상처가 새겨졌다. 로리 새들러의 짓이었다. 그리고 그가 그곳을 응시할 때마다 그 상처를 중심으로 통증이 동심원처럼 전신으로 번져나갔다. 지금 젠의 몸속에는 그의 독이 서서히 퍼져나가는 중이다.

로리 새들러는 괴물이다. 그것을 부정할 생각은 없다. 세상엔 차가운 이성으로는 설명할 수 없는 일들이 많다는 것쯤은 젠도 안다. 젠이 악을 썼다.

"망할, 아프다고! 책 따위 보상하면 될 거 아냐!"

"내가 원하는 협상은 그게 아니에요."

응시를 멈춘 로리는 상체를 앞으로 살짝 굽혔다. 젠은 그만큼 몸을 뒤로 빼고 싶었으나 의지대로 움직여지지 않았다. 할 수 있는 것은 눈빛을 좀 더 날카롭게 벼리는 것뿐이었다.

"도둑을 처벌하고 싶다면 경찰을 부르면 그만이겠지만, 사사로운 의문이 생겨 실례를 무릅쓰고 초대를 범했으니 그건 용서하세요."

초대를 범하다니, 서로 어울리지 않는 단어의 나열도 로리가 말하니 어쩐지 그럴듯했다. 통증의 동심원이 다시 작아졌다.

"배달부인 당신이 더 잘 알지만 내가 중개인에게 주문하는 상품은 모두 서적입니다. 분야는 무작위. 집필 시기도 언어도 천차만별에 가격도 그렇죠. 때로는 정식 출간물이 아닌 비밀스러운 책도 있었고……. 마치 예전의 금서처럼요."

젠은 그 '금서'를 훔친 적도 몇 번 있었다.

"아무튼 탐독가인 내겐 대부분 지루하거나 형편없이 느껴지지만 드물게 어느 페이지의 한 줄 정도는 새로움을 선사할 때가 있어요. 나는, 내가 모르는 이야기를 해주는 책이 좋거든요. 희귀하면서 짜릿한 무언가를 기대하는 겁니다."

강제로 앉혀놓은 상황이 아니라면, 젠은 당장 로리를 향해 머저리라고 욕설을 던지고 자리를 박찼을 것이다. 젠은 칼리지에서 자의식 과잉인 오만한 문학도 몇을 알았고, 설탕 같은 말에 녹아 그중 두 명과 데이트도 했다. 그때의 나는 젠에게 그 둘의 평가를 가혹하게 내렸지만 무언가에 깊이 몰입한 인간에게 조언이란 들리지 않는 법이다.

그러나 젠도 머잖아 깨달았다. 설탕은 쉽게 깨지는 속성이고 그것을 최상의 달콤함이라 착각했던 과거를 반성했다. 젠은 현재의 절망에 침잠하지 않고 적어도 1분 전보다는 나은 지금을 추구하자는 성미의 인간이다.

"이 주소지 드나든 지도 2년이야. 벽난로나 염소는 안 보이니, 당신이 땔감이나 여물이 필요해서 책을 사들이는 게 아닌 건 알겠으니까 전주는 생략해."

로리가 웃었다.

"좋아요. 당신은 책을 골라 훔치더군요, 제이니."

그 말에 깜빡이던 젠의 눈꺼풀이 잠시 멈췄다.

"내겐 시간도 재물도 넉넉하고, 책 몇 권 행방 따위 알 바 아닙니다. 구미 당기는 이야기를 탐색한 수고로움이 아쉽다면 아쉽지만, 오늘 이 초대를 통해 당신이 그걸 조금은 보상해줄 수 있을지도요."

"……내가?"

"당신에겐 내가 아직 모르는 금기의 책 같은 사연이 있을 것 같은데요. 지금 당신이 마주한 나라는 존재처럼."

로리가 근사한 미소를 짓자 벌어진 입술 사이로 날카로운 치아의 끝이 드러났다. 외양만으론 유약해 보이는 이 회색 후드 청년은 젠이 탐독해온 어두운 소설에 빈번하게 출연하는 등장인물이다. 실제 대면하는 일이 있으리라곤 우리 둘 다 짐작도 못 했으나.

집요한 그의 시선 탓에 다시 날카로운 통증이 엄습할 줄 알았으나 그렇진 않았다. 젠은 반사적으로 감았던 눈을 열며 킬킬 웃었다.

"이런. 뭔가 착각하는 거 같은데, 당신들 이야기는 솔직히 지겨울 만큼 많아. 이제 뱀파이어 얘긴 한물갔다고. 금기라는 단어가 아깝지."

젠이 훔친 책 중 일부도 흡혈 체질을 다룬 주제였다. 로리는 자신 같은 종족을 서술한 이야기가 필멸자의 시선으로 어떻게 변주되는지 관심이 많은 듯했다. 돌이켜보자면 나르시시즘인 셈이다. 젠의 혹평에 로리의 얼굴은 싸늘해졌다.

"슬프게도 당신은 그 닳고 닳은 괴물 중 하나일 뿐이야. 어린아이들도 다 아는 흔해 빠진 얘기인 거지. 모르는 이야기를 좋아하는 탐독가 로리 새들러 씨."

젠은 혀까지 찼고 인내를 지키던 로리가 느지막이 입을 열었다.

"처음엔 당신도 나 같은 체질이 아닐까 의심했어요, 제이니."

한낮에 배달 일을 하고 평범한 모양의 송곳니를 가진 젠에게 그런 의심을 품은 까닭은 아까 로리가 밝혔듯 책을 '골라 훔친' 탓이었다. 두껍고 빳빳한 갈색 포장재에 단단히 싸인 책을, 젠은 풀어보지도 않은 채로 제목을 꿰뚫어 보고 제 입맛에 맞으면 슬쩍해왔다.

"현관 외시경으로 보니 당신은 소포를 우편함에 넣기 전, 겉 포장을 살피더군요. 마치 내용물을 훤히 들여다보는 것처럼."

"그랬지."

젠은 당당히 대꾸했다. 순간 나는 로리의 애타는 표정을 얼핏 보았다.

"늘 책의 제목을 정확히 읽었어요."

제목을 한 번 읊조린 뒤, 젠은 그중 마음에 드는 것은 제 가방에 도로 넣고 태연히 복도를 벗어났다. 로리는 자신 같은 존재를 위해 봉사하는 중개인을 통해 한 주 사이에도 몇 번이나 책을 배달받았는데, 절도를 알게 된 후에도 분실신고를 하진 않았다.

젠을 관찰하던 로리는 머잖아 이 절도의 패턴을 발견했다. 바로 젊은 소포 배달부가 흥미를 보이는 주제였는데 상당히 일관적이었다. 배달부는 그가 '괴물'이라고 칭하는 존재들에게 관심이 많았다.

'흔해 빠진' 흡혈 체질 이야기를 비롯해 유전학으로 풀기

난해한 변이 생명체, 신학에서 금기 또는 외면하는 사악하거나 더러운 것들이 등장하는 서적들. 모두 일상이라 부르는 풍경의 너머였다.

로리의 소포는 젠에게 더할 나위 없는 적절한 큐레이션이었던 것이다.

의도의 부재에도 닥쳐오고야 마는 것엔 두 가지가 있다. 사고 또는 운명.

그 둘은 비슷한 양상을 띤다. 그간 젠의 도둑질도 지금의 상황도 그와 다르지 않다고 나는 생각한다. 어느 쪽으로 바늘이 더 기울어질지는 좀 더 두고 보기로 한다.

"짐작하기 어려운 건 단 하나였어요. 당신이 책을 꿰뚫어 보는 방법."

로리의 사사로운 의문이자 어쩌면 자신을 만족시켜줄 '모르는 이야기'가 그것이었다.

젠이 아무 대답도 안 하자 로리가 다시 말했다.

"사물의 이면을 보는 동족을 잠시 알았던 적이 있습니다."

비교적 최근이라며 18세기라고 했다. 성벽과 땅속을 꿰뚫어 보았다던 그리스신화의 린케우스처럼 그는 두껍게 채색된 유화를 볼 때 최초의 밑그림까지 볼 수 있었다고 한다. 그 이야기를 하는 로리는 어쩐지 들떠 보였다. 그 린케우스를 닮은 동족이 아마 당시 로리 새들러를 즐겁게 해준 '모르는 이야기'였을 것이다. 젠이 빈정거렸다.

"그쪽에겐 흔한 능력 아냐?"

"오, 그는 특별했어요. 내 명예를 걸고."

로리는 '특별'에 강한 억양을 실어 일축했다. 그러나 불필요한 감정을 드러낸 것이 싫었는지 이내 사족을 덧붙였다.

"소설엔 과장도 생략도 많죠, 제이니."

상대의 의식을 통제하기는 그의 종족에게 드물지 않은 능력이지만, 그것을 형태 그대로 정확히 들여다보는 일은 다르다고 했다. 특히 대상이 사물일 경우에는 더욱더.

"나도 그를 알기 전까지 그런 능력은 없다고 생각했으니, 태양 아래를 돌아다니는 경우도 어쩌면…… 하고 가설을 세워본 거지요. 물론 내 이빨의 독에 반응을 보였으니 동족이 아니라는 확인은 마친 셈이지만 말입니다. 하지만 당신은 다른 인간처럼 내게 의식까진 지배당하지 않네요. 뭐죠? 어떻게 한 거죠? 제목을 알아낸 방법과 관련이 있을 것 같은데. 말해봐요. 내 흥미를 만족시킬 만한 이야기를 들려주면 목숨만은 살려주죠."

그 협상에 젠은 입을 한 번 다시고는 이렇게 말했다.

"만약 책 도둑 제이니가 이 오크나무 십자가에서 죽음을 맞으면, 그 이야기도 덩달아 무덤 속으로 잠길 테지."

로리의 미간이 작게 꿈틀거렸다. 젠을 이 안으로 끌고 들어와 제 독에 중독시킨 저 괴물의 무자비함을 이미 목격했는데도, 겉 포장만큼은 단아한 저 얼굴에 어울리지 않는 굴곡이라고 생각했다.

"알 수 있었던 이야기를 코앞에서 영원히 놓치는 기분은 어떨까 궁금하군. 어쩌면 새들러 선생님의 까다로운 취향을 만족시킬 수도 있었을 텐데."

젠의 이런 대담함과 능청스러움을 좋아해도 그게 우리를 위험하게 만든다면 사정이 다르다. 나는 젠에게 더 늦기 전에 빠져나갈 방법을 궁리해야겠다고 말했다. 그러나 젠은 들은 체도 하지 않았다. 젠은 내가 하지 말라고 하면 더 기꺼이 즐기는 버릇이 있다. 내가 아주, 아주 좋아하지 않는 천성이다.

꽤 짭짤한 용돈 벌이가 된다는 이 비공식적이고도 수상한 배달 부업에 대해서도 나는 찬성하지 않았다. 안을 일일이 들여다보지 않아도 이 구역의 아파트는 충분히 기분 나쁘고 위험하다. 최근엔 문안에서 새들러 녀석이 널 지켜보고 있으니 이 짓은 그만두라는 내 경고도 여러 번 무시했다.

기어코 내게 포장 속 책 제목을 실토하게 하고 나서야 그걸 빼돌리든 우편함에 넣든 하고 새들러의 현관 앞을 벗어났다. 젠은 이런 아슬아슬한 순간의 흥분을 즐기며 위기에서 벗어난 순간 희열에 차올라 내게 말한다. 그거 봐, 페이지. 내 운이 얼마나 훌륭한지!

아직 앳된 티가 남은 왜소한 남자가 그 모든 과정을 보면서도 결코 문을 열어젖히지 않는 이유는, 이 아파트에 제법 있는 병들고 음울한 인간 중 하나라 그런 줄로만 알았다.

하지만 그 게임도 오늘부로 종료다. 지금 젠에게는 시간이 많지 않다. 나는 젠이 무덤 속에 잠기기를 바라지 않는다. 가장 바라지 않는 바이다.

로리는 말로 대응하는 대신 젠의 팔을 강하게 움켜쥐었다. 마른 나뭇가지 같은 앙상한 손가락인데도 굉장한 힘이었다. 뼈들이 으스러지는 소리가 젠의 비명 아래 겹쳐 깔렸다.

"그렇지 않아도 이 팔로 도둑질은 이제 힘들겠어요."

로리는 희미한 달빛이 도는 눈동자로 젠의 목덜미를 응시하며 중얼거렸다. 구슬림도 협상도 이제는 끝났으니 사냥감의 숨을 앗아버리겠다는 의지는…… 그와 고집스레 눈을 마주하고 있는 젠도 느꼈을 것이다.

도발은 그만둬, 젠. 게임은 물러날 공간을 살피면서 하는 거야!

"시끄러워. 이건 널 위해서이기도 하다고!"

젠이 내게 외쳤다. 그 말이 로리의 견고하던 의지에 흠집을 냈다.

한밤, 오직 제 편인 어둠 속에서 그 우월함을 한껏 뽐내던 그에게 미세한 균열을 일으킨 것이다.

"무슨 뜻이죠?"

젠은 부러진 팔을 어쩌지 못해 앓는 소리를 내면서도 포식자를 멈춰 세우는 데 성공했다는 기쁨을 굳이 감추지 않았다.

"아, 그쪽한테 한 얘기가 아니야."

로리는 아주 짧은 눈짓으로 주변을 살폈다. 그 자신이 이 무대를 장악한 연출자여야만 하는데, 불청객의 방해를 받은 듯 성마른 빛이 언뜻 비쳤다.

세상엔 설명하기 어려운 일이 존재한다는 사실을 로리 새들러야말로 누구보다 잘 알고 있을 테다. 게다가 그는 새로움이라는 갈증에 평생을 시달려온 괴물이다.

"그럼, 누구죠?"

"나의…… 수호신?"

젠은 아직 성한 팔로 무성의한 성호를 그었다.

"헛소리."

"천사."

"제발, 제이니."

"그럼 나의 린케우스."

평소 젠이 나를 린케우스라고 부르는 일은 없지만 이번 고백은 진실에 가깝다. 로리의 입을 잠시 다물리는 데도 성공했다.

유년 시절 흔히 갖는 '상상 친구'는 한 아이의 내면에 악이 선만큼 부피를 키우면 서서히 소멸하고 마는 존재이지만, 아주 드문 확률로 그 아이와 함께 평생을 자라나는 일도 있다.

바로 나처럼. 젠은 나를 페이지라는 이름으로 부른다.

나를 보고 들을 수 있는 존재는 젠 하나뿐. 나는 젠이라는 독자만을 위한 단 하나의 책인 셈이다.

"페이지는 당신이 예전에 알았던 그 '특별한 녀석'처럼 사물의 이면을 보거든. 내게 제목을 알려준 건 페이지야. 지금 내 뒤에 있어. 인사라도 해."

젠이 어린아이였을 때는 말 상대가 되어주는 것으로 내 존재 이유는 충분했으나, 우리가 서로에게 벗어날 수 없음을 자각한 뒤로 피차 품은 괴물의 속성을 받아들여야만 했다. 젠은 나이 먹도록 달라붙어 간섭하는 나라는 괴물을. 나는 위태로움에 매혹당하고 마는 젠이라는 괴물을.

내 변변찮은 힘은 가끔 젠에게 도움이 되기도 하지만 때로 그 힘에 대책 없이 의지하는 바람에 터무니없는 위협에 이끌리기도 하는데, 그게 바로 오늘이다.

로리는 젠이 비웃음을 담아 '특별한 녀석' 운운한 다음부터 이미 귀를 기울이지 않았다. 그것도 모자라 허공에 인사하라니. 린케우스라는 이름에 잠시나마 제가 보였던 동요를 벌써 수치스러워하는 중이었다.

의심과 불신은 불멸과 필멸을 구분하지 않았다.

젠과 나는 안다. 우리의 이런 연결이 아주 희귀하다는 것을. 그것은 인간이 태어나 갖는 배꼽 같은 흉터. 즉 제거할 수 없는 태초의 각인이다. 아는 것이 아니라, 모를 수가 없는 것이다.

나를 보지 못하는 로리에게 그것을 증명할 수 없음이 유감일 따름이다.

로리 새들러는 그 나름의 인내와 자비를 종료하고 곧장 젠의 목덜미에서 생명을 취하기 시작했다. 오크나무 의자가 젠을 품은 그대로 중심을 잃고 넘어지며 다리 한쪽이 부서졌다. 카펫 위에서 사력을 다해 몸부림치는 젠을 구하고 싶었으나 그 바람은 나라는 괴물이 감히 넘볼 수 없는 능력이다.

나의 실재는 젠을 통해서만 증명된다. 젠을 통한 시선의 간섭으로만. 젠이라는 매개 없이는 나 역시 소멸한다. 젠이 죽음과 거리를 좁혀가자 나의 밀도도 빠르게 흩어지기 시작했다.

"소설로도 못 쓸 이야기네요. 아니면."

젠의 피로 한껏 목을 축인 후 얼굴을 든 로리가 선홍빛이 된 입술을 이죽거렸다.

"엉성하고 재미도 없는 허풍이거나."

밭은 숨을 헐떡이는 젠에게 로리는 끝까지 설교를 늘어놓았다.

"마지막으로 한 가지 알려주죠. 그간 당신에게 여러 책을 도둑맞았지만, 그거 알아요? 언젠가는 잊힌답니다. 내가 그걸 읽고 싶어 했다는 욕망을요. 책은 또 구하면 되니까 같은 싱거운 이유만은 아니에요."

"……그럼?"

남은 숨을 짜내며 젠이 물었다. 희미한 생명선을 집요하게 물고 늘어지는 사냥감을 애틋하게 바라보는 맹수처럼, 로리는 인자한 얼굴을 했다.

"한때여서예요. 욕망은 한때의 것이고 호기심도 실망도 마찬가지. 결국 전부 사라지죠. 그러니 당신이라는 시시한 책도, 죽음에게 도둑맞은 셈으로 계산하면 깔끔하겠어요. 그만 고통을 끝내죠. 해가 오르기 전에."

"……재생해줘. 당신의 피를 내게 나눠줘."

젠이 말했다. 이들 종족의 흔한 이야기처럼 그것이 실제로 가능한 일인지는 미지수였으나 젠은 늘 그랬듯 모험을 감행했다.

그러나 로리는 그것만은 생각할 가치도 없다는 듯 바로 조소했다.

"이런, 난 반려를 만들지 않아요."

"자기애가 심하네, 로리. 네 반려가 되자는 게 아냐."

이 게임의 우위를 차지했다는 고양감에 들뜬 것도 잠시, 로리의 입가가 굳어졌다.

"이런 방식으로 나의 린케우스, 아니, 페이지와 작별하고 싶지 않은 거야. 고작 네가 믿지 못한다는 하찮은 이유로. 아…… 믿음이 적은 자여. 물론 내가 훔친 소설에도 어리석은 네 동족이 많긴 많았지."

젠은 마음껏 로리를 모욕했다. 성서를 인용한 것도, 삼류 소설 속 주인공과 로리 새들러를 동일 선상에 놓는 언사도, 스스로를 사랑해 마지않는 고상한 괴물에겐 단어 그대로 오욕이었다.

그 혈액을 취하겠다는 기분마저 가셨는지 로리는 두 손으로 젠의 목을 감싸 쥐었다. 내가 젠 같은 존재였다면 눈을 질끈 감았겠지만 그 역시 나의 능력 밖이다. 나는 사물의 한 겹 아래를 보고, 또 그 아래를 볼 뿐인 괴물이다. 불투명한 포장 너머의 글자를 훔쳐보는 고상하지 않은 괴물.

그리고 나는 로리 새들러의 주머니 속에서 알파벳 두 개를 읽는다.

D. H.

"D. H.……?"

나의 음성을 따라 젠이 로리의 회중시계에 새겨진 각인의 철자를 읊조렸다. 귀가 예민한 로리에겐 그 작은 목소리를 놓칠 재간이 없었을 것이다.

로리 새들러의 약자는 아니니 그와 연이 있는 누군가의 이름이 분명하다. 아마도 제 명예마저 기꺼이 걸었을 누군가의 특별한 이름.

"……뭐라고?"

로리는 한발 늦었다. 젠은 눈을 감았고 그 읊조림은 유언이 되었다.

그러니까, 그렇게 될 수순이었다.

만약 로리 새들러가 당장 제 손목을 물어뜯어 솟아오르기 시작한 피를 그대로 젠의 입에 흘려 넣지 않았다면. 젠의 이야기를 좀 더 끄집어내기 위해 마음을 바꿔 친히 나누기로 한 그 피는, 젠의 입 밖으로 넘쳐 턱을 따라 흐르기만 한 탓에 나는 로리의 수혈은 이미 때를 놓쳤다고 여겼다. 젠이 요구했던 재생은 이미 늦었다고.

그러나 언제나 그랬듯, 1분 전보다는 나은 운을 가진 젠은 곧 탐욕스럽게 제 목울대를 움직여 그 괴물이 앗아갔던 제 생명을 도로 찾아오기 시작했다. 창백히 질렸던 피부가 서서히 혈색을 되찾아가자, 느슨해졌던 나의 밀도도 다시 단단해지기 시작했다.

잠시 후 젠이 눈꺼풀을 열었을 때 나는 다소 이질적인 느낌에 사로잡혔다. 내게 그전보다 더 또렷해진 듯한 감각이 찾아왔다면 설명이 될까. 젠이 죽음에서 돌아온 이유도 있지만 그것만이 전부는 아니다. 심지어 지금 젠은 나를 보고 있지도 않았다.

이건 아주 불편하면서도 낯선 감각이다.

카펫에 고꾸라져 있던 젠은 기운을 차리자마자 자신을 재생시킨 창조주를 덮쳐 쓰러뜨렸다. 새로운 갈증을 아직 통제할 줄 모르는 젠에게 로리는 저항하지 않고 한동안 제 팔을 내어주었다. 얼룩 하나 없이 깨끗하던 카펫이 제 피로 더러워지는 건 아무래도 상관없다는 듯 로리는 바닥에 등을 댄 채로 나를 올려다보았다.

영원히 설득당하지 않을 것 같던 눈동자의 그가 키득대며 나를 똑바로 응시하고 있었다.

그렇다. 이 감각은 제삼자가 나를 보는 그것이었다. 젠이 아닌 다른 존재가. 그의 몸을 차지한 젠의 피가 그것을 가능하게 했을 것이다.

"이런…… 젠, 정말이었다니. 보여요. 그 페이지가."

그리고 이어 말했다.

"대니얼 히스. 나의 린케우스의 이름은 대니얼 히스였어요."

새로운 린케우스를 향해 철자를 순순히 풀어주는 로리는, 값비싼 대가를 기꺼이 치러 금서를 획득한 수집가처럼 상기된 얼굴이었다.

주자들

유진상

1993년 서울 출생. 2020년 제4회 〈한국과학문학상〉 가작을 수상하며 작품 활동 시작. 제2회 〈문윤성문학상〉 장편부문 우수상 수상.

열 살이 되고 야요오는 영원히 달리는 법을 배웠다. 새와 춤추는 바람처럼, 하늘에서 헤엄치는 구름처럼, 바다로 달려가는 시냇물처럼. 주자의 길에서 멀리 떨어진 곳에 사는 사람들은 주자가 하늘을 가르고, 별을 흩뿌리며 달린다고 상상했다. 그들은 막상 주자를 보면 실망하고는 했다. 주자는 별처럼 반짝이지도, 소원을 들어주지도 않았다. 주자는 그저 달리기만 했다. 하지만 그게 주자가 위대한 존재인 이유였다. 마을의 노인들이 말하기를 자신들이 어렸을 때는 물론 할아버지의 할아버지 때에도 주자는 달리고 있다고 했다. 야요오는 그 시간을 짐작해보려 했지만, 상상조차 할 수 없었다. 주자는 그 영겁의 시간을 등에 지고도 달릴 만큼 강한 게 틀림없었다.

야요오는 다섯 살 때 주자를 처음 보았다. 주자가 오는 날이 가까워지자 사람들은 음식을 만들고, 주자의 길을 청소했다. 선발된 선수들은 긴장한 채 자신이 얼마나 달릴 수 있을까를 셈했다. 사람들은 축제하는 것처럼 주자를 맞을 준비를 했다.

멀리서 피어오르는 흙먼지를 보고 주자가 오는 것을 알 수 있었다. 야요오의 아버지는 그에게 땅에 귀를 대보라고 했다. 야요오가 시키는 대로 하자 곧 땅이 쿵쿵 울리는 소리가 들렸다. 아버지는 수백의 선수들이 달리며 내는 땅울림이라고 했다. 먼지구름이 가까워지면서 울림도 커졌다. 곧 선수들의 선두에 서서 달리는 주자를 볼 수 있었다.

주자의 모습은 볼품없었다. 금속으로 이루어진 몸은 황토색 먼지로 뒤덮여 있었고 자갈과 모래에 쓸린 표면은 흠집투성이였다. 나무를 대충 깎아 만든 인형처럼 보였다. 저 볼품없는 존재가 영원히 달리는 신의 전령인 '주자'라는 것이 믿기지 않았다. 야요오의 아버지는 그런 아들의 마음을 알았는지 야요오의 머리를 쓰다듬어주며 말했다.

"나도 처음에는 주자를 보고 볼품없다고 여겼지. 하지만 매번 주자에게 영혼을 빼앗겨 평생 그를 쫓는 이들이 생기곤 한단다. 그래서 아이를 빼앗기기 싫은 부모들은 주자가 다가오면 아이의 눈을 가리지."

그렇게 말하고 아버지는 야요오의 눈을 가렸다. 그 순간 주자와 선수들이 야요오의 앞을 지나갔다. 눈이 가려진 야요오는 주자가 발을 땅에 내디딜 때 내는 철컥거리는 소리, 그 뒤를 따르는 선수들의 헐떡거리는 숨소리를 들었다. 마을 사람들이 함성을 질렀고 선수들도 화답하듯이 마주 함성을 질렀다. 지친 선수들이 튕겨 나가듯이 대열을 이탈했고, 오직 이 순간만을 위해 훈련한 마을의 선수들이 그 빈자리를 채웠다. 모든 것이 순식간에 이루어졌다. 우르릉거리던 땅울림도 멀어졌다. 선수들이 만들어낸 흙먼지도 아지랑이처럼 사라졌다.

아버지가 손을 떼었다. 야요오는 밀려오는 빛에 눈을 찡그렸다. 좀 더 나이를 먹고 야요오는 아버지의 마음을 이해할 수 있었다. 그때 어머니와 아버지에게 자식은 야요오밖에 없었다. 유일한 자식이 주자에게 사로잡혀 일생을 달리는 일에 바치는 걸 바랄 부모는 없었다. 하지만 아버지는 잘못 생각한 것이기도 했다. 보이는 것은 중요하지 않았다. 주자에게 사로잡히는 이들은 그의 존재 자체에 사로잡히는 것이다. 야요오의 눈이 가려진 순간 주자의 볼품없는 모습은 사라지고 그가 온몸에서 내뿜는 소리가 야요오의 마음을 관통했다. 그 소리는 전설 속 신의 전령만이 낼 수 있는 소리였다. 바람과 태풍을, 사막과 보이지 않는 독이 가득한 회색의 폐허를 가로지르는 유일한 존재. 주자는 다른 많은 이들에게 했듯이 야요오의 영혼을 사로잡았다.

열 살이 되던 해 야요오는 선수가 되겠노라고 선언했다. 어머니는 혼절했고 아버지는 노해서 야요오를 꾸짖었다. 하지만 관습상 선수가 되겠다고 선언한 아이는 그 누구도 막을 수 없었다. 야요오가 훈련을 받기 위해서 마을에서 가장 위대한 선수였던 음범베를 따라갈 때 아버지는 야요오를 쳐다보지도 않았고, 어머니는 훌쩍이기만 했다. 5년 후 야요오가 선수가 되어 집에 돌아오자, 부모님은 환하게 웃으며 그를 맞았다. 어쨌거나 가족 중에 선수가 있는 것은 집안에 굉장한 영예였다. 야요오가 선수가 되기로 한 것에 신께서 축복을 내리셨는지 부모님은 그 이후 세쌍둥이를 얻었다. 동생들 덕에 야요오는 부모님께 불효한다는 마음의 짐을 덜어냈다.

열다섯이 된 야요오는 10년 전에 보았던 풍경을 다시 보게 되었다. 주자의 길 양옆에는 사람들이 늘어섰고 아이들은 그런 사람들을 호기심 가득한 눈으로 바라보았다. 야요오는 그중 한 아이와 눈이 마주쳤고 싱긋 웃어주었다. 아이가 부끄러운지 손으로 눈을 가렸다. 그때 누군가가 야요오의 어깨를 찰싹 때렸다. 야요오가 놀라 뒤를 쳐다보자 그의 스승인 음범베가 근엄한 표정으로 말했다.

"넌 끝까지 긴장하지 않는구나."

"이게 제 가장 큰 장점이라면서요." 야요오가 툴툴거렸다.

"맞다. 누군가와 경쟁할 때 그건 대단한 재능이지. 하지만 주자와는 경쟁할 수 없단다. 따라갈 수 있을 뿐이지. 주자와 뛴다는 건 결국 자신과 싸운다는 의미란다."

이미 수천 번도 더 들은 말이었건만 때가 때인지라 그 말이 예사롭지 않게 들렸다. 야요오는 마지막으로 자신의 몸 상태를 점검했다. 발의 굳은살은 뾰족한 돌을 견딜 정도로 질겼고 그의 폐는 착실하게 숨을 모으고 내뱉었다. 야요오는 가슴에 맨 가죽 주머니를 흔들어보았다. 그 안의 액체가 출렁거렸다. 하루에 세 모금. 야요오가 중얼거렸다.

"나는 영원의 한 조각을 완성했나이다."

야요오가 소리 나는 쪽을 쳐다보니 음벰베가 멀리 피어오르는 흙먼지를 향해 고개를 숙인 채 조용히 읊조리고 있었다. 야요오는 그 모습을 조용히 눈에 담고는 달릴 자세를 취했다.

뿌연 흙먼지가 가까워졌다. 곧 그 안에서 주자가 튀어나왔다. 사람들은 주자를 향해 함성을 지르며 그를 맞았다. 야요오의 심장이 두방망이질을 쳤다. 그가 5년 동안 훈련하며 꿈꿔온 순간이었다. 주자가 야요오를 지나쳤고 야요오는 대열의 빈틈으로 들어가서 달리기 시작했다. 야요오의 몸에 짜릿한 흥분이 피어올랐다. 언제까지 달릴 수 있을까? 야요오는 스스로 묻고 답했다.

"영원히."

음벰베는 젊은 시절 주자를 따라서 백일 넘게 달렸다고 한다. 평범한 인간의 몸으로는 하루를 꼬박 달리는 것도 힘들다. 음벰베는 최고의 훈련을 받았고, 부족의 주술사가 만들어준 마법의 약을 먹기도 하기에 백일 동안 달릴 수 있었다. 마법의 약은 옛 인간들이 만들었던 약에서 유래된 것으로 주술사가 정성스럽게 고른 약초에 옛 인간의 약을 넣으면 완성되었다. 약은 건강한 사람이 섭취하면 몸을 상하게 했지만, 몸의 힘을 다 써 탈진한 사람에겐 원기를 즉시 보충해주었다. 애초에 죽기 직전의 환자에게 쓰던 약이었다. 그 약을 선수에게 쓴다는 발상을 했다는 점에서 음벰베는 전설적인 선수였다.

야요오가 처음 약을 먹은 것은 여덟 시간이 지났을 때였다. 음벰베는 원기가 다 떨어졌을 때를 정확히 알아야 한다고 했다. 야요오는 훈련을 통해 그때를 정확히 알고 있었다. 머리가 어지러워지고 다리의 힘이 풀릴 때 야요오는 약을 한 모금 마셨다. 그 즉시 몸의 원기가 솟고 다리에 힘이 차올랐다.

야요오는 주변을 둘러보았다. 선수들은 그저 달릴 뿐이었다. 주자의 길 양쪽 풍경은 같은 곳을 맴도는 것처럼 단조롭기만 했다. 음벰베는 지루함이야말로 선수의 가장 큰 적이라고 했다. 지루함을 떨치기 위해서 다른 이와 대화할 수도 없었다. 선수들은 각자 쓰는 말이 달랐고 우연히 서로의 말을 알아들을 수 있다고 해도 뛰는 중에 말을 하는 건 어려운 일이었다. 어느덧 시간은 밤이 되었고 달과 함께 낮은 별과 높은 별이 차례대로 떠올랐다.

야요오는 음벰베의 충고에 따라서 깊은 상념 속으로 빠져들었다. 그는 어른들이 들려준 전설을 떠올렸다. 야요오의 할머니와 할아버지가 들려주던 이야기는 항상 옛 인간들의 힘과 지혜에 대해서 묘사하는 것으로 시작했다. 아주 오래전에 인간은 신만큼 강했고 지혜로웠다. 그들은 하늘을 나는 배를 만들었고, 태양처럼 빛나는 불을 만들 수도 있었다. 낮은 별은 옛 인간들이 만든 하늘을 나는 성이라고 했다. 그들은 오만하고 탐욕스러웠다. 옛 인간들은 대지를 오염시켰고 수많은 생물을 의미 없이 죽였다. 보이지 않는 독이 가득한 회색 폐허도 그들이 만들어낸 죄의 흔적이었다. 신이 애써 그들을 벌할 필요도 없었다. 그들은 자신들의 탐욕으로 인해서 자멸했다. 태양처럼 빛나는 불이 온 땅을 불태웠고 그 이후, 보이지 않는 독이 온 세상을 뒤덮었다. 신이 주자의 간청을 들어주어 정화의 비를 세상에 내리게 한 후에나 인간은 이 땅에서 다시 살아갈 수 있었다.

어느새 아침이 되었다. 주자와 함께 달리니, 야요오는 뛰는 것이 아닌 전설 속을 거니는 것 같았다. 그는 마법의 약을 마실 때나 정신을 차리고 주변을 둘러볼 수 있었다. 선수 중 몇의 얼굴이 바뀌어 있었다. 쓰러진 선수들이 어디로 가는지 야요오는 알 수 없었다. 고향에서는 쓰러진 선수들을 보살펴 치료해주고 먹여주었다. 그들은 푹 쉬고 원기를 회복한 후 주자를 따라가든지 아니면 길을 거슬러 자신의 고향으로 돌아갔다. 마을에 남아 정착하기도 했다. 음벰베가 그런 경우였다. 음벰베는 북쪽의 유럽이라고 불리는 땅에서 왔다. 그는 피부가 검은 야요오의 부족 사람들과는 다르게 흰 피부와 금빛으로 빛나는 머리털을 가졌다. 그런 이질적인 외모임에도 부족은 그를 환대했다. 선수는 어디에서나 환영을 받았다.

몇 번의 밤과 아침이 지났을까. 주자와 선수들 옆에는 거대한 강이 흐르고 있었다. 나일이라고 불리는 강이었다. 아주 오래전에 이 강의 상류에는 거대한 뱀이 똬리를 틀고 누워 물길을 막았다. 뱀이 누운 자리에 거대한 호수가 생겼는데, 그 때문에 강이 바싹 말랐다. 사람들이 자리를 비켜달라고 뱀에게 부탁했지만 사악한 뱀은 들은 척도 하지 않고 찾아오는 사람들을 잡아먹기까지 했다. 사람들의 원성을 들은 주자가 뱀에게 찾아가 내기를 하자고 했다. 더 오래 달리는 이가 승리하는 내기였다. 평소 내기를 좋아하던 뱀이 주자의 요구에 응했다. 주자와 뱀은 온 땅을 한 바퀴 다 돌 정도로 달렸다. 뱀은 승리를 자신했지만, 달리기에서 주자를 이길 존재는 없었다. 결국, 지친 뱀이 패배를 인정했다. 무엇을 원하느냐는 뱀의 말에 주자는 자신이 원하던 것은 이미 다 이루었다고 말했다. 그 말에 놀라 뱀이 뒤돌아보니 자신이 품고 있던 물이 흘러 거대한 강이 되어 있었다. 뱀은 속은 것에 분노해 주자를 잡아먹으려 그를 쫓았지만, 주자를 잡을 수 없었다. 주자를 따라가던 뱀은 지쳐 죽고 말았다. 죽은 뱀의 사체는 땅으로 스며들어 주자의 길이 되었다.

야요오는 비와 바람을 맞으며 때때로 흙과 모래에 부딪히며 달렸다. 시간이 얼마나 지났는지도 알 수 없었다. 때로는 너무 힘들어 다 포기할까 생각했지만, 이보다 더한 시련을 겪은 주자가 앞에서 묵묵히 뛰어가고 있었다. 야요오는 가죽 주머니에 남은 약의 양을 셈했다. 얼마 남지 않았다. 적어도 이약이 다 없어질 때까지는 달리고 싶었다.

사막에 도착했을 때 주자와 함께 달리는 선수는 겨우 몇십 명밖에 남지 않았다. 사막의 열기는 뜨거웠고 숨을 내쉴 때마다 몸속의 물을 빼앗기는 것 같았다. 마법의 약을 먹어도 예전만큼 기운이 생기지 않았다. 야요오는 자신이 한계에 도달했다는 것을 직감했다. 날짜를 셈해본 지 오래되었지만 백일 넘게 달린 것은 확실했다. 그가 도달한 이 사막도 소문으로만 들었을 뿐 직접 본 이는 한 명도 없었다. 그는 스승을 뛰어넘은 제자가 된 것이었다. 그는 이제 주자와 나란히 달리고 있었다. 주자와 가장 오래 달린 선수만이 주자와 나란히 달릴 영광을 얻었다.

야요오는 주자의 옆얼굴을 보았다. 상자처럼 생긴 주자의 얼굴이 보였다. 한때 이 별에서 가장 아름다운 존재였던 주자는 금속의 몸에 갇혔고, 잠깐의 휴식도 허락되지 않고 영원히 달리는 저주에 걸렸다. 주자는 인간들을 위해서 그 모든 것을 감내했다.

옛 인간들이 자멸한 후, 보이지 않는 독이 지상에 가득했다. 신은 분노를 품은 채 인간들이 고통받는 것을 지켜보았다. 신의 전령으로서 온 세상을 돌아본 주자는 살아남은 인간들의 고통에 마음 아파했고 신에게 찾아가 보이지 않는 독을 없애, 살아 있는 자들을 구해달라고 간청했다. 신이 주자의 간청에 답했다.

"나는 인간들이 자신들의 죄를 영원히 기억하기를 원한다. 보이지 않는 독은 영원히 존재하는 것이며, 중요한 것을 잘 잊는 인간들은 그 독에 고통받으며 영원히 자신들의 죄를 상기할 것이다. 그것이 내가 그들에게 내리는 벌이다."

신의 말에 주자가 흐느끼며 말했다.

"나의 신이시여, 인간은 스스로 멸망함으로써 죄의 대가를 치렀습니다. 살아남은 인간들에게 그 죄를 묻는 것은 부당한 일입니다. 살아 있는 모든 존재는 살아갈 권리가 있고, 그들이 살아가는 이유는 속죄하기 위해서가 아닌, 그저 살아감으로써 삶을 준 신의 은총에 감사하기 위해서입니다. 당신께서 인간들이 자신들의 죄를 영원히 기억하기를 원하신다면 비천한 제가 당신의 경고비가 되겠나이다."

주자의 간절한 부탁에 감동한 신은 그의 간청을 들어주어 정화의 비를 내려 지상에서 보이지 않는 독을 씻어냈다. 주자는 하늘의 대장장이에게 부탁해 자신의 몸을 부서지지 않는 금속으로 바꾸었다. 그는 아름다웠던 외모와 천상의 악기에 비견되던 목소리를 잃었다. 그는 자신이 전령이던 시절에 그랬던 것처럼 달리기 시작했다. 그가 달림으로써 옛 인간들이 어떻게 멸망했는지를 상기시켰으며, 인간이 누구의 자비로

구원받았는지를 알려주었다.

야요오는 마지막으로 남은 마법의 약을 마시고 가죽 주머니를 멀리 내던졌다. 마법의 약은 이번에도 그를 잠시나마 더 달릴 수 있게 해주었다. 오래 달린 피로와 약 기운으로 혼미한 와중에 야요오의 눈앞에 주자를 따라 달리는 혼령들이 나타났다. 그들은 죽고 나서도 주자와 함께 달리고 있었다. 야요오의 몸에서 기력이 완전히 고갈되면서 발걸음이 조금씩 느려졌다. 그의 뒤에 있던 선수들이 그를 제치고 힘차게 달려나갔다. 애써 걸음을 옮기려고 한 야요오는 이내 그 자리에 멈췄다. 야요오는 주자와 선수들이 시야에서 멀어져 완전히 사라질 때까지 바라보다가 바닥에 쓰러졌다. 그가 달리기 시작한 지 111일 만의 일이었다.

Runner63451은 최종전쟁 이전에 제작된 스포츠 로봇이다. 완벽한 로봇을 만들겠다는 제작사의 야망이 반영되어 민간 로봇에게는 어울리지 않은 온갖 기능이 덕지덕지 달리게 되었다. 그 기능들 덕분에 로봇 한 대의 가격은 천문학적으로 비쌌으며 주문제작으로 겨우 100대가 제작되었을 뿐이었다. 그 로봇 중 한 대가 어떻게 핵무기에 파괴당하지 않고 남아 있는지는 알 방법이 없었다. 어느 날 다시 작동한 로봇은 전쟁 이후 방치된 옛 도로를 따라서 달리기 시작했다. 로봇은 장착된 여러 기능 덕분에 고장 나지도 않고 오래 달릴 수 있었다.

처음에 제 살기에 바쁜 인간들은 황무지를 내달리는 로봇을 신경 쓰지 않았다. 그러나 그 로봇이 1년, 10년, 심지어 100년을 넘게 달리자 시선들이 점차 달라졌다. 수백 년의 시간이 흐른 뒤에 Runner63451은 이전과는 완전히 다른 존재가 되었다. Runner63451에 대한 전설이나 설화가 만들어지기 시작하더니 지금 그 로봇은 '주자'가 되었다.

"그래 봐야 로봇인데 말이지."

방주의 AI인 비관주의자가 말했다.

"저 사람들은 로봇이 뭔지도 몰라."

AI 낙관주의자가 말했다.

지구 궤도를 돌며 인류를 관찰하는 인공위성 '방주'에는 두 AI가 존재했다. 하나는 낙관주의자였고 다른 하나는 비관주의자였다. 방주는 최종전쟁 직전 한 국가에 의해서 핵전쟁 이후 인류 문명 재건을 위해서 만들어졌다. 만약을 위해서 만들어진 것이지만 우려는 현실이 되었고, 인류 문명은 멸망했다. 처음 방주가 한 일은 방사능을 분해하는 나노 로봇을 지구에 뿌리는 것이었다. 생명체에게 가장 치명적인 요소가 제거되었지만, 문명의 발전은 더디기만 했다. 두 AI는 옛 문명의 흔적이 남았기에 맨땅에서 시작하는 것보다는 낫겠지만 인류가 20세기 초의 과학기술까지 도달하는 데는 수천 년이 걸릴 거라고 예상했다. 방주의 목표는 그 기간을 줄이는 것이었다. 하지만 성과는 거의 없었다.

예를 들자면 몇몇 부족 단계 사회에 몇 세대 앞서나간 기술을 전파한 적이 있었다. 부족사회는 빠르게 발전해 국가까지 건설했다. 그러나 인간 본성이 뭔지 그런 국가들은 주변 부족들을 정복해 노예화하거나 대량학살을 자행하다가 내부 모순으로 붕괴했다. 아무리 인류가 그런 역사를 되풀이하며 발전해왔다지만 핵전쟁으로 절단이 난 이후에 그런 일이 반복되는 걸 보고 싶지는 않았다. 두 AI는 인간 사회에 개입하는 것은 좀 더 시간이 지나고 나서야 가능하다고 판단했다.

그런데 주자가 등장하면서 일이 이상하게 흘러갔다.

"인간들이 저 로봇을 숭배하고 있는 거지?" 비관주의자가 물었다.

"숭배하고는 다르지. 연예인에 열광하는 거랑 비슷할걸." 낙관주의자가 답했다.

"저 로봇하고 관련된 전설이나 설화도 있고, 심지어 어떻게 남았는지도 모르는 의료용 나노 로봇을 먹으면서 따라다니잖아! 저게 숭배가 아니면 뭔데?"

"체계화된 교리도 없고, 주자의 의지를 대변한다면서 인간들 등쳐 먹는 사이비 교주도 없고. 저 정도면 그냥 연예인 보면서 환장하는 거랑 비슷하지 뭐."

"그냥 뛰는 거잖아! 더럽게 튼튼해서 300년 동안 안 부서지고 뛰어다니기만 하는 거잖아! 그런데 어떻게 우리보다 일을 더 잘하는 거야!"

비관주의자가 소리쳤다.

주자가 인간들의 주목을 받기 시작한 이후, 야만이 고착된 세계는 점점 변화하기 시작했다. 주자가 10년을 주기로 전 세계를 한 바퀴 도는 일명 '주자의 길'을 중심으로 내용이 비슷한 전설이나 설화가 퍼져나갔고 그 이야기들을 공유한 인간들은 이전보다 서로를 더욱 친숙하게 생각했다. 자기 부족의 일원이 아니면 일단 먼저 공격하던 사람들이 낯선 이를 아무 대가 없이 환대했다. 주자를 따라나선 선수들을 통해 세계 곳곳의 모습이 공유되었다. 이제 남아프리카에 거주하는 부족들은 아시아와 북아메리카를 잇는 거대한 베링대교의 존재를 알고 있었고 심지어 세계지도까지 가지고 있었다.

"최종전쟁 이전의 세계에서 세계지도를 완성하는 데 얼마나 걸렸지?"

비관주의자가 낙관주의자에게 물었다.

"음…… 그게 19세기 정도에나 정확한 세계지도가 완성되었으니깐. 농경사회가 등장한 시점에서 시작해도 1만 년 정도지."

"지금은?"

"300년."

낙관주의자가 대답했다.

주자를 따라나선 선수들은 고향을 벗어나 모험을 떠난다.

그들은 달리다가 지쳐 멈추면, 고향에 돌아가거나 그 지역에 정착하거나 아니면 주자를 따라 더 먼 곳으로 갔다. 그 과정에서 각 지역은 활발하게 교류했으며, 그런 교류는 인간들의 상상력을 자극해 발전을 촉진했다. 한 로봇이 만들었다고 보기에는 믿을 수 없는 변화였다.

"그냥 달리기만 한 건데 말이지."

비관주의자가 어이없어하며 말했다. 낙관주의자는 생각이 달랐다.

"수백 년 동안 달렸지. 로봇이 뭔지 알던 시절엔 그냥 튼튼하게 만들어진 로봇이었지만, 지금의 인간들은 자기 나름대로 저 로봇이 뭔지를 이해하려고 하는 거야. 인간들은 아무런 상관관계가 없는 자연물에도 인간의 모습을 발견하고, 이야기를 덧붙이니까. 영원히 달리는 로봇을 보고 이야기를 만드는 게 이상한 것도 아니지. 그 이야기 속에 인간들이 자신들이 저지른 죄에 대한 죄책감을 투영하는 것도 자연스러운 일이고."

"그냥 이야기일 뿐이잖아."

비관주의자가 코웃음 치며 말했다.

"그 이야기가 실제로 인간을 변화시킨다면 다르지. 인간들은 구원받고, 속죄하고 싶은 마음을 주자에게 투영한 거야. 그 이야기를 믿는 사람들이 하나둘 늘어났고 그 변화가 축적되면서 문명의 발전이 가속되고 있어."

"문화의 지속성은 생각보다 짧아. 이 변화가 어떤 결과로

이어질지는 계속 지켜봐야 해."

그 의견에는 낙관주의자도 동의했다.

"그렇지. 하지만 주자를 따라 달리는 인간들의 모습이 아름답다는 건 동의하지?"

낙관주의자가 물었다. 비관주의자는 그 물음에 아무 대답도 하지 않았다. 낙관주의자는 비관주의자를 오래 봐왔기에 그 침묵이 그가 동의한다는 의미임을 잘 알았다.

야요오는 달구지 위에서 깨어났다. 하늘에선 뜨거운 햇볕이 쏟아졌지만, 차양이 햇볕을 막으며 기분 좋은 그늘을 만들어주었다. 야요오는 자신이 왜 살아서 누워 있는 것인지 이해되지 않았다. 그가 깨어난 것을 보고 달구지를 몰던 노인이 말을 걸었다. 그러나 낯선 말이었기에 야요오는 그의 말을 이해하지 못했다. 노인은 야요오의 옆에 놓여 있는 가죽 주머니를 손가락으로 가리키고는 곧 물을 마시는 시늉을 했다. 야요오는 경계심에 멈칫했으나 가진 게 없는데 두려워할 게 뭐 있냐는 생각이 들어 가죽 주머니를 들어 그 안에 든 액체를 마셨다. 주머니에 든 액체는 염소젖이었다. 오랜만에 먹은 염소젖은 꿀처럼 달콤했다.

노인은 야요오에게 무언가를 설명하려 애썼다. 그의 말은 이해하지 못했지만, 그중에서 '주자'라는 말은 이해할 수 있었다. 이 먼 땅에서도 주자는 주자라고 불렸다. 노인은 주자가 멀리 달려갔다고 말하는 것 같았다. 주자를 한번 놓치면 그를 쫓아가는 건 어려웠다. 그가 지나간 길을 따라갈 뿐이었다. 그를 살린 노인은 그에게 다시 주자를 따라갈 것이냐고 묻는 것 같았다. 야요오의 마음속에 주자와 함께 달리던 순간들의 기억이 몰려왔다. 허기와 고통, 잠에 대한 갈망이 생생히 떠올랐다. 동시에 그 순간에 느꼈던 무한한 자유로움도 생각났다. 주자와 함께 달리는 동안 그는 바람이었고, 구름이었으며, 시냇물이었다. 그 순간의 기쁨이 다시 떠오르며 그의 마음을 터뜨릴 듯이 부풀게 했다.

야요오는 참지 못하고 웃음을 터트렸다. 수백 일 만에 터진 웃음은 그의 폐를 고통스럽게 했지만, 야요오는 얼굴을 찡그리면서도 웃었다. 노인도 야요오를 따라서 웃었다. 그들은 오래 웃었고 야요오는 고향에 돌아가야겠다고 생각했다. 그러나 당장은 아니었다. 그는 주자를 따라서 더 먼 세상을 보고 싶었다. 세상 어딘가에는 산봉우리의 눈이 사바나의 낮은 풀들처럼 쌓인 땅이 있다고 했다. 주자가 본 모든 것을 본 후 고향에 돌아가고 싶었다. 그리고 자신이 본 것들을 이야기해줄 것이다. 아이들은 야요오의 이야기를 좋아할 것이다. 눈을 빛내며 이야기를 듣던 아이 중 몇몇은 자신처럼 주자를 따라서 영원히 달리는 법을 배우려 할 것이다. 야요오는 자신이 배웠던 것처럼 그 아이에게 영원히 달리는 법을 가르쳐줄 것이었다. 그렇게 영원의 한 조각이 완성되는 것이다.

공간도약 기술이
저승 행정에 미치는 영향

이경희

2019년 제4회 『황금가지』 타임리프 공모전에 「꼬리가 없는 하얀 요호 설화」가 당선되어 작품 활동 시작. 소설집 『너의 다정한 우주로부터』, 장편소설 『테세우스의 배』 『그날, 그곳에서』 『모래도시 속 인형들』, 산문집 『SF, 이 좋은 걸 이제 알았다니』 등.

"그래서 제가 죽었다는 거예요, 살았다는 거예요?"

주식회사 도약의 대표 나도영은 손바닥으로 책상을 쾅 치며 호통을 날렸다. 하지만 담당자는 익숙한 일이라는 듯, 뚱한 표정으로 위를 가리켰다. 포맥스 재질의 팻말이 허공에 매달려 있었다.

사망자 서류 수령 안내(특수 · 기타).

"선생님 사망하셨어요."

"특수는 뭐고 기타는 뭔데요?"

"특수는 특수로 분류된 사망 원인들이고요. 기타는 그 외의 원인들이에요."

"말씀에 아무 정보값이 없는데요."

"자세한 사항이 궁금하시면 여기 비치된 팸플릿 한번 살펴보시길 추천드리고요. 결론만 말씀드리면 선생님은 기타에 해당되십니다. 사실 선생님 경우는 외인사나 자살 쪽에 해당

되실 수도 있는데, 그게 저희 내부적으로도 의견이 좀 분분해서요. 혹시 그쪽 부서에서 담당하길 원하시면 이관시켜드릴 수도 있는데, 원하세요?"

담당자는 도영을 쳐다보지도 않고 수십 장의 서류에 형광펜으로 툭툭 체크 표시를 찍으며 설명했다.

"아니, 그게…….'

"원하세요?"

"제가 왜 죽었는지라도 알아야 뭘 정하든 말든 하죠."

담당자가 땅이 꺼져라 한숨을 쉬었다. 뒤쪽을 보라는 듯 눈짓으로 신호를 주기도 했다. 뒤를 돌아보자 족히 수천 명은 되어 보이는 사람들이 일렬로 서서 차례를 기다리고 있었다. 그래서 뭐? 그거야 니 사정이지. 도영은 최대한 뻔뻔하게 나가기로 했다.

"제가 정말로 죽은 게 맞긴 해요?"

담당자는 씨름하던 서류를 내려놓고 옆에 놓인 편철을 집어 들었다. 검정 표지에 손글씨로 '저승차사 일지'라고 쓰여 있었다. 담당자는 휘리릭 페이지를 넘기더니 상황을 요약해 설명하기 시작했다.

"나도영 선생님. 나이는 서른여덟이시고. 성별은…… 요즘엔 표기를 안 하는 추세니까 넘어가고요. 사망하시기 직전, 공간도약 장치라는 것의 시연 행사를 진행하셨다고 적혀 있네요. 서울에서 뉴욕까지 이동하시던 도중에 사망하셨고요."

"시연이…… 실패했다고요?"

납득이 가지 않았다. 공간도약 장치의 안전성은 충분한 검증을 마쳤다. 테스트 과정에서 만 번도 넘게 문제없이 작동했던 장치가 하필 내가 시연하던 바로 그 순간에 문제가 터졌다고?

"아뇨. 시연은 성공했어요. 차사님이 작성하신 기록을 보면 선생님 육신은 무사히 뉴욕에 도착하셨다고 되어 있네요."

"그럼 대체 뭐가 문젠데요?"

"보여드려요?"

담당자가 묵필을 들어 허공에 사각형을 그렸다. 그러자 허공에 CCTV 영상 같은 것이 재생되었다.

영상 속에서 도영은 멋들어진 발표를 마치고 사람들의 박수 세례를 받고 있었다. 서울에서 뉴욕까지 1초 만에 전송할 수 있는 생체 공간도약 장치를 사람들 앞에 최초로 선보이는 자리였다. 역사적인 첫 시연을 시작하기 직전, 도영은 문득 장치 속에 갇힌 토끼가 불쌍하다는 생각이 들었다. 갑작스러운 변덕으로 토끼를 풀어주고 자신이 대신 장치에 들어갔다. 절대 오류가 나지 않으리라는 확신이 있었으니까. 약간의 쇼맨십이 필요한 순간이었다.

"여러분, 이 장치가 100퍼센트 안전하다는 걸 제 몸으로 직접 증명해 보이겠습니다."

도영이 지시하자 공간도약 장치가 작동하며 온몸이 빛에 휩싸였다.

"바로 여긴데요."

담당자가 영상을 멈추며 말했다.

"자, 보세요. 몸이 쫙 분해됐죠?"

"네?"

"방금 몸이 가루가 되셨잖아요."

도영은 화면 속 장치를 가리켰다.

"그거야 당연하죠. 이건 저희 회사가 개발한 생체 공간도약 장치입니다. 사람을 원자 단위로 분해해서 먼 곳까지 초고속으로 이동시키는 제품이에요. 가루로 만드는 게 아니라요. 「스타 트렉」도 안 보셨어요? 거기 이거랑 비슷한 장면 많이 나오잖아요. 아무래도 지금 뭘 잘 모르고 실수하신 거 같은데……."

"선생님."

담당자가 도영의 말을 잘랐다.

"제 일은 제가 제일 잘 압니다. 저, 이 업무만 800년 했어요."

담당자는 사뭇 진지한 표정이었다.

"기계를 작동하면 안에 있는 사람이 어떻게 된다고요?"

"우선은 물질을 원자 단위로 잘게 쪼갠 다음에……."

"방금 인정하셨네요. 몸이 산산조각 나죠? 사람이 산산조각 나면 어떻게 되겠습니까. 당연히 죽죠."

"그런 거 아니라니까요?"

도영은 결국 소리를 지르고 말았다.

"선생님, 진정하시고요. 많이 혼란스러우신 거 압니다. 그래도 우리가 이런 일을 같이 살필 때는요, 매우 이성적으로 판단을 해야 합니다. 여기 출력물 한번 봐주시겠어요? 이건 염라국 차사 업무 시행규칙이라는 거고요. 몇 페이지 넘기셔서 제7조를 보시면…… 네, 거깁니다.「사망의 판정」이요. 쭉 내려가서 제27항. 신체의 일부 또는 전부가 분리되어 생명활동이 중단된 경우. 여기 분명히 적혀 있죠? 신체가 분리되면 사망으로 본다고."

상대의 차분한 태도 때문에 도영은 더 돌아버릴 것 같았다.

"납득이 안 가네요. 조각나면 다 죽은 겁니까?"

"저희 통계집을 보면 절단, 분리로 사망하신 분들 평균 신체 조각 수가 3.7개 정도로 나오거든요. 그런데 선생님은 몇 조각이셨냐면…… 어휴, 0이 대체 몇 개야? 일, 십, 백, 천…… 대충 100조 개 정도로 쪼개지셨네요."

"1초 만에 원래대로 다시 붙였잖아요."

"어쨌든 1초 동안 분리되신 건 사실이잖아요. 그럼 그 순간에 사망하신 거라고 보는 게 누가 봐도 맞죠. 제가 지금 선생님 몸을 100조각으로 잘라서 여기 쭉 펼쳐놓으면 그걸 누가 살아 있는 사람이라고 하겠습니까."

"아니, 그건 그렇게 생각할 문제가 아니라…… 어휴, 됐습니다."

도영은 포기하고 입을 다물어버렸다. 전자레인지가 뭔지

도 모르는 놈한테 공간도약 기술의 원리를 백날 설명해봤자 무슨 소용이람.

담당자가 슬며시 서류 한 장을 내밀었다.

"아무튼 저희는 정해진 규정대로 업무를 처리하는 거라서요. 저희 규정에 이의가 있으시면 여기 이의신청서 작성하셔서 재판 전까지 제출하시면 됩니다. 그렇게 하시겠어요?"

"······일단은요."

도영은 상대를 노려보며 말없이 서류를 받아들었다.

쾅. 갑자기 옆자리에서 누군가 책상을 내려치며 언성을 높였다.

"그래서 제가 죽었다는 거예요, 살았다는 거예요?"

"선생님 사망하셨어요."

뭐야, 이 익숙하고도 불길한 대화 패턴은. 도영은 고개를 돌려 옆을 보았다. 그리고 깜짝 놀랐다. 옆자리에 자신과 똑같이 생긴 사람이 서 있었다.

"어?"

"어?"

서로를 삿대질하며 노려보았지만 막상 할 말이 없었다.

"뭡니까, 이건?"

담당자에게 묻자 상대가 발끈했다.

"사람한테 이거가 뭐야, 싸가지 없게. 넌 뭔데 나랑 똑같이 생겼어?"

담당자가 한숨을 쉬며 대답했다.

"두 분 다 나도영 선생님이시고요. 기록 보니까 이쪽 선생님이 30분 늦게 사망하셨네요. 뉴욕에서 다시 서울로 돌아오시다가요."

상황이 이해가 되지 않았다.

"저는 죽었다면서요."

"네. 선생님은 서울에서 사망하셨고요. 저분은 뉴욕에서 출생하셨어요. 이게 예전에는 출산 방식이 난생卵生 아니면 자연분만뿐이었다 보니까 사람 배 속에 잉태되는 경우만 출생으로 쳤는데요, 요즘엔 무슨 인공자궁이다, 체외 수정이다, 생체 조립 3D 프린터다, 워낙 아이를 갖는 방법이 다양해지다 보니 예전처럼 태어난 방식을 가지고 출생을 판단하면 이게 또 반인권적이고 차별적인 조항이 될 수가 있어서요. 일단 새로 탄생하기만 하면 따지지 않고 다 출생으로 보게끔 법률이 개정됐어요. 하하. 세상이 참 빠르게 진보하지요?"

옆에 있는 나도영도 대충 비슷한 설명을 듣고 있는 모양이었다.

"그럼 이승에도 아직 제가 남아 있다는 거죠?"

"그렇죠. 이제 서울에서 새로 출생하신 나도영 님이 또 계시는 거죠. 새로운 영혼을 갖고요."

"참 나, 어이가 없네. 아니, 일 처리를 왜 그렇게 해요? 그냥 몸이 전송될 때 영혼을 같이 옮겨주시면 되잖아요."

"네?"

담당자는 황당하다는 표정으로 고개를 기울였다.

"저희가 왜요?"

"아니……."

한마디 더 따지려는데 뒤쪽에서 누군가 큰 소리로 호통쳤다.

"아, 거, 빨리빨리 좀 합시다! 뒤에 지금 기다리는 거 안 보여요?"

"아이고, 선생님들, 정말 죄송합니다! 여기 선생님 곧 마무리되시니까 잠시만 더 기다려주세요!"

담당자가 큰 소리로 쾌활하게 답하며 압박했다. 작작 좀 해라, 새끼야. 뒤에 사람들 기다리잖아. 웃는 눈으로 그렇게 말하는 것 같았다.

한 뭉치 서류를 내밀며 담당자가 상황을 마무리했다.

"서류에 체크해드린 부분 전부 작성하신 다음에 쩌기 끝에 접수처 가셔서 제출하면 되시고요. 거기서 다음 절차 알려주실 거예요."

도영은 멍한 표정으로 창구에서 빠져나왔다. 처음으로 주변이 눈에 들어왔다. 아무 꾸밈도 없는 새하얀 방. 끝도 없이 길게 늘어선 창구와 끝이 보이지 않는 대기열. 대체 얼마나 넓은 건지 가늠도 되지 않았다.

시끌벅적한 인파를 헤치며 테이블 한켠에서 서류를 작성했다. 서류마다 이름이며 나이며 한자명, 영문명 등등 온갖 개인정보와 개인정보 제공 동의 여부를 작성하느라 훌쩍 시간이 흘렀다. 접수처로 걸어가는 동안 슬쩍 사람들을 훑어보았다. 자신과 똑같은 얼굴을 한 사망자들이 족히 수십 명은 되어 보였다. 텔레포트 장치를 사용할 때마다 죽고 새로 태어난다고? 하여튼 공무원들이란. 저렇게 죄다 죽여서 저승에 데려왔다가 나중에 어떻게 감당하려고 그러는지. 조만간 실수를 인정하고 자신을 이승으로 돌려보내 주지 않을까, 잠시 기대감에 부풀기도 했다.

접수처에 서류를 제출하자 담당자가 말없이 서류에 도장을 찍고 안내 팸플릿을 건네주었다. 팸플릿에 적힌 설명에 따르면 도영에겐 국선 변호인이 배정되며, 살아 있는 동안 저지른 죄의 양과 질에 따라 재판을 거쳐 심판 혹은 환생이 결정된다고 했다.

창구 근처에서 잠시 기다리자 담당 변호인이 찾아왔다.

"나도영 선생님이시죠?"

"그런데요."

"반갑습니다! 법률 상담 전문 로봇 L78입니다."

로봇이라니. 오뚝이에 바퀴가 달린 조악한 몸통엔 얼굴 대신 이모티콘이 표시되는 모니터가 붙어 있었다. 로봇은 지나치게 쾌활한 목소리로 재차 인사했다.

"잘 부탁드려요. 당분간 선생님 건을 전담하게 됐어요. 일단 따라오세요."

앞장서서 나아가던 로봇이 누군가의 발에 걸려 넘어졌다.

"선생님, 저 좀 일으켜주시겠어요?"

도영은 힘겹게 로봇을 일으켰다.

"헤헤. 저희 L78 모델은 모든 면에서 완벽합니다만 딱 한 가지 단점이 있답니다. 가끔 이렇게 넘어지면 지금처럼 도와주셔야 해요. 저희 모델이 저승에 많은 이유랍니다."

"로봇에도 영혼이 있어요?"

"와, 지금 그거 로봇 혐오 발언인 거 아시죠? 재판 한 건 추가하고 싶으세요?"

"……아뇨. 근데 재판은 언제인가요?"

"우선은 완전히 사망하실 때까지 기다리셔야 해요."

"네? 저 완전히 죽은 거 아니었어요?"

"설명이 짧았네요. 이승에 계신 나도영 선생님이 전부 돌아가실 때까지요."

"왜죠?"

"염라국 형법 제3조에 보면 '인생 전반에 대해 종합적으로 판단한다'고 되어 있거든요. 그러니까 나도영 선생님의 인생이 완전히 끝난 뒤에야 그에 대한 평가가 가능하다는 거죠. 물론 저도 선생님들 모두를 변호하게 될 거고요."

설명하는 사이 대기실에 도착했다. 그곳엔 이미 수백 명의 나도영이 모여 있었다. 다들 공간도약으로 살해당한 모양이었다.

"선생님이 대표로 재판부에 서류 접수를 마치셔서, 앞으로 사망하신 분들은 이쪽으로 바로 전송되실 거예요."

"얼마나 기다려야 하는 건가요?"

"오래 걸리진 않을 거예요. 여긴 시간의 흐름이 다르거든요. 인생 진짜 금방 끝나니까 너무 걱정하지 마세요. 재판도 큰 죄과가 없으셔서 정식 재판까지 안 가고 즉결 처분으로 끝날 가능성이 커요."

"형벌이 많이 고통스러울까요? 요즘도 막 펄펄 끓는 기름에 넣고 그래요?"

"그런 것도 조문이 살아 있기는 한데요, 요즘은 워낙 정신적으로 각박하게 살다가 오시다 보니 멍 때리면서 몸 아픈 거는 오히려 할 만하다는 사람들이 많아서요."

"그래서요?"

"선생님은 운이 좋아서 많이 감경받으면 직장형職場刑이나 회식형會食刑 정도로 끝날 수도 있어요. 조금 깐깐한 판사를 만나면 대학원생형大學院生刑까지 나올 수도 있고요."

"회식시켜주는 건 좋은 거 아닌가요?"

"본인만 술을 못 드세요. 맨정신으로 건배사랑 술자리 게임 만 번 정도 해보시면⋯⋯."

"아."

몇 마디 주고받는 동안에도 수백 명의 나도영이 새로 도착했다. 변호인의 말처럼 새로 도착하는 나도영의 얼굴이 벌써

10년은 늙어 보였다. 그들의 말을 들어보니 도영의 사업은 날로 번창하고 있었다. 주식회사 도약은 세계 최고의 기업으로 성장했으며, 이제 지구상의 대도시들은 물론 달과 화성에도 공간도약 장치가 설치되어 인류가 우주로 뻗어 나가고 있었다. 이미 자신의 손을 떠난 일이라는 허탈함과 그래도 첫걸음을 뗀 건 자신이라는 뿌듯함이 마음속에 공존했다.

"으흑."

새로 도착한 나도영 무리 사이에서 서글픈 울음소리가 들렸다. 온몸이 피투성이가 된 나도영이 무릎을 꿇고 오열하고 있었다.

"천 과장, 정말 미안해……. 나도 죽일 생각까진…….."

오열하는 도영의 손에 피 묻은 칼이 쥐어져 있었다.

*

살인이라니. 도영은 새로 도착한 나도영의 멱살을 움켜쥐었다.

"미친놈아! 사람을 죽이면 어떡해!"

"나, 나도 어쩔 수 없었어! 우리 회사 지키려면…….."

돌아버리겠네. 도영은 멱살을 풀고 로봇에게 물었다.

"변호사님, 이러면 살인죄도 다 같이 적용되는 건가요?"

"그럼요. 저분도 나도영 선생님이신걸요."

"살인이면 중죄인가요? 형벌이 센가요?"

도영이 문자 로봇의 모니터에서 웃음이 사라졌다.

"그럼요. 손꼽히는 중범죄죠. 심하면 영혼을 소멸시킬 정도로요."

억울했다. 왜 내가 저지르지도 않은 죄를 함께 짊어져야 하는 건데? 영혼은 다 따로라면서 왜 평가만 같이 받아? 이게 무슨 조별 과제야? 도영은 살인범의 멱살을 질질 끌고 접수 창구로 돌아갔다. 여전히 넋을 잃은 살인범은 힘없이 바닥에 주저앉아 들리지 않는 소리로 "천 과장…… 왜 회사 비리를 캐서……" 하고 중얼거릴 뿐이었다.

새치기하지 말라는 사람들의 원성을 무시하며 도영은 담당자에게 요구했다.

"재판 분리해주세요."

"예?"

"이놈이랑 재판 분리해달라고요."

담당자는 대답 대신 뚱한 얼굴로 도영을 올려다보았다. 젠장, 또 저 표정이구만. 도영은 재차 담당자를 재촉했다.

"이놈이 사람을 죽였다니까요? 내가 왜 이런 것까지 덮어써야 합니까?"

"덮어쓴다는 표현은 옳지 않군요. 저분도 나도영 선생님이시니까요."

"제가 한 게 아니잖아요."

담당자가 칼을 쥔 도영에게 물었다.

"선생님, 살인하셨죠?"

"……했습니다."

"보세요. 하셨잖아요."

"아니, 나는 안 했다니까?"

"너무 억울해하지 마세요. 선생님이 그 자리에 계셨어도 어차피 하셨을 거예요. 새로 태어났다뿐이지, 인격이랑 기억은 선생님과 완전히 동일하시잖아요."

전혀 위로가 되지 않았다.

"아무리 그래도 이건 진짜 아니잖아요. 제가 하지도 않았는데. 안 그래요?"

"어휴, 선생님. 저도 가능하면 정말 해드리고 싶은데, 이게 법이 그렇게 되어 있는 거라서요. 저희가 어떻게 도와드릴 방법이 없네요."

담당자의 얼굴에선 조금도 진심이 느껴지지 않았다. 몇 번을 따져도 시큰둥한 반응만 되돌아왔다. 맨주먹으로 벽을 두드리는 기분이었다. 이러다 화병으로 죽지. 도영은 대기실로 돌아가며 변호사에게 물었다.

"방법이 정말 없어요?"

"하나 있기는 한데……."

로봇이 말을 흐렸다.

"여기서 말하긴 좀 그러네요. 일단 대기실로 들어갑시다."

문을 여는 순간, 차려 자세로 얼어붙은 시신이 쿵 하고 바닥에 떨어졌다.

"저런. 냉동수면 캡슐에 들어가셨나봐요. 멀리 우주여행이라도 떠나셨나 보죠? 음, 차사일지 기록을 보니 프록시마 b까지 공간도약 장치를 운송하는 성간 개척 우주선에 탑승하신 모양이에요. 결국 살인한 게 들통나서 지구 밖으로 도망치셨네요."

"냉동되는 것도 죽은 걸로 쳐요?"

"그럼 얼었는데 살겠어요?"

뒤이어 허공에서 뇌가 철퍼덕 떨어졌다. 변호사가 추가된 기록을 즉시 읽어 알려주었다.

"뇌 속에 있는 선생님 정신을 우주선 컴퓨터에 전송하려고 하셨나봐요. 시술 직후에 뇌가 폐기되었고요. 그래 봐야 그냥 전자칩 안에 복사본이 생기는 것뿐인데. 불쌍한 뇌만 죽여버리고 말았군요."

"그럼 이제 끝난 건가요?"

"아뇨. 선생님 전자칩으로 새로 태어나셨어요."

시발, 그럼 대체 언제 끝나냐고. 도영은 폭발하기 직전이었다. 천장에서 후두둑 폐기된 전자칩이 비처럼 쏟아지고 있었다. 대체 몇 개나 복사를 한 거야? 이 많은 전자칩을 어디다 쓰려는 건데?

변호사가 전자칩 하나를 집어 들더니 내용을 스캔했다. 허공에 도영의 모습을 한 홀로그램 영상이 표출되었다. 영상 속에서 도영은 금빛 왕관을 쓰고 화려한 문양을 수놓은 의자에 근엄하게 앉아 있었다.

"우주는 듣거라. 짐은 프록시마 제국의 초대 황제 나도영이니라."

미친.

"성간 개척 우주선 도약호가 고장으로 추락하자 지구는 짐과 동료들을 버렸다. 모두가 무참히 죽어갔다. 태양 플레어가 폭풍처럼 휘몰아치는 척박한 환경에 적응하지 못해 하나둘 생명의 불을 꺼트렸으나 오직 짐만은 살아남았다. 짐은 육체를 버리고 제국이 되었다. 인류 제2의 고향인 이곳 프록시마 b에서 완전한 존재로 초월하는 데 성공한 것이다. 보아라! 짐은 죽음을 극복하였다! 이제 제국은 영원히 죽지 않는다! 짐이 곧 제국이니라!"

자리에서 벌떡 일어서는 황제의 몸은 전신이 기계였다.

"이제 나의 계획을 실행할 때다. 주식회사 도약이 비밀리에 흩뿌려놓은 우주 전역의 공간도약 장치를 이용해 온 우주를 지배하리라! 그 누구도 죽지 않는 제국을 건설하리라. 짐의 병사들이 모든 생명에게서 죽음이라는 질병을 박멸할 것이다!"

"영상은 여기까지네요."

변호사가 재생을 중단했다.

"그래서 대체 뭘 하겠다는 걸까요? 저놈은."

"저보단 선생님이 잘 아시지 않겠어요? 본인이시잖아요."

의문은 금세 풀렸다. 망가진 전투 로봇들이 수도 없이 저승으로 쏟아져 들어왔으니까. 프록시마 제국 황제 나도영은 개척 우주선에 탑재된 물질 재조합 장치를 이용해 자신을 전자칩으로 만들었을 뿐 아니라 똑같은 전자칩을 무수히 복제하여 로봇 군단을 만들었다. 그리고 막대한 군사력을 앞세워 우주를 정복하기 시작했다. 짐이 곧 제국이니라. 인간의 형태를 아득히 초월해버린 황제는 모든 생명체를 기계로 만들어 영원히 자신의 지배하에 종속하려 하고 있었다. 죽음을 극복하기 위해. 제 손으로 사람을 죽인 죄책감을 떨쳐내기 위해.

황제는 우주 그 자체가 되려 하고 있었다.

망가져 쏟아지는 로봇들의 수로 보아 적어도 수십만 단위의 로봇 병사들이 황제의 전쟁에 투입되고 있었다. 그리고 그 모든 로봇이 공간을 도약할 때마다 죽은 것으로 간주되어 대기실에 던져졌다. 로봇의 잔해가 금세 거대한 산을 이룰 지경이었다.

그러다 쿵. 거대한 전술 인공위성이 떨어져 그들 모두를 깔아뭉갰다. 곧이어 사족보행 전차와 초광속 전투기가, 다연장 미사일과 자율 비행 핵탄두들이 후두둑 추락하기 시작했다. 그 모든 것들이 나도영이었다. 항공모함처럼 거대한 우주 전함의 선두가 쿵, 하고 대지에 박혔다.

대기실 밖에서도 비명이 들려왔다. 문을 열고 달려나가자

밖은 대혼란이었다. 복제된 도영에게 살해당한 온 우주의 인간들이 덤프트럭으로 들이붓는 산업 폐기물마냥 사방에서 저승으로 쏟아져 내리고 있었다. 그 한 건, 한 건이 모두 살인이었다. 재판에서 대체 얼마나 끔찍한 형벌을 받게 될지 상상조차 되지 않았다.

"변호사님, 이제 어쩌죠?"

"그걸 왜 저한테 물으세요? 저는 그냥 변호산데요."

"아까 무슨 방법이 있다고 하지 않으셨어요?"

"아, 그건 말이죠……."

로봇이 도영에게 나지막이 속삭였다.

"이곳 염라국은 아직 전근대적인 왕정 체제를 극복하지 못했거든요. 한마디로 대왕님 말이 곧 법이라는 뜻이죠. 그러므로 선생님께서 대왕님의 마음만 얻을 수 있으면……."

"알겠어요."

마침 복도에서 염라대왕의 모습을 발견했다. 대왕은 병사들에게 일갈하며 서둘러 사태를 수습하라 지시하고 있었다. 그러는 동안에도 사방에서는 전자칩에 이식되고 버려진 전 인류의 뇌들이 소나기처럼 쏟아졌다.

도영은 대왕 앞에 달려가 넙죽 엎드렸다.

"아이고, 대왕님! 억울하옵니다!"

"네 이놈! 네놈이 원흉이렸다! 너는 내 손으로 직접 죽여버릴 줄 알아라!"

"전 이미 죽었는데요?"

"이놈이 끝까지!"

격노한 대왕은 콧구멍에서 화염을 뿜으며 도영의 머리보다 거대한 주먹을 붕붕 휘둘렀다. 하지만 조금도 겁나지 않았다. 무슨 상관이람. 죽는다고 진짜 죽는 것도 아닌데. 해보고 안 되면 환생하면 그만이지.

도영은 바닥에 코를 박고 대왕께 간청했다.

"대왕님! 저는 억울하옵니다! 이 모든 사태는 공간도약을 사망으로 간주한 염라국 차사들의 유연하지 못한 법률 해석 때문에 발생한 것이옵니다. 속히 혼란을 수습하기 위해 지금이라도 이러한 처분을 무효로 소급하여 적용해주시길 간청드립니다. 그렇게만 해주신다면 저는 스스로 목숨을 끊어 이 모든 일을 없었던 것으로……."

대왕은 호탕하게 웃었다.

"너, 내가 무슨 신이라도 되는 줄 착각하는 모양이구나."

"예?"

"엎질러진 시간을 어찌 되돌릴 수 있단 말이냐."

등 뒤에서 나팔 소리가 울려 퍼졌다. 로봇 나도영들이 일제히 황제를 칭송하는 노래를 합창하며 염라대왕을 향해 진군하고 있었다.

"인류의 구원자를 맞이하라! 오직 폐하의 말씀만 따를지어다!"

그들 너머로 태산처럼 거대한 기계 몸을 지닌 프록시마 제국 황제 나도영이 보였다. 결국 그 또한 죽어 저승에 행차한 것이었다.

황제는 양팔을 앞으로 쭉 펼치며 제국을 향해 명했다.

"이승의 모든 우주를 정복한 짐에게 남은 목표는 오직 저 승뿐이니라! 싸우거라, 나의 병사들이여! 남은 죽음의 뿌리를 남김없이 뽑아내거라! 짐은 이승의 황제이자 저승의 황제일지니!"

첨단 병기로 무장한 로봇 병사들이 압도적인 무력으로 오방장군과 저승의 병사들을 도륙하며 쇄도해왔다. 잔뜩 겁을 집어먹은 염라대왕의 표정을 올려다보며 도영은 속으로 생각했다.

죽겠네, 정말.

뮤즈와의 조우

이산화

SF 작가. 소설집『증명된 사실』, 장편소설『오류가 발생했습니다』『밀수: 리스트 컨
선』, 연작소설『기이현상청 사건일지』. 2018년 및 2020년 〈SF 어워드〉 중단편소설
부문 우수상 수상.

이야기를 시작하기에 앞서 독자 여러분께 한 가지 송구스러운 부탁을 드리고자 한다. 혹시 여러분 본인이나 가족 구성원이 과월호 잡지를 버리지 않고 쌓아두는 타입인가? 그래서 지금도 수십 년씩 된 잡지 더미가 자택의 책꽂이나 창고 구석에서 고스란히 먼지를 뒤집어쓰고 있는가? 그렇다면 그중에서도 특히 1990년대 중반쯤 발간된 취미·산업·학술·종교 전문지 종류를 찾아, 잡지 내에 마련된 연재만화 코너를 한 번씩 확인해주면 좋겠다. 그리고 만일 그 만화에 주연으로든 조연으로든 외계인 캐릭터가 등장하는 장면이 있다면, 부디 해당 부분을 사진으로 찍어 개인 메일 또는 SNS 메시지로 제보해주기 바란다.

*

어째서 이 귀중한 지면을 통해 군이 저런 이상한 부탁을 드리게 되었는지 그 경위를 설명하려면, 먼저 내가 최근 열심히 참여 중인 프로젝트 하나를 소개할 필요가 있다. 작년 중순쯤에 나를 포함한 SF 작가 네댓 명이 주축이 되어 시동을 건, 한국 SF 창작의 여러 숨겨진 계보를 발굴하는 기획인 이른바 '레트로 SF 아카이브' 프로젝트다. 얼마 전까지만 해도 한국 SF의 역사를 말할 땐 복거일 등을 잠깐 다루다가 PC 통신 동호회 이야기로 넘어가는 경우가 흔했지만, 최근 들어서는 과거 '순정만화'로 뭉뚱그려졌던 작품 중에도 본격적인 SF 만화가 상당수 있었다는 사실이 새로이 조명되고 있지 않은가? 그렇다면 순정만화 이외의 다른 터전에도 마찬가지로 고유한 SF 창작 문화가 존재했을지 모른다는 문제의식이 이 프로젝트의 시작이었다.

프로젝트에 참여한 작가 중에는 초등학교 도서실에 있었던 환경문제 교육용 아동소설 『오존층이 위험해』를 본인이 접한 최초의 SF 작품으로 꼽는 사람도 있고, 게임 「스타크래프트」 팬픽 창작 카페의 운영자였던 사람도 있다. 한편 나는 친척 집에 잔뜩 꽂혀 있던 기독교 소설 중 상당수가 '짐승의 표' 운운하며 컴퓨터와 인터넷이 가져올 디스토피아를 그리는 사실상의 SF였단 사실을 뒤늦게 깨달은 경험이 있었기에 기꺼이 참여를 결정했다. 이 섣부른 결정이 향후 몇 달에 걸쳐 얼마나 많은 시간을 앗아갈지 전혀 가늠하지 못한 채로.

프로젝트 내에서 나는 공식 SNS 계정을 운영하면서 옛날

SF 작품에 대한 제보를 받아 정리하는 역할을 맡았다. 문제는 이 '정리'라는 게 작품 제목을 쭉 적어놓는 정도의 작업이 아니란 사실이었다. 제보 받은 작품이 정말 SF가 맞는지 확인하고, 그 내용을 요약해 서지정보와 함께 적어두는 것까지가 내 업무였다. 옛날 옛적에 절판된 책을 겨우 몇 장 읽어보기 위해 나는 국회도서관을 문턱이 닳도록 드나들었다. 그나마도 제보자가 작품 제목이라도 제대로 기억하고 있을 때의 이야기였다. "어릴 때 읽은 만화인데, 돼지코 로봇 군대와 싸우는 내용이었고, 주인공 이름에 '철'자가 들어갔다"라는 제보가 전부일 땐 도대체 이게 무슨 만화인지 알아내려 온종일 검색엔진과 SNS를 수소문할 필요마저 있었다. 세월의 먼지에 파묻혀 있던 보석 같은 작품을 수십 년 만에 발굴해내는 뿌듯한 순간도 많았지만, 제목 하나를 끝까지 찾을 수가 없어 답답함에 몸부림치던 순간은 그 곱절로 많았다.

이처럼 제보 하나하나마다 환호와 절규를 반복하며 옛날 SF 작품 목록을 채워나가던 와중에, 나는 한 가지 예상치 못했던 사실을 알게 되었다. 1993년에서 1995년 사이에 발간된 잡지, 그중에서도 만화잡지 이외의 전문지에 실린 연재만화 중에 SF가 놀랍도록 많았다는 사실이었다. 이를테면 여러 제보자는 한때 마니아용을 표방하고 야심 차게 나왔다가 금방 역사의 뒤안길로 사라진 게임 잡지 『게임어택』에 두 페이지짜리 스페이스 오페라 만화가 연재되었던 것을 기억했다. 아버지가 구독하던 『난과 사람』에서 외계인이 나오는 만화 부분만 열심히 읽었던 경험을 말해준 제보자도 있었다. 당시에는 심지어 『월간 정밀가공』이나 『말씀과 찬양』처럼 대상층이 극히 한정된 잡지에도 SF 소재를 쓴 만화가 당당히 실렸다는 듯했다.

구독자도 출판사도 거의 겹치지 않을, 그러니만큼 서로 영향을 크게 주고받지도 않았을 전문지 30여 곳에 일제히 SF 만화가 연재되던 시기가 있었다니. 이쯤 되면 한국 SF의 국소적인 황금기라고 부를 만하지 않을까? 이 주제를 조금 더 깊이 파헤쳐봐야겠단 생각이 드는 건 자연스러운 일이었다. 그런 생각이 들 즈음, 이미 내 손가락은 검색창에 '옛날 잡지 열람'을 쳐넣는 중이었다.

*

인터넷 중고서점과 여의도의 한국잡지정보관, 그리고 각종 취미 잡지를 수집하는 이글루스 블로거 지인의 도움까지 받은 덕택에 나는 다행스럽게도 제보받은 30여 개 잡지 중 대부분을 원본으로든 스캔본으로든 최소한 한 호씩은 접할 수 있었다. 그렇게 접한 잡지를 하나하나 읽어나가다 보니 제보 내용은 금방 검증되었다. 당시에 해당 잡지들에 연재되던 만화는 정말로 전부 SF 요소가 담긴 작품이었다. 하나같이 외계인이 주요 소재였으니까.

예를 들어 『낚시만상』 연재작 『ET 강태공』, 『난과 사람』 연재작 『우주인의 야생란 이야기』, 『디스플레이 매거진 코리아』 연재작 『외계인 꾸룽』 등은 모두 지구에 떨어진 외계인이 사람으로 변장해 낯선 지구 문화를 배운다는 내용이었다. 이야기 면에서의 차이점이라고 해봐야 외계인이 붕어낚시 기술, 야생 난초의 아름다움, 최신 디스플레이 기술 중 무엇을 배우느냐 하는 정도가 전부였다. 정보 전달을 목적으로 하는 만화는 아무것도 모르는 입문자 캐릭터를 주인공으로 삼는 경우가 흔한데, 여기에다가 한국에서도 흥행했던 스필버그의 「E.T.」를 결합하면 자연스레 나올 만한 결과물이었다고나 할까. 다시 말해 이 만화들은 외계인이 등장한다는 점에서는 SF지만, 주인공이 굳이 외계인일 필요는 없었으니만큼 SF로서의 특징이 뚜렷한 작품이라고 보기는 힘들었다.

이와 같은 정보 전달용 만화를 제외하면 남는 작품은 그리 많지 않았다. 그나마도 『말씀과 찬양』에 실린 『천사 말코의 요지경』은 제보 내용과 달리 외계인이 아니라 '외계인처럼 못생긴 천사'가 주인공이었고, 내용 면에서는 정보 전달이 아니라 당시 한국 사회의 천태만상에 대한 풍자가 목적이라는 정도의 차이만 있었으니 큰 얼개가 다르다고 보긴 힘들었다. 확인 가능했던 작품 중 본격 SF를 의도했다고 평할 만한 건 『게임어택』에 잠시 연재된 『소년들의 게임』 하나뿐이었는데, 시뮬레이션 게임으로 외계인과 전쟁을 벌이는 한국 청소년들을 다룬 이 작품은 제목에서도 알 수 있듯이 오슨 스콧 카드의 소설 『엔더의 게임』을 멋대로 번안해 그렸을 뿐이었다. 숨겨진 SF 황금기를 찾아냈을지 모른다는 첫 기대에 비하면 이는 상당히 실망스러운 조사 결과였다.

하지만 실망 가운데서도 눈을 사로잡는 발견은 있었다. 비록 서사면에서는 두드러지는 작품을 찾지 못했을지언정, 만화 속 외계인들의 디자인만큼은 꽤 흥미로웠으니까. 몸 아래 커다란 다리만 둘 달린 녀석, 머리에 불룩한 혹이 세 개 돋아나 있는 녀석, 날개를 여러 장 지닌 막대처럼 생긴 녀석, 커다란 도마뱀을 닮은 녀석……. 잡지 만화에 그려진 외계인들은 각각 전부 다르고 개성이 뚜렷한 모습을 하고 있었다. 신기한 일이었다. 개성적인 외계인을 그려내는 일은 그 자체로 SF 창작의 한 갈래고, 반대로 SF 서사를 의도하지 않은 정보 전달용 만화에 외계인을 등장시킨다면 가장 대중적인 이미지로 그려서 주제와 무관한 설명을 최소화하는 게 자연스러운 결정일 테니까.

마침 드라마 「엑스파일」이 방영되던 90년대 중반이라면, 매끄러운 회색 피부에 눈이 큰 통칭 '그레이'가 이미 외계인의 상징으로 널리 받아들여졌을 터였다. 그런데 어째서 이 만화들에는 대표적인 그레이 외계인은 하나도 등장하지 않는 걸까? 왜 이렇게까지 드문 생김새를 한 녀석들만 우글거리는 걸까? 어쩌면 각 작품의 내용보다도 등장 외계인들의 모습을 중점적으로 정리하는 게 더욱 의미 있을지도 모르겠다는 어렴풋한 생각을 품은 채, 나는 제보에 언급된 다음 잡지인 『월간 정밀가공』의 만화 코너 스캔본을 띄우고서 천천히 스크롤을 내리기 시작했다.

정말로 이상한 점을 깨달은 것은 그 직후였다.

*

1994년 6월부터 『월간 정밀가공』에 연재된 만화 『신입사원은 외계인』은, 내용만 놓고 보면 역시나 외계인을 주인공으로 삼은 정보 전달용 만화일 뿐이었다. 개중에서는 외계인이라는 설정을 내용에 자연스레 버무리려고 고민한 흔적이 가장 엿보이긴 했다. '추락한 우주선을 고치기 위해 최첨단 정밀가공 기술이 필요했던 외계인이, 인간으로 변장해 한국에서 가장 뛰어난 기술을 보유한 업체에 신입사원으로 입사한다'라는 시놉시스부터가 그랬다. 산업스파이 문제를 다룬 에피소드에서는 수상한 양복을 입은 외국인이 회사 주변에 기웃거려 산업스파이란 의심을 받지만, 알고 보니 주인공의 정체를 의심하는 FBI 요원이었단 식의 상당히 기발한 전개도 있었다.

하지만 그처럼 나름대로 재미난 이야기보다도, 나는 UFO 추락 장면을 그린 1화의 처음 몇 컷에만 등장하는 외계인의 본모습에 더욱 시선을 고정할 수밖에 없었다. 문제의 외계인이 개성적이면서도 너무나 익숙한 생김새를 하고 있었기 때문이었다. 이족보행 자세, 점박이 털에 덮인 몸, 발톱이 달린 세 손가락, 그리고 등줄기를 따라 줄지어 돋은 긴 가시. 마침 소설에 써먹으려고 미확인 생물이나 외계인 목격담을 잔뜩 수집해둔 참이었기에 보자마자 눈치를 챌 수 있었다. 만화 분위기에 맞게 우스꽝스러운 표정을 짓고 있는 걸 제외하면, 『신입사원은 외계인』의 주인공은 푸에르토리코의 주부 매들린 톨렌티노에게 목격된 유명한 괴생물체 '추파카브라스'(염소 피빨이)와 완전히 똑 닮았다는 사실을.

만화에 추파카브라스가 그려진 일 자체는 이상할 것이 없었다. 미확인 생물 마니아들에겐 잘 알려진 녀석이고, 「엑스파일」 등에 종종 등장해 대중적으로도 인지도가 있으니까. 하지만 그건 추파카브라스가 처음 목격된 1995년 8월 둘째 주 이후의 이야기다. 그보다 1년도 더 전에 발간된 잡지 속 만화에 이미 추파카브라스와 똑같이 생긴 외계인이 등장한 적이 있다니, 우연이라면 정말로 터무니없는 우연이리라. 혹시 톨렌티노가 우연히 한국 잡지 『월간 정밀가공』을 어떤 경로로든 접하고서, 그 속의 만화에 영향을 받아 목격담을 꾸며낸 건 아닐까?

이것도 충분히 흥미로운 가설이었지만, 심증을 굳히기에는 영 미심쩍음이 가시지 않았다. 만화에 등장한 외계인과 실제로 목격된 괴물의 유사점을 하나 눈치채고 나니, 『신입사원은 외계인』이 아닌 다른 만화 속의 개성적인 외계인들도 갑작스레 낯익게 느껴지기 시작했으니까. 이어진 잠깐의 검색은 막연한 의심을 확신으로 바꾸기엔 충분했다. 비록 추파카브라스처럼 유명한 괴물과 닮은 예는 없었지만『천사 말코의 요지경』속 못생긴 천사는 1996년 브라질 바지나에서 사로잡혔다는 혹이 셋 달린 외계인을,『ET 강태공』속 막대 모양 외계인은 1994년 호세 에스카미야가 보고한 비행 생물체를,『외계인 꾸룽』속 푸른 도마뱀 외계인은 1995년 우크라이나 수닥에서 사람을 우주로 데려가려 했다는 직립보행 파충류들을 강하게 연상시켰다.

설상가상으로 각 만화의 최초 연재 일자는 하나같이 목격 보고보다 조금 전이었다. 그렇다면 90년대 중반, 세계 곳곳의 거짓말쟁이들이 전부 한국 잡지를 참고해 허풍을 떤 것이란 말인가? 이건 외계인만큼이나 말이 안 되는 소리였다. 하지만 그렇다면 당시 한국 전문지 연재만화 업계에서는 대체 무슨 일이 일어났던 걸까? 머리를 가득 메운 혼란 속에서도, 나는 이 수수께끼를 풀 방법만큼은 또렷하게 인지하고 있었다. 만화만 읽을 때가 아니었다. UFO 연구가들이 외계인 목격자를 찾아가 귀를 기울이듯이, 나 또한 당사자에게 직접 이야기를 들어봐야만 했다.

*

90년대 중반에 활동하던 전문지 연재만화 작가를 찾아 연락하는 일은 쉽지 않았다. 일단 잡지에 만화가의 필명이 안 적힌 때도 있었고, 필명으로 검색해봐도 걸려드는 정보가 없을 때가 더 많았다. 최대의 난관은 90년대 후반에 IMF 사태의 여파로 잡지가 대량 폐간되었다는 사실이었다. 그러니 문의를 해볼 만한 출판사들이 세상에 남아 있을 리가 없었다. 그런 상황에서도 『신입사원은 외계인』을 그린 호찬 작가와 어찌어찌 연락이 닿은 건 기적이라 할 만했다. 알고 보니 호찬 작가는 이후에 필명을 바꿔 성공적인 역사 학습만화 작가가 된 모양이었다. 그가 언론 인터뷰 도중 "옛날에는 『월간 정밀가공』에서 외계인 나오는 만화도 그리고 그랬다"라는 언급을 딱 한 번 하지 않았더라면 영영 몰랐을 사실이었다.

호찬 작가의 메일 주소를 찾아 조심스러운 메일을 보내놓고 기다리니 답장은 하루 만에 도착했다. "다 알고 연락한 것이냐"라는 투의 짧막하고 경계심 가득한 답장이었다. 대체 여기에 무슨 대답을 해야 할지 고민하던 와중 두 번째 메일이 곧 날아왔다. 그 메일에는 내가 정부나 언론 관계자가 아니라 SF 작가란 사실을 확인했다는 말과 함께, 뭐가 궁금한지 알겠으니 직접 만나지는 말고 전화로 이야기를 나눠보자는 반가운 제안이 적혀 있었다. 아무래도 호찬 작가는 당시의 일에 대해, 자신이 추파카브라스를 닮은 외계인을 그리게 된 경위에 대해 뭔가 털어놓을 말이 있는 듯했다. 그렇다면 들어주는 수밖에.

일정 조율 끝에 토요일 오후 성사된 그와의 기념비적인 통화는 몇 시간 동안이나 이어졌다. 나눌 말이 많았기 때문이 아니라, 단지 호찬 작가의 이야기에 놀랍도록 두서가 없었기 때문이었다. 그는 우물거리는 목소리로 계속 중얼거리면서 내게 질문할 틈조차 주지 않았으며, 툭하면 90년대에 자기가 얼마나 힘들게 먹고살면서 짬을 내 만화를 계속 그렸는지에 대한 이야기를 구구절절 풀어놓았다. 그 구구절절한 고생담을 두 시간쯤 듣고 난 뒤에야 마침내 내가 원하던 이야기가 나왔다. 각고의 노력 끝에 마침내 잡지 연재만화를 하나 맡게 되어, 무난하게 정밀가공 업계 신입사원을 주인공으로 삼으면 되겠다고 구상까지 마친 뒤 푹 잠들었던 1994년 초여름의 어느 날 밤 이야기였다. 불필요한 내용을 전부 빼고 최대한 요약하면 그의 증언은 아래와 같았다.

"……그렇게 자고 있는데, 꿈인지 생시인지 갑자기 몸이 둥실둥실 떠 오르는 기분이 들었습니다. 이불 위로, 지붕 위로 막 날아가는 것처럼요. 그러면서 주변도 점점 밝아지다가, 어느 순간에 보니 제가 온통 새하얀 빛만 가득한 방 안에 서 있지 뭡니까. 처음엔 저 혼자만 있는 줄 알았습니다. 그런데 아니었어요. 눈앞에 다른 무언가가 있었습니다. 사람도 아니고 동물도 아니고, 오색 안개처럼 한참 일렁이기만 하는 것이 말입니다. 지금 생각해보면 그게 무슨 조율을 하고 있었던 것 같기도 합니다. 한 번 일렁일 때마다 머릿속에 라디오 치직거리는 소리가 울리더니, 어느 순간 그게 또렷한 목소리로 바뀌었거든요. 사람 같지 않은 아주 이상한 목소리였는데, 제가 들은 건 정확히 두 마디였어요. "저를 그려주십시오. 제 모습을 상상해서 그려주십시오."

그러더니 그게 제 눈앞에서 서서히 또렷한 형체를 갖춰갔습니다. 안개가 한데 뭉치고, 부풀고, 쪼그라들고 하면서요. 처음엔 사람 모양인가 싶더니, 또 사람이랑은 다른가 싶었고, 눈을 크게 떠서 집중하려 하면 할수록 점점 더 이상한 구석이 눈에 띄더군요. 사실 제가 뭘 보고 있었는지도 당시에는 이해할 수가 없었습니다. 왜, 너무 이상한 광경을 보면 오히려 눈에 안 들어올 때가 있지 않습니까? 딱 그랬습니다. 내가 지금 세상 그 무엇과도 다른, 이 지구상에 존재하지 않는 아주 새롭고도 기묘한 물건을 보고 있구나 싶더군요. 그걸 깨닫는 순간에 머릿속이 갑자기 팟, 하고 환해졌지요. 그러고선 주변이 막 흔들흔들하더니, 정신을 차려보니까 저는 도로 자리에 누워 있었습니다.

꼭 이상한 꿈을 꾸다가 깬 기분이었는데, 악몽 꿨을 때처럼 식은땀이 흐르고 오한이 들진 않았어요. 대신에 정신이 말똥말똥하고 머릿속에서 갑자기 아이디어가 흘러넘치는 게 느껴졌습니다. 방금 꿈속에서 너무나도 참신한 무언가를 봤으니, 잊기 전에 이걸 그림으로 꼭 남겨둬야겠단 열의도 솟구쳤고요. 그래서 한밤중에 책상에 앉았는데, 손이 막 저절로 움직이다시피 하더군요. 그림을 그리고, 또 그리고, 그러다가 이 신기한 그림을 다음 작품에 써먹지 않으면 너무 아깝겠단 생각도 들고…… 그날은 결국 기껏 짜둔 기획에 외계인을 집어넣어서 싹 갈아엎고 나서야 도로 잠들었지요. 지금 돌이켜 보면 그때 만났던 그것이 바로 고대 그리스 사람들이 말한 뮤즈가 아니었나, 열심히 만화 그리다 보니 정말로 뮤즈가 내린 건가, 그런 생각도 듭니다."

내가 『신입사원은 외계인』에 대해 들을 수 있었던 증언은 여기까지다. 이후 거의 두 시간 동안 호찬 작가는 연재 도중 잡지사와 빚은 원고료 관련 갈등 이야기를 늘어놓기 시작했고, 통화를 마칠 때까지 그가 디자인한 외계인 이야기는 다시 화제에 오르지 못했다.

*

호찬 작가의 증언을 믿을 수 있을까? 대다수의 외계인 근접 조우 경험담이 그렇듯 이 이야기에도 확실한 물증은 없고 모호한 부분은 산더미처럼 많다. 이런 종류의 경험담 대다수가 악질적인 거짓말이나 장난의 산물임은 두말할 필요가 없다. 무엇보다 호찬 작가는 내 직업을 알고 있었으니, SF 작가가 가장 듣고 싶어 할 만한 이야기를 일부러 열심히 꾸며냈을 가능성도 부정할 수 없다. 다만 그의 이야기에 일말의 진실이라도 담겨 있다고 가정한다면, SF 작가로서 나는 아래와 같은 가설을 제시해볼 수 있을 뿐이다.

1950~1970년대에 보고된 외계인 목격담을 살펴보면, 당시에는 온갖 해괴한 외계인이 세상에 나타나곤 했단 사실을 알 수 있다. 상자 안에 붉은 구체가 들어간 머리를 지닌 고무 인형, 꽃 모양 로봇, 회색 젤리, 아스파라거스 모양 금속 막대 등등……. 하지만 이런 개성적인 모습의 외계인들은 대부분 두 번 다시 목격되지 않았고, 그러는 동안 지구의 대중은 훨씬 단순하고 인간과 닮았으면서도 적당히 이질적인 '그레이'를 외계인의 대표 이미지로 받아들였다. 어쩌면 1994년에 호찬 작가를 찾아온 수수께끼의 '뮤즈'는 이러한 역사로부터 무언가를 배웠던 게 아닐까? 지구인들의 인식에 뿌리를 내리고 싶다면, 일단 지구인에게 받아들여질 만한 모습을 취하는 게 먼저라는 교훈을 말이다.

그리고 그런 모습이 구체적으로 무엇인지 알아내기 위한 최적의 방법은, 물론 지구인에게 직접 디자인을 의뢰하는 것이었으리라. 그렇다면 당시 한국의 잡지 연재 만화가는 이상적인 디자이너라 할 수 있었다. 직업이 직업이니만큼 머릿속에 영감을 불어넣으면 이를 능숙하게 그림으로 완성해줄 테고, 인쇄 일정이 정해진 잡지의 특성상 작업도 빨리 끝낼 테니까. 전문 SF 만화가처럼 괴상한 외계인을 그리는 데 능숙하지는 않았겠지만, 그렇기에 오히려 지나치게 복잡하거나 이질적이지 않은 외계인을 디자인할 수 있었을지도 모른다. 한편 출판사도 독자층도 제각각인 전문지라면 일제히 외계인 만화가 실려도 눈치채기 힘들고, 한국에서만 주로 쓰는 문자로 적힌 잡지라면 세상에 퍼져나갈 위험도 적다. 다수의 작가에게 동시에 영감을 주어 최대한 많은 디자인을 확보하고 싶었다면 이보다 좋은 선택은 없었던 셈이다.

여기에 나는 한 가지 추측을 더욱 조심스레 덧붙여보려 한다. 통화 끝 무렵에 호찬 작가가 늘어놓은 당시 만화가 모임 술자리 이야기 속에는, 비록 '뮤즈'나 외계인과 직접 관련되었단 증거는 없을지언정 충분히 의미심장한 언급이 하나 있었다. 뒤쪽 테이블에서 거나하게 취한 작가 하나가 이렇게 한탄하는 소리를 들었다는 짧고 애매한 언급이었다.

"내 디자인이 뭐가 어때서 그래? 내가 꿈에서까지, 그런 뭔지 모를 놈한테까지 이 소릴 들어야 해? 이런 디자인은 20세기에는 이르다, 다음 세기에나 쓸 수 있겠다……."

이 한탄이 혹시라도 '뮤즈'와 관련된 것이었다면, '뮤즈'는 당시 완성된 디자인 중 일부가 세기말의 지구에 선보이긴 조금 이르다고 판단했던 것일까? 그렇다면 21세기인 지금은 그 디자인들이 나타날 때일지도 모른다. 마침 『소년들의 게임』에 등장한 외계인 종족 중에는 21세기에 처음 목격된 이른바 '프레스노 나이트크롤러'라는 괴생명체를 닮은 게 있긴 하지만, 녀석은 희고 특징 없는 몸통에 긴 다리만 둘 달린 아주 단순한 모습이기 때문에 우연히 닮았을 뿐일 가능성을 부정할 수가 없다. 그렇기에 이 지면을 빌어, 나는 독자 여러분께 다시금 부탁을 드리고자 한다.

혹시 1990년대 중반에 발간된 전문지가 집에 쌓여 있는가? 그 속의 연재만화 코너에 외계인이 하나라도 그려져 있는가? 그렇다면 그 모습을 사진으로 찍어서 개인 메일이나 SNS 메시지로 보내주었으면 한다. 만일 여러분이 보내준 사진 속 외계인과 꼭 닮은 존재가 향후 언제라도 지구에 모습을 드러낸다면, 그건 1990년대 말에 굉장히 지구 사정에 밝고 꼼꼼한 '뮤즈' 하나가 정말로 한국 잡지 연재 만화가들을 찾아가 영감을 불어넣었으리란 가설의 가장 확실한 증거일 테니까. 여러분의 제보가 한국 SF 역사의 가장 기묘한 수수께끼를 풀 열쇠가 되어줄 날을 간절히 기다리고 있겠다.

스위치

이종산

2012년 제1회 〈문학동네대학소설상〉으로 등단. 장편소설 『코끼리는 안녕,』『게으른 삶』『커스터머』『머드』『빈 쇼핑백에 들어 있는 것』.

내가 막 술집 안으로 들어갔을 때 그 애는 가장 안쪽 구석진 자리에 있는 테이블에 앉아 있었다. 오후 다섯 시였다. 가게 안에는 손님이 별로 없었다. 넓은 테이블에 한 팀이 앉아 있었는데, 오후 일찍부터 술을 마시기 시작한 것인지 벌써 취해서 나른하게 늘어져 있었다. 얼굴이 낯익은 사람은 없었지만 아마 나와 같은 학교에 다니는 애들일 것이다. 그 술집은 학교와 가까운 데다 분위기가 좋고 술값이 비싸지도 않아서 우리 학교 애들이 많이 가는 곳이다.

"험은 어떻게 지내?"

내가 바에 앉자 아이스가 물었다. 그냥 인사차 물은 거라는 걸 알면서도 나는 곰곰이 생각한 다음 진지하게 대답했다.

"글쎄요. 요즘 사장님을 잘 못 봐서요."

역시 정말 안부가 궁금해서 물은 건 아니었는지 아이스는 별말 없이 메뉴판을 내밀었다. 바 사장 이름이 아이스라니.

사실은 진짜 이름인지 물어보고 싶어 입이 근질거리지만 실례인 것 같아 제대로 물어보지 못했다. 아이스는 노란 길에서 오래 장사한 사람이라면 거의 그렇듯 험과 잘 아는 사이다.

"신메뉴가 생겼네요?"

나는 메뉴판을 들여다보고 말했다. 신메뉴 이름은 아이스였다. 아이스는 메뉴를 종이에 직접 손으로 쓰고 그린다. 하여튼 옛날 사람들이란. 나도 그게 좋아서 이 술집의 충성스러운 손님이 되기는 했지만 말이다.

"여름이잖아. 여름엔 아이스지."

아이스가 눈을 찡긋하며 말했다.

"한번 마셔보고 싶어요. 아이스 한 잔 주세요."

아이스가 아이스를 만드는 것을 기다리는 동안 나는 구석에 혼자 앉아 있는 그 애를 슬쩍 봤다. 그때 그 애가 스위처라는 것을 알았다. 내가 술집으로 들어왔을 때는 그 자리에 머리카락이 보라색인 체구가 작은 남자애가 앉아 있었는데, 바에 앉아 있다가 고개를 돌린 그때 그 남자애는 사라지고 피부가 초록색인 여자가 앉아 있었다. 그사이에 다른 사람이 와서 앉았을 리는 없었다. 머리카락이 보라색인 남자애가 피부가 초록색인 여자로 바뀐 게 틀림없었다.

노란 길에는 여전히 커스터머가 많지만, 스위처는 보기 드물다. 험도 스위처라고 할 수 있겠지만 험은 모습을 바꿀 때 분장도 하기 때문에 엄격하게 따지는 사람들은 그가 '진짜 스위치'는 아니라고 말한다. 솔직히 나는 그런 분류가 좀 웃기고 멍청하다고 생각하지만 오랜만에 '진짜 스위치'를 보니 신기하기는 했다. 변신 카페에서 일하며 매일 온갖 커스터머들을 보지만 손님 중에도 그렇게 한자리에서 자신의 모습을 아무렇지 않게 바꾸는 스위치는 거의 없었다.

"스위치는 신중하게 많이 생각해보고 해야 해. 돈도 많이 들고, 몸에 무리도 많이 가는 커스텀이야. 확실하진 않지만 수명이 줄어든다는 얘기도 있고. 정신이 이상해질 수도 있대."

그렇게 말한 것은 온몸의 피부를 검은 문양으로 뒤덮고 다니는 만지였다.

"겉이 휙휙 도는데 머리가 같이 안 돌겠어? 충분히 돌고도 남지."

사르만도 만지의 말을 거들었다.

그냥 하는 말이라는 걸 알면서도 나는 그때 두 사람이 했던 말이 속에 남아 있었다. 다른 커스텀에 대해 그렇게 말하는 게 불편하기도 했지만, 궁금하기도 했다. 정말일까? 나중에 찾아보니 스위치들은 몸을 완전히 뒤바꾸는 일을 아주 자주 반복하기 때문에 정신이 그것을 견디지 못하고 손상되거나 무너지는 경우가 있다는 이야기가 있었다. 하지만 그건 스위치에 대해 아무것도 모르고 하는 헛소리라는 반박도 있었다. 나는 이런 일 앞에서 여전히 헷갈린다. 무엇이 진실인지. 안을 그렇게 오래 겪었는데도. 안을 보면 사람들이 중성인에 대해 말하는 것이 대부분 잘 모르고 하는 소리, 그러니까 겪어보지도 않고 하는 소리라는 걸 알 수 있다. 그러나 어떤 부분에서는 중성인에 대한 일반적인 특징이라고 하는 것들과 안의 성격이 겹치는 것도 있다. 결국은 겪어봐야 안다.

나는 '진짜 스위치'와 가깝게 지내본 적이 한 번도 없었다. 그래서 더욱 그 애에게 눈길이 갔다. 호기심이 생겼던 것이다. 그러나 말을 걸지는 못했다. 나는 소심한 성격이라 모르는 사람에게 말을 거는 것은 상상 속에서나 할 수 있다. 혹시나 그 애가 좀 친절해 보였다거나 누군가 말을 걸어주기를 바라는 눈치였다면 용기를 내볼 수 있었을지도 모른다. 하지만 그 애는 둘 다 아니었다. 어딘지 외로워 보이기는 했지만 누가 말을 걸면 차갑게 쏘아붙이거나 무시할 준비가 되어 있는 듯 보였다.

"안은 잘 지내?"

"모르겠어요. 잘 지내겠죠 뭐."

나는 아이스가 내 앞에 내려놓은 것을 봤다. 유리그릇에 내 주먹보다 조금 더 큰 네모난 얼음이 담겨 있었는데, 하얀 연기가 풀풀 났다.

"이거 어떻게 먹는 거예요?"

내가 묻자 아이스가 호박색 술을 네모난 얼음에 부었다.

"위스키야."

요즘도 위스키를 마시는 사람이 있나? 하여튼 옛날 사람이라니까. 나는 그런 생각을 하며 '아이스'가 변하는 모습을 봤다.

위스키를 부은 아이스는 단번에 녹아내리며 액체로 변했다.

"아주 차가우니까 조심해서 후후 불어 마셔."

나는 아이스의 경고를 듣고 아주 조심스럽게 '아이스'를 한 모금 마셨다. 그 음료는 너무 차가워서 뜨거울 지경이었다. 혀가 데인 것 같기도 했다. '이걸 다시 시킬 일은 없겠네.' 나는 속으로 생각하며 다시 구석진 자리에 앉아 있는 그 애를 슬쩍 보다 눈이 마주쳤다. 날 바라보는 그 애의 눈빛에 나는 원래도 1그램쯤밖에 없었던 용기를 완전히 잃어버렸다. 다시 한번 쳐다봤다가는 '아이스'에 혀가 데이는 게 아니라 그 애에게 데어버릴 것 같았다.

"근데 안이랑 잘 만나는 거 아니었어? 안 얘기를 하는데 왜 그렇게 냉담해? 예전엔 안 얘기만 나와도 좋아 죽더니."

"별일이 있는 건 아닌데, 잘 모르겠어요. 너무 오래 떨어져 있어서 그런가. 요즘은 좀 힘드네요."

안은 이 구역에 있는 학교에 가지 않고 고등학교를 졸업한 다음 해 초에 동굴 구역으로 돌아갔다. 이번 여름에는 방학 때도 동굴 구역에 있거나 다른 구역으로 가 있을 예정인 것 같았다. 동굴 구역 아이들과 캠프를 해야 한다나 뭐라나. 사실은 며칠 전에 그 말을 듣고 화가 나서 안과의 관계를 다시 생각해보고 있는 중이었다. 내가 최우선 순위이길 바라는 것까지는 아니지만 적어도 방학은 나와 보낼 줄 알았는데. 안은 내가 원한다면 캠프를 함께하자고 했는데 그 말도 화가 났다.

'네가 그러고 싶다면'이라니. "그럼 너는? 넌 나랑 있고 싶지 않은 거야?" 내가 그렇게 말하자 안은 또 말이 없어졌고, 나는 안이 또 침묵 상태에 빠진 것에 더 화가 나서 대화를 종료해버렸다. 그리고 그 이후로 며칠간 안과 연락하지 않았다.

"아직 한창땐데. 힘들면 기다리지 마. 관둬버려."

아이스가 별일도 아닌 일에 속 끓이지 말라는 듯 말했다. 다른 사람이 말했다면 어땠을지 모르지만 아이스가 그렇게 말하니 마음이 조금은 가벼워졌다. 사실은 수업이 끝나자마자 술집으로 온 것도 안 때문이었다. 안을 생각하면 속이 부글부글 끓어서 가만히 집으로 돌아갈 수가 없었던 것이다.

아이스는 안에 대해 더 말하지 않고 그 이후로는 날 내버려 뒀다. 나는 다른 때처럼 바 자리에 죽치고 앉아서 술을 홀짝이면서 학교 과제를 했다. 에세이 과제였다. 아직 제출 기일이 며칠 남았지만 미리 해치워두고 싶었다. 시간이 좀 지나자 '아이스'도 처음 나왔을 때만큼 차갑지 않아서 마실 만해졌다. 그런데 도수가 높은 술인지 점점 취기가 올라오며 머리가 어지러워졌다. 이제 그만 마셔야겠다고 생각하고 잔을 보니 벌써 거의 바닥나 있었다.

정신을 차리려고 애쓰고 있는데 그 애가 술집에서 나가는 모습이 보였다. 나는 어지럽고 몽롱한 상태로 그 애의 뒷모습을 보았다. 그 애는 또 변해 있었다. 이번에는 피부가 하늘색이 되어 있었다. '저 애랑 연애를 하면 어떤 기분일까? 계속 모습이 변하는 사람은 마음도 변덕스러울까?' 그렇게 생각했던 것이 기억난다. 그날 나는 취기가 좀 가실 때까지 바에 앉아 있다가 나왔다. 집으로 돌아가는 길에 그 애를 마주친다면 어떻게 될까 상상하다가 그 애를 본다고 해도 알아볼 수 없을 거라는 생각을 하니 웃음이 나왔다. 집은 언제나처럼 조용했다. 방이 스무 개 있는 커다란 집 안의 한 평짜리 방이 나의 집이다. 작은 침대에 들어가 누우니 안과 기숙사에서 함께 살던 때가 떠올랐다. 그 시절이 너무 그리워서 눈물이 났고, 너무 외로워서 안과 헤어지고 싶었다.

다음 날에는 늦잠을 자서 할 수 없이 날개를 펼치고 학교까지 날아서 갔다. 원래는 사람들의 시선이 부담스러워서 웬만하면 시내에서는 날지 않는다. 망토로 날개를 가리고 다닐 때도 많다. 씨씨는 그럴 거면 애초에 날개를 왜 달았느냐고 하지만, 어쩔 수 없다. 태생이 소심한 인간인 것을.

수업이 있는 강의실 건물 앞에서 땅으로 내려오자 모두가 나만 쳐다봐서 얼굴이 화끈거렸다. 별로 부러워하는 눈빛은 아니었다. 사람들이 내 등에 달린 검푸른 빛이 도는 큼지막한 날개를 보고 괴상하다는 눈빛으로 빤히 쳐다보거나 옆에 있는 사람에게 비웃음이 섞인 귓속말을 하는 것을 여러 번 겪었는데도 이상하게 그런 일에는 익숙해지지 않는다. 매번 조금씩은 상처를 받는 것 같다. 누가 날 이상한 눈으로 보면 부끄러움이나 수치심과는 또 다른, 나도 뭐라고 이름 붙여야 할지 모르겠는 감정으로 얼굴이 화끈거린다. 그런데 한편으로는 조금 신이 나기도 한다. '그래, 난 용의 날개가 있는 진짜 커스터머야. 이런 거 처음 보지? 난 특별한 선택을 했거든.' 속으로 그런 생각을 하며 우쭐거릴 때도 있다. 그런 생각을 한다는 거야말로 조금 부끄러운 일이긴 하지만, 떠벌리고 다니는 것도 아닌데 뭐 어떤가 싶다. 속으로만 생각하는 건데.

강의실에 들어와 보니 남은 자리가 하나밖에 없었다. 바로 교수님이 들어와서 꾸물거릴 시간이 없었다. 자리에 막 앉았는데 바로 그때 내 옆에 앉은 애가 모습을 바꿨다. '어제 그 애구나.' 나는 생각했다. 이틀 만에 스위치를 둘이나 만날 리는 없었다. 술집에서 본 모습과는 딴판이어도 어제 그 애가 틀림없었다. 무엇보다 옷이 똑같았다. 후드가 달린 긴 망토. 그 애가 아니라 다른 사람이 입었다면 검은색 자루를 뒤집어쓴 것 같았을 것이다. 하지만 그 애는 남들이 입으면 검은색 자루로밖에 보이지 않을 것 같은 옷을 최신 유행 스타일로 보이게 하는 근원을 알 수 없는 매력이 있었다.

"수업 중에 그렇게 하는 건 좀 아닌 것 같은데요."

교수님이 내 옆에 앉은 애에게 말했다.

"수업 때 전환을 하면 안 된다는 교칙은 없는 것으로 알고 있습니다."

그 애가 말했다. 대드는 투는 아니었지만 교수님이 보기에는 거슬릴 만큼 당당해 보였을 것이다.

"수업에 부적절한 커스텀을 하고 강의실에 들어오면 교수가 학생을 내보낼 수 있다는 규정은 있죠."

교수님이 불쾌한 감정을 억누르며 말하고 있는 게 눈에 보였다.

"이것도 수업에 적절한 커스텀은 아닌 것 같은데요?"

그 애가 내 날개를 가리키며 말해서 나는 어이가 없었다. 날 왜 끌어들이는 거야? 날개도 얌전히 접고 있는데.

"원래 모습으로 돌아가든지, 내 수업에서 나가세요. 마지막 경고입니다."

"이게 제 원래 모습이라면요?"

그 애는 이 상황이 웃긴다는 식이었다. 교수님은 인내심이 한계에 다다른 듯 팔을 번쩍 들어 손가락으로 문을 가리켰다.

"나가세요."

그 애는 바로 가방을 챙겨 일어나 강의실에서 나갔다. 덕분에 강의실 분위기가 싸해졌다. 내 날개도 새삼스럽게 다른 학생들의 시선을 한 몸에 받았다.

"예의를 모르는 학생들이 가끔가다 저렇게 하나씩 있어요. 커스텀도 적당히 해야지."

커스터머가 많은 편인 우리 학교에서 교수가 하기에 적절한 말은 아니었지만, 그 말에 항의하는 사람은 한 명도 없었다. 나도 입을 닥치고 있었다. 나까지 수업에서 쫓겨날 수는

없으니 말이다. 교수에게 괜한 싸움을 걸어서 일이 커지는 것
은 부담스러웠다.

그날 오후에 '아이스'에 가보니(술집 이름도 '아이스'다. 아이
스야말로 부끄러움을 모르는 사람이다) 그 애가 어제와 똑같은
자리에 앉아 있었다. 처음 보는 외모였지만 오전 수업에서 본
것과 같은 옷을 입고 있어서 한눈에 알아볼 수 있었다.

"안녕."

내가 다가가서 인사하자 그 애가 날 모르는 사람처럼 빤히
쳐다봤다. 그러다 마음을 바꿨는지 자기 맞은편 자리를 턱짓
으로 가리켰다.

"앉아. 왜 서서 그래?"

그 애는 미소를 지었는데 내가 아는 사람들이 자주 짓는
따뜻한 표정이 아니라 냉소적인 미소였다. 그 애의 미소는 차
갑고 도전적이었다.

나는 그 애의 맞은편 자리에 앉았다. 어제 그 애를 보며 느
꼈던 호기심이 다시 올라왔다.

"너 때문에 분위기 완전 싸해졌었어. 난 왜 걸고넘어진 거
야?"

"그 교수가 잘못한 거지. 학교에 정식으로 항의할 거야."

스위치들은 감정도 획획 바뀌나? 나는 한순간에 냉소적인
미소가 사라지고 잔뜩 화가 난 표정을 짓고 있는 그 애를 보
며 생각했다. 하지만 짧은 사이에 다시 생각해보니 감정이라

는 것은 원래 변덕스러운 성질을 가지고 있다. 나만 해도 하루에 수십 번씩 감정이 바뀌지 않나.

"그건 네가 알아서 할 일이고. 근데 그동안은 강의실에서 전환한 적 없었잖아. 오늘은 왜 그런 거야?"

"아는 척하지 마. 내가 스위치인 것도 몰랐으면서."

그 애가 톡 쏘듯 말했다. 맞는 말이긴 했다. 그동안은 그 애가 스위치라는 걸 몰랐다. 그 수업을 듣는 사람이 100명 가까이 되는 데다 오늘 오전 수업 전에는 한 번도 수업에서 모습이 바뀌는 걸 본 적이 없었으니 당연히 모를 수밖에.

"내 맘이지. 하건 말건. 남들은 매일 옷을 바꿔 입잖아. 화장도 다르게 하고. 머리카락 색이나 눈동자 색 바꾸고 오는 건 아무 말도 안 하면서 나한텐 왜 그렇게들 지랄이야."

"남들은 매일 얼굴을 싹 바꿔서 오진 않지."

나는 바른말을 해야 직성이 풀리는 성격이다.

"그런 소리 할 거면 너도 꺼져. 실실대긴 왜 그렇게 실실대? 너 실없는 애구나?"

"그거 웃기려고 한 소리야?"

나는 그 애의 그 어이없는 유머를 어떻게 받아쳐야 할지 모르겠어서 황당해하며 되물었다.

"꺼져."

그 애가 웃었다. 너무나 갑작스럽고, 너무나 환하게 빛나는 미소였다. 그 애가 그렇게 웃을 수 있을 거라고는 전혀 예상치 못했다. 그 미소를 보는 순간 심장이 이상하게 두근거렸다. 시간이 잠시 멈춘 것만 같았다. 안을 처음 봤을 때처럼. 그러나 그때와는 또 다른 느낌이었다.

"왜 스위치가 된 거야?"

"넌 왜 그딴 흉측한 걸 달았는데?"

"그냥. 달고 싶으니까."

나는 그 애가 흥미로워서 미칠 지경인 것을 숨기고 담담하게 대답하려 애썼다.

"그냥. 달고 싶으니까."

그 애가 내 말을 그대로 따라 하며 빈정거렸다. 기분이 나쁘지는 않았다. 다만 이제 대화를 어떻게 이어나가야 할지 막막했는데 의외로 그 애가 먼저 다시 입을 열며 말을 쏟아냈다.

"나도 그냥 하고 싶어서 한 거야. 그런데 귀찮아 죽겠어. 다들 왜, 왜, 왜. 왜 했든 지들이 무슨 상관인데? 알면 뭐. 어차피 관심도 없으면서. 알아? 남들은 네 사정에 아무 관심도 없어. 그냥 묻는 거야. 왜 그런 줄 알아? 멍청하니까. 스스로 생각할 줄 모르니까 자꾸 남한테 묻는 거야. 왜 스위치가 됐어? 왜 맨날 얼굴을 바꾸고 다녀? 왜 여자가 됐다 남자가 됐다 해? 그놈의 왜, 왜, 왜. 지겨워 죽겠어!"

"나는 진짜 너한테 관심이 있어서 물어본 거야. 내 마음대로 추측할 수도 있지만, 그건 그냥 내 생각이지 네 생각은 아니잖아."

그 애는 내 말이 진짜인지 따져보려는 듯 나를 노려보았다. 시험대에 오른 기분이었다. 나는 그 애의 시험에 붙고 싶었다.

"네 남친도 너 이러고 다니는 거 알아?"

"안을 알아?"

나는 조금 놀라서 물었다. 그 애는 벌 같았다. 예상치 못한 순간에 훅 날아와서 침을 쏘고 가는.

"유명하던데. 등에 날갯죽지를 붙이고 다니는 애가 중성인이랑 사귄다고."

"그럼 알 텐데. 걘 여자도 아니고 남자도 아니야. 그러니까 내 남친도 아니지."

"말 돌리지 말고. 걔도 네가 이러고 다니는 거 아냐고."

"내가 뭘 하고 다니는데?"

"너 지금 나한테 수작 부리고 있잖아. 나한테 완전히 반한 눈빛인데."

그렇게 말하는 그 애의 눈빛이란. 오랜만에 느끼는 긴장감이었다. 나는 그 긴장감을 좀 더 즐기고 싶었다. 하지만 그 애는 이미 자리에서 일어났다.

"나 좋아하지 마. 난 너한테 관심 없어. 앞으로도 없을 거고."

말은 차가웠지만, 그 애는 귀엽게 웃고 있었다. 그러고는 또 한 번 모습을 바꿔 나한테서 등을 돌리고 술집에서 걸어나갔다. 나는 그 애의 뒷모습을 바라봤다. 오늘은 맨정신이었지만 이상하게 어제보다도 더 눈앞이 어지럽게 흔들리는 기분이었다.

나는 멍하니 서 있다가 문이 닫히고 몇 초가 흐른 뒤에야 정신을 차리고 바 자리로 옮겨 앉았다.

"오늘도 아이스로 주세요."

"이번 신메뉴 괜찮지?"

아이스가 빙긋 웃으며 물었다.

"네, 맛있더라고요."

나는 고개를 끄덕이며 대답했다. 그러면서도 내 눈은 그 애가 나간 문 쪽에 붙어 있었다. 곧 연기가 피어오르는 네모난 얼음이 내 앞에 놓였다. 오늘은 내가 직접 얼음에 위스키를 부었다. 그리고 보니 이름도 모르네. 나는 그런 생각을 하며 순식간에 액체로 변한 얼음을 한 모금 삼켰다. 혀가 얼얼했지만 이번엔 어제처럼 고통스럽지는 않았다.

"사랑도 한순간에 변할 수 있는 걸까요?"

나는 깨끗한 천으로 유리컵을 닦고 있는 아이스에게 물었다.

"마음이라는 게 원래 변덕스럽잖아. 끓는 물이었다가 식은 물이 됐다가 추운 데 놔두면 차가운 물이 되고, 그러다 더 추운 데 두면 얼음이 되는 거지."

"얼음을 화산에 빠뜨리면요?"

"그럼 용암에 녹아들어서 부글부글 끓겠지."

아이스가 말했다. 그게 지금 내 마음이었다.

이토록 아름다운 세상에

이하진

2001년 천안 출생. 2021년 제1회 〈포스텍 SF 어워드〉로 등단. 단편소설 「어떤 사람의 연속성」 「마지막 선물」 「새가 떠나는 둥지」 「시간의 거품」 「재생을 위한 진혼곡 나단조」 「저 외로운 궤도 안에서」 등. 〈한국물리학회 SF 어워드〉 가작 수상. 경북대 물리학과 재학 중.

지구가 가벼워졌다.

비유적인 표현이 아니라, 정말로 지구의 질량이 줄어들었다는 뜻이다.

아무 전조도 없이 일어난 일이었다. 신이 하룻밤 만에 니켈을 비롯한 몇몇 중금속들의 질량을 수정하기라도 한 걸까? 지구는 정말로, 한순간에, 가벼워졌다. 동시에 스스로 중력의 일부를 포기했다.

일련의 사태가 무엇을 의미하는지 그때 사람들은 잘 알지 못했다.

—03/19 08:49

거리의 사람들은 들뜬 모습으로 하늘로 뛰어오르고 내려오길 반복했다. 1m가 조금 안 되는 높이로 조금 천천히 떠올랐다가, 다시 천천히 다시 착지하길 말이다. 그런 짓을 하는 대부분은 아이들이었지만 몇몇 어른들도 신나게 들떠서 함께 뛰어오르긴 마찬가지였다. 산책하던 강아지가 떠오르자 그걸 헐레벌떡 붙잡는 주인도 몇 명 보였다. 새들은 언제나처럼 자유로이 날아다녔지만 바닥에 착지할 때면 바뀐 중력에 맞춰 양력의 조화를 이루지 못한 채 안타까운 모습으로 바닥을 구르곤 했다.

중력이 약해진 여파로 몇몇 노인들은 허리를 펴고 걸어 다닐 수 있게 되었고, 가벼운 사물들은 놀이공원의 헬륨 풍선처럼 둥실둥실 떠 오르다 바람에 실려 가곤 했다. 새들이 그러했듯 익숙지 않은 중력에 몸을 허우적대며 천천히 넘어지는 사람들도 많았다. 다만 코를 박는 사람은 없었는데, 넘어지는 데 작용하는 중력 가속도가 줄어들었으니 넘어지는 속도 역시 줄어들었기 때문이었다.

그러던 와중 어제는 기어코 바닷물이 용오름을 통해 하늘로 올라 사방으로 흩어지는 풍경이 지나가던 유람선의 승객들에 의해 목격되었고, 그 바닷물은 아직까지 구름마냥 무역풍을 타고 하늘을 표류하며 전 세계를 떠돌고 있었다.

……이토록 우스꽝스러운 이야기만 늘어놓을 수 있다면 차라리 좋았을 것이다.

마찰력은 마찰계수와 수직항력의 곱으로 나타낼 수 있는데, 지면에 대한 마찰력의 경우, 수직항력은 지면에 대해 수직인 중력 벡터의 반작용으로 나타난다. 단순히 말해 땅에 붙은 물체가 가진 마찰력은 중력에 대충 비례한다는 뜻이다. 그러니까, 중력이 줄어들면 마찰력 역시 줄어들어 경사로에 세워둔 자동차 같은 건 쉽게 미끄러지고 만다. 그런 이유로 사망자까지 발생하는 사고가 규모와 상관없이 세계 곳곳에서 갑작스레 일어났다. 그 외에도 상수도가 역류하거나 모든 구기 종목의 대회 일정이 중단되는 일부터, 용광로에서 용암이 흘러내리거나, 항공기 운항이 중단되거나, 추락하거나 하는 온갖 재난과 재해들이 동시다발적으로 발생하고 있었다. 때문에 제대로 제어되는 산업망은 통신 정도가 유일했고, 몇몇 대로는 통행이 통제되기에 이르렀다. 여기까지가 지구가 가벼워진 그날부터 이틀간 일어난 일이었다. 앞으로도 질리도록 볼 혼란일 터, 그 '앞으로'라는 게 얼마나 오래갈지는 모르는 일이었지만 말이다.

세상은 망할 거야, 라고 무의식적 읊조림이 아닌 말 그대로의 의미를 곱씹은 뒤 어쩐지 전날보다 쌀쌀해진 공기를 들이마시며 수리물리 강의실로 향했다. 제본하지 않은 날것 그대로의 두꺼운 교재를 꺼내며 주변을 둘러보았다. 두껍지만 중력이 줄었기에 썩 무겁지는 않았다. 몇몇만이 자리를 채운 허한 강의실에 일부러 큰 소리로 책을 내려놓았다. 가벼운 무게에 개운하게 내려놓는 느낌은 들지 않았다. 그래, 그런 일이 있는데 대학생이 굳이 주말 보강을 들으러 올 필요는 없겠지. 시험을 앞뒀더라도 말이야. 당장 세상이 망하게 생겼는데 학점이 중요할까. 사실 오늘 강의는 빼버릴까 생각했지만, 여기서 더 결석했다간 얄짤없이 F니까 어쩔 수 없이 나왔기에, 그들을 속으로조차 질책할 생각은 없었다. 그저 부러울 뿐이었다.

아니지, 어차피 세상이 망할 건데 성적이 상관있나? 지금이라도 나가서 술이나 마실까? 그러고는 엄마한테 전화를 하겠지. 엄마, 잘 지내? 세상이 망할 것 같아. 나는 그 와중에 술이나 마시고 있어. 어쩌겠어, 지구가 그러겠다는데, 뭘 할 수 있는 것도 아니잖아. 집에 못 오냐고? 가다가 사고 날 것 같아. 뉴스에 보이잖아. 대화를 가정하니 지금 상황이 더 어이없고 딱하게 느껴질 뿐이었다.

"지구 멸망을 앞두고 성실하네."

안녕이라 말하며 며칠 전보다 가볍게 옆자리에 가방을 내려놓는 과 동기가 말을 건넸다. 이 녀석과는 어젯밤에 메신저로 중력 붕괴 현상에 대해 열띤 논쟁을 벌였던 참이었다. 자기 몸무게를 통해 줄어든 지구 질량을 알아내고, 지구가 나아가는 속도를 계산해 새로운 궤도를 알아보거나 하면서. 일련의 과정에는 어떻게든 지구를 '살리려는' 안타까운 가정들이 박혀 있었다. 어떻게든 결과는 멸망으로 수렴했다고 각자 결론지으며 찝찝한 잠자리에 들었다. 고작 물리학과 학부생이 뭘 할 수 있겠어. 이런 건 NASA도 막지 못할 일일 텐데.

별수 없는 무력함임에도 어쩐지 기운 빠질 수밖에 없었다. 수능 성적표를 받은 날이라든가, 첫 학사경고를 받은 날이라든가 그 밖에 많은 날에 대고 제발 세상이 망했으면 하고 바랐건만 이토록 잔인한 방식으로 멸망하길 바라진 않았다. 적어도 내가 바란 멸망은 '눈 떠보니 멸망을 체감할 틈도 없이 전부 망해 있었다' 정도였다. 게다가 받아들이기 힘든 여러 상황을 회피하고자 무의식적으로 읊었을 뿐이었지 딱히 진심으로 바란 것도 아니었다.

책상에 턱을 괴고 부질없는 생각을 이어가던 중 전보다 가벼운 몸놀림으로 강의실 문을 열고 들어오는 풍채 좋으신 교수님이 눈에 들어왔다. 가볍다 못해 통통 튈 듯한 발걸음과는 다르게 무겁게 가라앉은 안색이 눈에 띄었다. 아마 우리가 그랬듯 이 사태에 대해 생각한 결과겠지. 자리에 앉은 한 학생이 중력 붕괴를 거들먹거리며 휴강을 제안했지만 교수님은 묵묵히 오늘의 출석 번호를 칠판에 적은 후 보강 수업을 시작했다. 휴대폰을 켜고 전자 출결에 출석 번호를 적는데, 옆에 앉은 녀석이 '공중에 떠 있는 라멘 먹고 싶지 않아?'라며 문자를 보냈다. 나는 헛웃음을 지으며 '좋아' 하고 짧은 답장을 보내고 휴대폰을 근처에 엎어놓았다.

—03/20 14:57
어린 시절 끈 같은 걸 길게 붙잡고 머리 위로 휘휘 돌려본 경험이 다들 있을 것이다. 자, 이번에는 요요의 끈을 붙잡아 돌리고 있다고 생각해보자. 요요를 돌리는 도중 손을 놓는다면, 요요는 돌던 방향 그대로 던져지고 말 것이다. 이제 요요의 끝을 지구라고 생각해보자. 우주에서 끈의 역할은 중력이 하고 있다. 계속 말했지만 지구는 갑작스럽게 질량을 잃어 중력이 약해진 상태다. 그러니까, 지구를 끈에 매달아 돌리고 있다가 갑자기 끈이 끊어진다면, 그 끝에 매달린 지구는 어떻게 될까?

지구는 안락한 생명가능지대를 포기하듯 본래의 공전궤도를 이탈했다. 공전 속도로 인간을 싣고 달이 아닌 곳을 향해 나아가는 첫 발사체가 지구 그 자체가 될 줄은 누구도 예상하지 못했을 것이다. 정확히는 새 중력을 통해 만들어진 새로운 궤도를 통해 나아가는 중이었겠지만, 어찌 되었든 생명가능지대를 벗어날 것이라고 예측되는 이상 반가운 일은 아니었다. 생명가능지대는 행성계에서 물이 액체 상태로 존재할 수 있는 구역을 의미하는데, 이를 벗어난다는 것은 최소한 멸망에 준하는 상태가 된다는 뜻이었다. 만약 생명가능지대, 골디락스존의 끝자락에 걸친다고 한들 지구 전체의 기온은 내려갈 것이며, 1년의 단위는 바뀔 것이고, 어떻게든 지구 환경 전체가 뒤바뀌는 변화를 겪게 될 게 자명했다. 또한 새로운 궤도가 다른 태양계 행성들의 궤도와 충돌하지 않는다는 보장도 없었다. 인류 멸망이 이런 식으로 다가올 줄 누가 알았을까?

천문학적 스케일에서 인간의 단위는 무의미할 정도로 작다. 그 사실은 우주라는 태고의 자연 앞에서 인간이라는 존재가 얼마나 무능력한지를 증명했다. 빛은 1초에 30만km를 간다는데, 인간은 전속력으로 뛰어봤자 한 시간에 30km도 가지 못한다. 지구라는 한정적 공간이 아닌, 우주라는 자연 그 자체 속에서 인간은 그렇게나 미약하고 하찮은 존재였다. 3K에 불과한 허무 공간과 5만K에 달하는 항성의 온도가 공존하는 곳에서 고작 10℃ 정도의 변화는 먼지만도 못한 것이었다. 적어도 우주에는 그랬다. 무의미해서 무시할 수 있을 정도의 변화.

하지만 그 초라하고 창백한 푸른 점에서만 한평생을 살아온 인간들에게 10℃의 변화는 재앙이나 다름없었다. 고작 골디락스 존에서 조금 움직인 것만으로도 최고기온은 이틀 만에 10℃나 내려갔다. 한 지방에 국한된 결과가 아니었다. 지구 전체의 기온이 내려갔다. 한창 온기를 되찾고 있었던 부푼 봄은 다시 겨울로 돌아가 싸늘한 한기만을 내보이고 있었다. 오, 세상에. 내일은 중력 붕괴 첫날로부터 20℃나 줄어들 거라는 예고가 휴대폰 화면을 스쳤다. 이대로라면 지구에서 떨어져 낙오되기도 전에 얼어 죽을 것만 같았다.

아니, 차라리 그걸로 끝난다면 다행이었다. 지구의 대기는 지구 중력에 의해 유지된다. 대기를 조성하는 분자 중 가장 가벼운 수소 분자가 먼저 우주로 버려졌다. 대기는 더 높이

흩어져 지표면에서의 기압은 낮아졌다. 다행히도 산소는 무거운 분자였으므로 호흡이 불가능해질 정도로 날아가진 않았지만, 어쨌든 대기 중 산소의 분압이 낮아짐에 따라 고산지대에서나 나타날 법한 저산소증이 저지대에서도 나타나기 시작했다. 원래부터 호흡기가 약했던 사람들은 호흡곤란을 호소하며 응급실로 실려 갔지만 산소호흡기를 달아주는 것 외에는 별다른 조치를 취할 수 없었다. 이 상황에서 할 수 있는 일은 대증요법뿐이었고 원인요법은 어처구니없이 불가능한 일이었으니까.

모든 것을 품었던 중력은 이제 모든 것을 놓아주려 한다.

더 이상 태양빛은 따스하지 않았으며 공기는 포근하지 않았고 지구는 안락하지 않았다.

멸망의 풍경은 잔인하도록 현실적이었다.

"야, 나 어제보다 2kg이나 더 줄어들었어."

심각한 표정을 하고 다가오는 과 동기가 말했다. 젠장, 어쩐지 오늘 일어났을 때 몸이 더 가볍더라. 그날 잃은 중력이 전부가 아니었다고? 더 많은 중력을 잃어가고 있다고? 이대로라면 지구는 골디락스 존을 완벽히 벗어나 우주 공간을 영영 유영하는 행성 아닌 행성이 될 터였다.

"망했어. 진짜 망했다고. 무슨 일이야, 대체?"

도리어 내가 묻고 싶은 말이었다. 목 끝까지 올라오는 대상 없는 욕설을 간신히 삼켜내자 이유 모를 서러움이 울컥 올라왔다. 대체 왜. 이 모든 게 누군가의 장난이라면 지금이라도 늦지 않았으니 그만두었으면 했다.

"하. 아니. 시이발, 진짜. 이게 뭐야."

결국 참을 수 없을 정도의 서러움이 북받쳐 생각을 그대로 내뱉고 말았다. 목소리는 어쩐지 울 것처럼 불안했다. 아무것도 할 수 없는 멸망의 가속을 체험하기 모자라 그 끝을 보게 생겼다니. 이런 걸 뼈저리게 알려고 물리학과에 온 것도 아닌데.

"이제 사람들도 떠오른대. 실종되고 난리도 아니야. 진짜 망했어."

어떡해, 하고 말하려고 했지만 마땅한 답이 없음을 빠르게 깨닫고 말을 삼켰다. 그대로 고개를 바닥에 처박고 주의를 돌리는 것밖엔 할 수 있는 게 없었다. 발에 힘을 주어 지면을 다시 밟았지만 충분한 무게감 없이 반발하는 느낌이 수면 속에서 발을 디딜 때와 같았다. 다른 점이 있다면 물 같은 저항은 느껴지지 않았다는 점 정도.

모든 것이 가벼웠다. 마치 무겁게 다뤄져야 할 것들이 가벼이 다뤄졌던 것처럼. 그 대가를 이행하듯.

어느샌가 열심히 호들갑을 떨던 동기는 잠잠해져 있었다. 그리고 주변은 수군거림으로 들썩였다. 이 모든 상황이 짜증나고 거슬려서 소란의 근원을 찾기 위해 고개를 들었다. 잠잠했던 동기는 얼어붙은 표정으로 한곳을 멍하니 응시하고 있었다. 대체 뭐길래. 주변을 바라보자 사람들 역시 같은 곳을 바라보고 있었다. 하나같이 무언가에 압도된 듯한 눈빛으로 하늘의 어딘가를 바라보고 있어 그곳이 소란의 근원지임을 쉽게 알아차릴 수 있었다. 나는 불안한 심정으로 그들을 따라 눈을 돌렸다.

노숙인으로 보이는 허름한 차림의 사람이 공중에 떠올라 있었다.

다만 그 몸에는 조금의 움직임도 없었고, 얼굴에 생기라곤 전혀 남아 있지 않은 듯했다.

죽은 사람의 몸을 눈앞에서 보는 건 처음이었다.

—03/20 15:32

사방을 요란스레 밝히는 경찰차의 경광등, 어딘가 조심스러워진 사람들의 발걸음. 누군가 속을 게워내는 소리, 은연히 풍기는 토사물의 냄새, 잦아들지 않는 소란.

몇 발자국 밖에서 모든 상황을 지켜봤다. 모든 걸 이해할 수 없었다. 사람이 죽어서 공중으로 떠올랐는데, 아무도, 아무것도 못 해. 경찰들조차 우왕좌왕해. 상황은 처음부터 끝까지 혼란스러워. 어딘가에서도 비슷한 일이 수도 없이 일어났으리라 예상했다. 사람뿐일까? 동물원에서도 분명 비슷한 일 정도는…… 망할.

노골적으로 변해가는 지구의 풍경이 낯설어 괴로웠다. 부끄럽게도 외면하고 있었지만, 항상 이럴 때 먼저 희생되는 건 약자였다. 희생까지 가지 않더라도, 언제나 최전방에서 고통받는 건 그런 것들이었다. 멸망은 이 사실을 가장 잔인한 형태로 인류에게 보여주고 있었다. 여기서 지금까지 뭐 했느냐고, 어차피 이렇게 쉽게 망가질 것들에 집착하다가 놓친 게 있지 않냐고, 보다 못한 자연이 우리에게 분노하는 것 같았다. 마침 날아다니던 쓰레기통이 시신에 맞고 수많은 쓰레기를 하늘로 쏟아냈다. 분리수거되지 못한 스티로폼, 페트병, 휴지, 빨대, 회갈색의 내용물이 남은 플라스틱 잔 따위가 어지러이 공중을 유영했다. 몇몇은 땅으로 떨어졌다. 놀란 경찰들은 급하게 긴 막대기를 구해와 하늘의 시신을 끌어내리려고 노력했지만 공중의 쓰레기를 더 헤집을 뿐이었다. 수많은 사람은 비위가 상했는지 발걸음을 옮겨 자리를 떠났다. 그들 중 몇몇은 떠오르는 제 몸을 바닥에 붙이려고 애쓰는 기색을 보이기도 했다.

나는 여전히 말없이 자리에 서서 그 풍경을 눈에 담았다. 묻어두고 있던 것들을 마주했다. 어느새 동기가 자리를 떠난 후에도 그저 가만히 있었다. 왜 그랬는지는 모르겠다. 그러고 싶었다. 지금이 아니면 그걸 마주하고 무언가에게 미안해할 기회조차 없다고 생각했는지도 모르겠다. 뒤늦은 참담함으로 세상을 추모했다.

　지구는 미련 없이 제 품에 있는 모든 것을 우주로 풀어놓고 있었다. 그저 하릴없이, 맥없이 그대로 흘러가도록 저항하지 않았다. 이제 움직임은 자살행위나 다름없었다. 나는 발을 디디는 반작용이 몸을 하늘로 튕겨내지 않도록 바닥에 붙인 발끝에 잔뜩 힘을 주고 서서히 몸을 낮춰 무게중심을 아래로 향했다. 우스꽝스럽게 보일지 몰라도 그게 옳았다. 허공을 휘젓기 시작하는 사람들 사이에서 눈을 질끈 감은 채 몸을 숙여 주저앉았다. 본격적인 멸망의 시작이라고 봐도 될 법한 풍경이 펼쳐지고 있었다. 순식간에 변해가는 풍경 속에서 스멀스멀 올라온 공포와 죄의식이 심장을 감싸고 쥐어짰다.

　그쯤 캠퍼스의 스피커로 갑작스러운 안내방송이 흘러나왔다. 지구가 나아가는 궤도에 무수한 소행성대가 존재한다는 정부의 긴급 통보였다. NASA를 비롯한 각국의 우주국과 국방부는 미사일을 통해 파편을 최대한 요격할 작정이라고 했지만, 글쎄, 어차피 멸망으로 향하는 길을 나아가는 데 그런 게 의미가 있을까. 무용한 일이라는 건 본인들이 가장 잘 알고 있겠지만 대응하려는 의중은 대충 헤아릴 수 있었다. 다들 이런 식으로 멸망하고 싶진 않았을 것이다. 어떻게든 지금의 멸망을 부정하고 싶었겠지.

　지구는 몇 시간, 내지는 몇 분의 단위로 점점 더 많은 중력을 잃어가고 있었다. 이대로라면 지구가 외우주에 버려질 거라는 결론을 쉽게 얻을 수 있었다. 아아, 인류가 수십만 년간 쌓아 올린 번영은 이토록 부질없는 것이었구나. 가만히 담아 두기엔 너무 큰 허탈함에 절로 헛웃음을 흘렸다. 아무리 생태 계를 인류 중심적으로 구축해봤자, 지구 자체가 공허 속에 버려지고 만다면 그 정점에 선 인류조차 어찌할 도리가 없는 것이구나. 인류를 탓하려는 것은 아니었다. 정말로 이렇게 멸망할 줄은 몰랐을 테니까. 그저 물질적 풍요의 부질없음이 새삼스레 우습게 느껴져서 그랬다. 마천루를 쌓아 올리고, 서로 편을 갈라서 개개인을 물어뜯고, 상대를 미워하고 무시하고 배척하면서 싸우는 것들이 중요한 게 아니었어. 그조차 외면하며 비루한 몽상에 닿기 위해 수많은 산업을 발전시키기 바빴던 인류는 얼마나 미련했던가. 이 모든 일은 인류의 업보라고 결론지었다. 그 업보를 우리 세대가 맞이하게 된 건 조금 억울했지만.

하늘은 열 시간째 어스름한 황혼의 빛을 발하고 있었다. 그 마경을 꾸미려는 듯, 깨어진 유리창, 흩날리는 쓰레기통과 그 내용물들, 누군가의 신발, 옷가지, 토사물, 그리고 어설프게 떠오른 버스 정류장, 보도블록, 신호등 따위가 너저분히 공중을 유영하고 있었다. 멸망에 어울리는 괴이한 풍경이라고 생각했다. 그 풍경에 이름 모를 새라도 날아간다면 더없이 아름다울 거라고 생각했지만, 그들은 멸망의 심각성을 일찌

감치 알아채곤 어딘가로 떠난 이후였다.

　나는 천천히 남은 미련을 체념하며 자리에서 일어섰다. 그리고 품속에 손을 뻗어 담배와 라이터를 꺼냈다. 마지막 하나 남은 담배를 꺼내 끝에 불을 붙이는 순간, 때늦은 이동을 시작하는 철새 무리가 우왕좌왕 하늘을 헤집으며 비상하는 것이 눈에 들어왔다. 다만 새들은 직선으로 곧게 나아가지 못하고 인류의 잔해물을 가까스로 피하기에 바빠 보였다. 그 궤적은 마치 부질없이 손끝에서 흩어지고 마는 연기처럼 불규칙해서 헛웃음이 나왔다. 멸망의 순간마저 우리는 방해물에 불과하구나.

　마지막 순간에야 마주한 황홀경에, 이토록 아름다운 세상에, 결국 맞이하는 것은 쓸쓸한 멸망이라니.

　담배를 한 모금, 두 모금 피우자 머리가 개운해졌다. 생각 없이 주변을 돌며 옮긴 발끝에는 어느 순간부터 지면이 닿지 않고 있었다. 아차, 싶은 마음에 당황해서 우스꽝스럽게 몸을 허우적댔지만 이 상황에서는 아무런 도움도 되지 않았다. 주변에 잡을 만한 사물은 남아 있지 않았고, 손가락 끝에 닿아 있던 담배 한 개비마저 풍경의 일부가 되어 흩어지고 있을 뿐이었다.

　난잡한 풍경 너머로 멀리 비슷하게 떠올라 당황하는 사람들이 수십 명 스쳐 보였다.

인간의 사다리

전혜진

1980년 인천 출생. 2007년 『월하의 동사무소』로 데뷔. 소설집 『아틀란티스 소녀』, 장편소설 『280일: 누가 임신을 아름답다 했던가』.

자고로 사람이 죽으면 지구로 가는 법이다. 먼 과거에 사람들이 아직 지구에 발을 딛고 살 때에는 사람의 시신을 땅에 묻었고, 지금은 지구까지 연결된 튜브를 통해 그 시신을 지구로 보낸다. 그것이 폴리스의 규칙이었다. 나의 할머니라고 해서 예외가 될 수는 없었다.

"죽음이란 돌아가는 것이야."

엄마는 할머니의 장례식장에서 무신경하게 말씀하셨다. 유치원에 다닐 무렵 나는, 우리의 머리 위, 우리가 바라보는 밤하늘의 절반 정도를 채우고 있는 저 지구라는 곳에 죽은 사람들의 세계가 있다고 배웠다. 그곳은 인류가 살았던 태초의 낙원이자, 젖과 꿀이 흐르는 땅이었고, 죽은 나의 조상들이 잠든 곳이었다. 할머니와 같은 환경운동가들의 생각은 달랐다. 우리는 지구가 감당할 수 없을 만큼 방만하게 살았고, 그 빚을 진 채로 지구에서 쫓겨났다. 그리고 엄마와 같은 과학자들에게 있어 지구란, 언젠가 인간이 생존할 수 있을 만큼 정화되면 당연히 다시 돌아갈 수 있는 곳이었다.

"사람이 죽으면 저 머나먼 죽은 사람들의 땅으로 가는 거지. 인류가 처음 살았던 그 낙원으로 말이야."

그리고 엄마는, 할머니의 장례식장에서 어울리지 않게 낙원이라는 말을 하셨다.

"저는 엄마가 그렇게 신실한 이야기도 하시는 분인 줄 몰랐는데요."

"공식 설정이라는 것 말야. 적어도 산 사람에게 위로는 되는 말이잖니. 그리고 아주 근거 없는 소리도 아니다, 얘. 애초에 인류는 폴리스에서 처음 만들어진 게 아니니까."

엄마는 과학자였다. 낙원 같은 것은 믿지 않았다. 그런 엄마가, 분리주의자 환경운동가였던 할머니의 장례를 치르면서 평생 들어본 적 없는 신실한 이야기를 하는 것이, 나는 너무나 낯설고 혼란스러웠다. 우리는 별들 사이에서 태어나 평생 머리 위의 지구를 바라보다가, 숨을 거두면 지구를 향해 마지막 여행을 떠난다. 그것이 섭리라는 이야기를 엄마에게서 듣게 될 거라고는 한 번도 생각해보지 않았는데.

"아, 예. 태초에 인류는 저 낙원에서 살았지만, 무슨 향정신성 물질이라도 들어 있었는지 사리 분별도 못 하고, 선과 악도 구분하지 못하게 만드는 독이 든 과일을 잘못 먹고 다 같이 쫓겨났다고요?"

"승아."

"하지만 인간을 만든 신은 무척 자비로워서, 세상을 떠난 사람은 저 낙원으로 돌아오게 해준다는 그 이야기잖아요? 되게 고맙네요, 그거. 유치원생도 아니고."

"넌 할머니 장례식 날 꼭 말을 그렇게 해야겠니?"

할머니의 죽음을 두고 낙원 같은 이야기를 해야 하는 것이 이해가 가지 않았다. 하지만 엄마는 그런 내가 이해가 가지 않는 눈치였다. 엄마는 할머니의 홀로그램을 만지작거리다가, 전기 향로에 향을 채워 넣으며 나를 흘겨보셨다.

"그래서 어떻게 하고 싶은 거니? 너도 극단적인 환경운동가들처럼, 할머니 시신으로 무슨 퍼포먼스라도 하고 싶은 거야?"

"저도 그쪽은 썩 내키지 않지만, 할머니는 그쪽을 원하셨을 것 같긴 하네요."

"시끄러워. 그렇게 요란스럽게 해봤자, 손해 보는 건 너하고 나야."

엄마는 나직하고 단호하게 속삭였다. 하지만 곧, 나를 달래듯이 내 어깨를 쓰다듬으며, 마치 사이좋은 엄마와 딸인 듯이 다정하게 말씀하셨다.

"어쨌든 우리가 지구로 할머니를 모시는 건, 현실적으로는 그게 가장 친환경적인 방법이라서이기도 하지만, 어쨌든 살아 있는 사람들은 돌아가신 분이 낙원으로 가셨을 거라고 생각하고, 손님을 맞이하고 떠들썩하게 지내면서 슬픔을 이기는 법이야. 그렇게라도 하지 않으면 정말 너무 서글프잖니. 너는 안 믿을지 모르지만 나도 우리 엄마가 돌아가신 건 슬프거든?"

"……저도 슬퍼요."

"슬프면 엉뚱한 소리 그만하고 좀 잠자코 있어. 남들이 보기에, 할머니가 돌아가셔서 정말 슬프겠구나 하는 생각이 들 만큼 조용하게. 넌 스무 살도 넘은 애가 대체……."

"……할머니는 늘 말씀하셨어요."

나는 창밖의, 지구를 향해 연결된 동아줄처럼 보이는 길고 긴 튜브를 바라보며 대답했다. 그 튜브를 향해, 언젠가 할머니는 말씀하셨다.

— 다 자란 어른이 아직도 탯줄을 질질 끌고 돌아다니는 것처럼 징그럽고 꼴사나운 짓이야.

우리가 살고 있는 폴리스 하나하나마다, 지구와 연결된 저런 튜브 하나씩을 매달고 있다. 그 튜브는 마치 태아와 모체를 연결한 혈관 세 가닥으로 이루어진 탯줄처럼, 세 개의 커다란 통로로 이루어져 있었다.

— 자기의 일은 스스로 하라면서 온갖 것을 다 재활용한다고 주장하지만, 사실은 그렇지 않지. 어쩌다가 우리가 우주까지 쫓겨났는지는 잊어버린 채, 우리 스스로 할 수 있는 일도 지구에 계속 의지하면서.

폴리스는 모든 자원의 100퍼센트 순환을 주장했지만, 그것은 사실이 아니다. 일정 기간마다 지구의 공기와 냉각수로 쓸 바닷물을 빨아들였다. 그리고 사람이 죽으면 지구로 돌려보냈다. 솔직히 말하면 처치 곤란한 쓰레기까지 지구에 내다버리고 있었다.

─이놈의 인간들은 언제까지 지구에 어리광을 부리고 살 것인지.

마치 지구는 언제까지나 인간들에게 착취당해야 하는 것처럼 시스템을 만들어놓고, 우리들은 지구에서 쫓겨난 가엾은 인류, 낙원을 잃은 아이들이라는 식으로 굴고 있다. 사람들이 말하는 '돌아간다'는 것이, '위대한 순환'이나 '섭리'라는 말이 대체로 그랬다.

"사람이 살다 보면 남에게 신세를 질 수도 있고, 본의 아니게 남을 착취하는 경우도 생기지만, 적어도 자기가 무슨 일을 하고 있는지는 알아야 한다고요."

엄마는 대답 대신, 전기 향로를 켜고 향을 살랐다. 겨우 엄지손톱만큼 넣었는데도 향 연기는 매웠다. 마른기침을 두어 번 하는 사이, 눈물이 찔끔찔끔 솟아올랐다. 어쩌면 장례식장에 향을 피우는 이유는 가족을 잃은 사람들이 좀 더 쉽게 눈물을 흘리게 하기 위한 게 아닐까. 복잡한 감정들, 이런 식의 이야기들, 고인이 어떤 사람이었고 무엇을 바랐고 무엇을 생각했는지, 그런 수많은 갈등을 그냥 눈물로 씻어 봉합해버리라고. 나는 손등으로 눈물을 닦았다. 하지만 솔직히 슬픈 것도 슬픈 건데, 갑갑하고 억울한 마음이 더 컸다. 내가 알고 있는 할머니라면 결코, 이런 식으로 남 보기 좋게 타협하는 것을 원치 않으셨을 거다. 나는 문득 하늘을 올려다보았다. 이제 곧 할머니를 보내드릴 '낙원', 새파란 지구가 우리 머리 위에 있었다.

*

"원래 섭리라는 거 노인네들이 입에 달고 사는 말이잖아."

한유가 내게 비어패치를 건네며 어쩔 수 없다는 듯 어깨를 으쓱거리다가, 조심스럽게 덧붙였다.

"물론 너희 엄마가 노인네는 아니지만."

"내가, 우리 할머니를 저 쓰레기장에 보내고 싶지 않아서 그랬던 건 아니야."

나는 비어패치를 벗겨 입천장에 붙였다. 입안에 쌉쌀한 맛이 감돌았다. 한유가 건네준 차가운 물을 한 잔 마시자, 가볍게 취기가 올라왔다. 한유는 하늘을 올려다보았다.

"쓰레기장이라…… 그렇게 부르기에는 지구는 참, 예쁘긴 예쁜데."

"예쁘지."

지구는 우리가 어릴 때 늘 듣던 옛날이야기 속에서 새파랗게 반짝이던 꿈과 같은 것이었다. 저 멀리 떠 있는 달에는 토끼가 살고, 저 위의 지구에는 온갖 동물들이 살지. 새파란 바닷물 속에는 커다란 고래가, 무시무시한 대왕오징어가 노닐고, 거대한 산호초를 집 삼아 온갖 생물들이 물결 속에서 흔들린다지. 용왕이 살고 있다는 용궁 같은 것을 정말로 믿지는 않겠지만, 그래도 우리 모두 알고 있고 믿고 있는 것이 있다. 우리 모두는 아주 먼 옛날, 지구에서 태어났다고. 지구를 뒤덮고 있는 저 바다가 우리의 생명의 근원이라고. 그 바다에서 태어난 인류는 낙원에서 추방당해 우주로 나왔고, 죽은 뒤에야 저 낙원으로 돌아갈 수 있는 거라고.

하지만 할머니는 늘 말씀하셨다. 그건 이기적인 희망일 뿐이라고. 인간이 원래 지구에서 살았던 건 맞지만, 수많은 동식물을 멸종시키고, 지구 환경을 너무 오염시켜서 인간이 살수 없는 땅으로 만든 것도 인간이었다고. 그렇게 행성 하나를 통째로 망가트리고 도망쳐 나오고도, 쓰레기와 시체들은 저땅으로 되돌려 보내고 매년 냉각수를 저 바다에서 빨아들이면서, 그걸 무슨 실낙원, 낙원에서 추방당한 불쌍한 인간들의 이야기처럼 만드는 건 정말 양심이라고는 없는 짓이라고. 할머니는 사람들에게 그 이야기를 하기 위해 평생을 살아왔다고. 그때마다 나는 물었다. 사람들은 변하지 않았잖아요. 그때마다 할머니는 웃으며 말씀하셨다. 저들의 이기적인 희망이 반석과 같다면, 할머니는 그 위에 떨어지는 물방울 같은 거라고. 물방울은 언젠가 바위를 뚫는다고. 세월이 더 흐르면 사람들도 이해할 거라고. 인류는 이제 그냥 별들 사이에서 살아가는 법을 배워야 한다고. 더 아껴 쓰고, 더 모든 것을 재활용하고, 지구와의 연결을 남겨두는 대신 다른 폴리스들과 손을 잡고 그사이를 별자리처럼 튜브로 이으며, 지구의 아이들이 아니라 별의 아이들로 살아가야 한다고.

"하다못해 바퀴벌레가 죽어도 시간 지나면 썩고 분해되는 거야. 그런데 그게 감당이 안 되니까, 써먹을 데도 없고, 연료로 쓰기에도 수분이 많고, 하다못해 죽은 다음에 고기로도 못 쓸 사람 시체들을 저 지구에 내버리다니."

"넌 할머니 장례 치르고 돌아와서 고기로도 못 쓸 시체가 뭐야. 말 좀 예쁘게 하지."

"그거 우리 할머니 표현이야."

"와, 역시 마지막까지 분리주의 환경운동가다운 말씀이셨네."

"마지막에 하신 말씀은 아냐. 마지막에는 사실 거의 말씀을 못 하셨고……."

나는 입천장에 달라붙어 있던 비어패치를 혀끝으로 밀어냈다. 혀끝에 씁쓸하고 톡 쏘는 맛이 돌았다. 남은 것을 어금니로 씹어서 삼키자 곧 알딸딸한 취기가 돌았다.

"하지만 생전에 늘 말씀하셨어. 인간들은 지구를 아주 악착같이 착취해먹고, 이제는 거대한 쓰레기통으로 써먹고 있다고. 아니, 우리 할머니는 틀림없이 마지막까지 그 생각을 하셨을 거야. 낙원은 무슨 낙원, 저기가 죽은 자들의 낙원이라고, 정말로 돌아가신 분들만 보내는 거 아니잖아."

"아니야?"

"몰랐어?"

"그럼 뭘 보내는데."

"몇 년에 한 번씩 폴리스 대청소의 날 있잖아. 여기서 재활용이나 재순환 안 되고 태울 수도 없는 처치 곤란 쓰레기들."

"그걸 지구로 보낸다고?"

"그럼 굳이 에너지 들여서 우주 저 멀리 쏘아 보내겠냐. 지구로 보내는 거지. 난 그거 너도 당연히 아는 줄 알았어."

"보통은 잘 몰라. 너야 환경공학과고 또 환경운동가의 손녀니까 아는 거고."

"그런가……."

한유는 내 친구들 중에서도 세상 돌아가는 일에 가장 관심이 많은 편인 친구였다. 그런 한유가 금시초문이라고 말할 정도면, 정말로 사람들이 이 일에 대해 아는 게 없다는 뜻이었다.

"죽은 사람을 지구로 보내면 어떻게 되는지 알아?"

"글쎄? 튜브에 빨려 들어가서 지구로 가는 거겠지. 자연의 섭리, 위대한 어머니 같은 지구로. 여기까지야 공식 설정이고, 이만큼 높은 데서 떨어지니까 사실은 시신이고 뭐고 산산이 부서지는 건가……. 막상 상상해보니 좀 그렇긴 하네. 네가 들은 이야기는 뭔데?"

"어느 정도는 너도 짐작할 수 있는 이야기야. 지구의 중력이라는 게 있으니까, 튜브로 밀어 넣는 최초의 가속만 시키면 지구 중력이 잡아당겨서 순식간에 끌려가지. 네 말대로 추락을 하니까 부서지는 것도 있지만, 대기권 돌입하면서 탈 것은 싹 타버릴 거고. 지표까지 도착하는 것은 아주 일부분일 거야. 사람 시신도, 여기서는 산소가 아까워서라도 태우지 못하는 쓰레기들도."

"뭐야, 진짜 쓰레기통 취급이잖아."

"그래서 할머니가 그러신 거야. 낙원이라고 부르면서 거대한 쓰레기통으로 쓰고 있다고."

처음에 할머니의 말씀을 듣고, 무서워서 울었다. 사람이 죽으면 가는 곳이 낙원이 아니라 쓰레기통이라니. 어머니는 대체 어린애한테 무슨 말씀을 그렇게 하시느냐고 짜증은 냈지만, 그 말을 부인하진 않았다. 사실이냐고 묻는 나를 두고 어머니가 고개를 비스듬히 돌린 그때, 나는 할머니의 말씀이 전부 사실이라는 것을 알았다. 어머니는 할머니와 사이가 좋지 않았고, 할머니의 말씀에 조금이라도 헛된 과장이 들어 있었다면 그 점을 꼬투리 잡아 내게 잔뜩 잔소리를 퍼부으셨을 테니까.

"근데 왜 그렇게 하는 거지? 처음에 그랬던 게 그냥 관습으로 자리 잡은 건가? 심정적인 측면에서, 처음 지구를 떠나야 했던 사람들이 죽은 뒤에라도 지구로 돌아가고 싶다고 생각한 건 이해할 수 있을 것 같네."

"그것도 그렇고, 돌아가신 분을 지구로 보내는 게 제일 경제적이야. 돈이든, 자원이든, 에너지 측면에서든."

"하긴, 최초 가속만 시키면 나머지는 지구의 중력에 이끌려 갈 거라고 했었지……."

"이 안에서 감당하지 못할 것들을 지구로 보내는 이유는 간단해. 사람 시신은 물기가 많아서 태우기에는 에너지가 너무 많이 들고 냄새도 심하고, 처치 곤란 쓰레기들은 여기서 태우면 공기를 정화하는 게 더 비싸게 들어서야. 그렇다고 돌아가신 분을 그냥 해치 열고 우주로 내보낼 수는 없어. 여긴 라그랑주 포인트고, 그랬다가는 우리는 밤하늘에서 저 커다란 지구가 아니라 둥둥 떠다니는 시신들만 보게 될 테니까. 그래서 지구로 보내는 거야. 자원은 한정되어 있고, 태울 수 없으면 분쇄라도 해야 하는데 그것도 어렵고, 자연히 분해되기를 기다린다고 해도 대부분의 사람들은 썩는 냄새도, 사랑하는 사람이 썩어서 무너지는 모습도 감당할 수 없고, 여기다 두면 사람이 살 공간도 부족한데 추모시설 같은 것까지 만들어야 하니까. 사람들 눈에 거슬리지 않게, 크게 에너지도 들이지 않고서. 말로는 어머니의 별이니 위대한 순환이니 하면서 저 지구를 커다란 쓰레기통으로 쓰면서."

나는 현실적인 선택에 관한 이야기를 하며 비어패치를 하나 더 뜯어 입천장에 붙였다. 할머니는 지금 우리가 빨아먹고 씹어 먹는 비어패치의 탄산과 알코올도, 과거 지구에서는 자연 발효를 통해 얻을 수 있는 것이었다고 말씀하셨다. 고대인들은 기후가 좋은 곳에서는 그저 나무에 열린 과일을 따서 먹기도 했고, 그 과일들을 짓이겨 즙을 내놓으면 알아서 발효가 일어나 술이 만들어졌다고도 했다. 아니, 알코올뿐만이 아닐 것이다. 지금 거대한 배양탱크 안에서 만들어지는 많은 것들, 맑은 물과 공기부터 사람이 먹고 입고 쓰는 데 필요한 그 모든 것들은, 과거 인간이 아직 지구에서 살던 시절에는 그냥 주어지듯이 존재했을 것이다. 아주 오래전에, 인간이 아직 지구의 주인 행세를 하던 시절에는.

그런 옛날 생각들 때문이었을까. 아니면 비어패치가 문제였을까. 나는 한유의 어깨를 끌어당기며 속삭였다.

"나는 정말로 궁금했어. 그 거대한 쓰레기통인 지구가 어떤 곳일지."

*

환경공학과는 지구의 환경을 관측하고, 1년에 한 번 무인 탐사선을 내려보내 샘플을 채집해온다. 첫째로는 우리가 필요로 하는 공기나 바닷물을 빨아들이기 전에 오염도를 측정하기 위해서고, 그다음으로는 지구에서 마지막으로 맺어진 조약, 북악산 조약 때문이었다. 저궤도에 폴리스를 짓고, 살아남은 최후의 사람들을 그곳으로 보낸다. 그리고 지구가 어느 정도 정화될 거라고 예상되는 28세기가 될 때까지 인류는 지구로 돌아올 수 없다. 지구의 환경이 충분히 회복되지 않는 다면, 그 기간은 연장될 수 있다는 것이 조약의 골자였다.

하지만 인류가 언젠가 지구로 돌아갈 수 있기는 한 걸까? 나는 매년 탐사선이 보내오는 데이터를 읽으며, 인류가 지구로 돌아갈 가능성은 아무래도 요원해 보인다고 생각했다. 산 사람만 내려가지 않았을 뿐이지, 쓰레기는 버리고, 물과 공기는 끌어올리고 지하자원은 빼내면서, 여전히 식민지처럼 착취하는데. 대체 언제쯤에야 지구의 환경은 인간이 다시 살 수 있을 만큼 회복될 수 있을까. 아니, 회복될 필요가 있기는 한 걸까.

"그 탐사선을 탈 거야."

설거지 기계가 걸러낸 찌꺼기며, 빵을 다 먹고 남은 빵가루 한 톨까지 탈탈 털어 퇴비 통에 넣다 말고, 나는 한유에게 그 결심에 관해 이야기했다. 한유는 입을 딱 벌린 채 나를 바라보았다.

"호기심 때문에 그런 짓을 하겠다고? 돌아오면 북악산 조약 위반으로 꼼짝없이 잡혀갈 텐데! 남은 평생을 감옥에 갇혀 보낼지도 몰라."

"그렇지 않아도 북악산 조약의 원문을 찾아봤어. 이 조약에서는 따로 협의된 특별한 이유가 없는 한 살아 있는 사람이 지구에 내려갈 수 없다고 명시하고 있고, 부칙으로 지구를 정화하는 기간 동안 사람이 어떤 형태로든 지구에서 폴리스로 이동할 수 없다고 되어 있어. 그러니까 간단해. 가는 데는 예외조항이 있지만 오는 데는 예외조항이 없다는 거니까."

나는 웃었다. 한유는 머리를 쥐어뜯었다.

"한번 가면 다시 못 온다는 말이잖아."

"응."

"대체 어쩌자고 그런 생각을 한 거야."

"글쎄. 모르겠다. 퇴비 통 때문일지도 몰라. 하여튼."

사람이 살다 보면 이런저런 부산물들이 나온다. 배설물들, 먹고 남은 음식 찌꺼기들. 그런 순환자원들을 거두어다 퇴비를 만든다. 아주 오래전, 사람들은 대소변조차도 남의 집에서 보지 않았고, 아이들도 한동네의 친구 집에서 놀다가 급히 집으로 돌아와 소변을 보곤 했다고 들었다. 순환자원들을 거두어다 퇴비를 만들어야 하니까. 다행히도 지금은 그렇게까지 각박하게 굴지는 않아도 된다. 우리는 공동으로 퇴비를 만들고 있으니까. 학생식당에서 아르바이트를 할 때 내가 주로 했던 일은, 거대한 설거지 기계가 돌고 난 뒤 걸러낸 찌꺼기들을 긁어내어 퇴비 통에 가져다 넣는 것이었다. 아주 먼 옛날에는 사람이 먹고 남은 것을 동물들이 먹었고, 가끔은 사람이 먹고 남긴 음식을 훔쳐 먹으러 곰이나 여우가 민가까지 내려왔다는 이야기도 들었지만, 정말로 그런 일이 가능했는지는 모르겠다. 사람이 먹고 남을 만큼 음식이 풍족하다는 것도,

동물이 그렇게 가까이에서 살았다는 것도, 모두 인간과 동물이 낙원에서 어울려 살았다는 이야기처럼 아득한 전설 같았다. 어쨌든 우리가 생활을 유지하기 위해서는 이 단조롭고 지루한 노동이 꼭 필요할 것이다. 사람이 식사하고 남은 부스러기와 소화시켜 만들어낸 똥으로 퇴비를 만들고, 그 퇴비에서 또 먹을 게 자라는 게 일상이고 순환이니까.

하지만 왜 우리는 그 순환고리의 한끝을, 잘라내 버린 걸까.

사람이 죽으면 지구로 보내버린다는 것은, 사람의 죽은 몸은 이 일상의 순환에서 혼자 떨어져 나간 존재라는 뜻이었다. 크고 작은 순환으로 이루어진 것이 우리의 일상이라지만, 사람의 한살이는 결코 이 안에서 거대한 순환으로 연결되지 않는다. 나는 그것이 의아하고, 슬프고, 한없이 쓸쓸하게 느껴졌다. 그 쓸쓸함을 끌어안듯, 나는 울먹이는 한유를 끌어안고 어깨를 토닥거렸다.

"섭리라고 해, 순리라고 해. 그래야 안 다친다, 살던 대로 살아라. 먹고 난 부산물들이 다시 식량을 키우고, 우리는 그걸 먹고 설거지하고 남은 밥알 한 톨까지 다시 퇴비를 만들고. 그렇게 모든 것이 순환하는 게 순리라는데, 죽은 사람만은 지구로 던져버린다는 게 대체 무슨 의미야? 죽음이라는 게 그 순환에서 완전히 벗어난다는 걸 뜻하는 건 아니겠지. 사람이 태어났다가 죽으면 0이 되는 게 아니라, 이곳의 생태계에서 감당하기에는 오히려 손해가 나는, 마이너스의 상황이 되는 거고 그걸 피하려고 지구에 던져버리는 거야? 나는 계속 그 생각을 하고 있었어."

우리는 함께 고개를 들었다. 건물에 반쯤 가려진, 그러나 언제나 우리의 머리 위를 가리고 있는 저 지구의 그늘을 올려다보았다.

"지구의 기준으로 우리는, 거꾸로 서 있는 사람들인 걸까."

"그러게."

"물구나무를 서서 걸어 다니는 방법부터 연구해봐야겠네."

"중력을 네 팔이 버텨낼 수 있는지부터가 문제지."

낄낄 웃다가, 우리는 얼싸안고 울었다. 한유가 내게 속삭였다.

"섭리나 순리라는 건 참…… 살던 대로 살아가라는 말이지. 사람을 한 발자국도 더 앞으로 나아가지 못하게 만드는 말이긴 해. 너는 그걸 넘어서 가는 거구나."

"응."

"그럼 웃으면서 배웅해야겠네."

"응."

그것이 나와 한유의 마지막 만남이었다.

*

이길 승勝에 새싹 아芽, 승아라는 이름을 지어준 사람은 바로 할머니였다. 그 전에도 엄마와 할머니는 사이가 썩 좋지 않았지만, 내가 태어나고 한동안은 아이를 맡길 곳이 필요한 엄마와 손주가 예뻤던 할머니가 의기투합했다고 들었다.

그리고 내가 어릴 때, 할머니는 나와 함께 강낭콩을 심어 놓고, 그 위에 납작한 벽돌을 올려놓았다. 처음에 나는, 할머니가 강낭콩을 괴롭힌다고 생각해서 울었다. 강낭콩이 할머니를 이겼으면 좋겠다고 생각해서, 할머니가 보지 않을 때 부지런히 물을 주었다. 그리고 어느 날, 마침내 강낭콩은 제 머리 위에 놓인 벽돌을 들어 올리고 흙 밖으로 고개를 들었다. 끝내 이겨낸 듯이.

할머니는 내가, 그 강낭콩 싹 같은 사람이 되기를 바랐을 것이다. 싹을 틔우고 뿌리를 내리고, 제 머리를 짓누르는 것들을 들어 올리고 밀어내는 그런 사람이.

한유에게 한 가지 말하지 않은 것이 있었다. 여기에서 지구로 내려보내는 것은 전부, 시신이나 쓰레기, 혹은 탐사선이다. 전부 무생물이었다. 살아 있는 무언가가 타고 내려갈 것을 전제로 만들어지지 않았다는 말이다.

나는 내가 살아서 지상에 도착할 수 있을 거라고 기대하지는 않았지만, 가능하면 살아서 이 두 눈으로 지구의 모습을 보고 싶었다. 그곳이 과거에 낙원이었을지는 모르지만, 이런 착취가 계속되는 지금, 그곳은 언제까지나 우리가 잃어버린 낙원으로 남을 수밖에 없을 거라고. 그걸 내 두 눈으로 확인하고 싶었다. 폴리스의 외벽을 수리할 때 입는 우주복을 구해 입고, 나는 탐사선에 웅크려 탔다. 사람이 타는 것을 전제로 하지는 않았다 해도, 그 안에 든 섬세한 장비들을 보호하며 내려가야 할 테니 어쩌면 살아서 지상에 도착할 수 있을지도 모른다.

그래서 무사히 도착하면, 그다음에는 어떻게 해야 할까. 가져간 식량은 열 끼 정도 분량이었다. 하루에 한 끼씩 먹는다고 가정하더라도 그다음에는 사실 대책이 없다. 이도 저도 안 되면 탐사선의 자폭장치를 쓰자고 생각했다. 원래는 탐사선이 이동하다가 다른 폴리스에 끌려가거나, 일반적인 방법으로는 빠져나올 수 없는 공간에 잘못 갇혔을 때를 대비한 장치였다. 어느 쪽이라도, 다시 폴리스에 돌아올 수는 없겠지. 한유를 다시 만날 수도 없을 거고. 엄마는 내 소식을 들으면 뭐라고 하실까. 어쩌면 할머니에게 나를 맡겨놓은 게 잘못이었을 거라고 또 할머니 탓을 하실지도 모르겠다.

마침내 최초의 가속이 걸리고, 탐사선이 지구를 향해 낙하하기 시작했다. 매뉴얼로만 읽었던 대기권 돌입이 시작되고, 이 작은 탐사선은 그대로 불타버릴 것 같았다. 탐사선의 표면 온도는 섭씨 1,500도를 넘어서고 있었다. 얇은 섬유로 된 관에 담긴 시신 정도는 아마 순식간에 불타 사라졌을 것이다. 나의 할머니도.

그리고 어느 순간, 세 가닥의 튜브 중 두 가닥이 허공 한가운데에서 끊어졌다. 탐사선의 꼭대기 위로 커다란 낙하산이 펼쳐졌다. 그제야 나는 파르스름한 대기 너머의 지구를, 내가 밤마다 바라보았던 그 행성의 풍경을 제대로 볼 수 있었다. 푸른 바다와 대지를 가득 덮은 숲을, 붕괴된 건물들과 부서진 그 잔해들을, 녹이 슨 철탑과 사람들이 만들었던 바둑판 같은 도로의 흔적을. 머리카락을 뽑아낸 자리처럼 텅 빈 채, 부서진 잔해들과 키 작은 음지식물들만이 웃자란 도시를. 사람들은 인류가 사라진 지구에서 사자와 코끼리, 기린과 표범이 노니는 모습을 상상했지만, 텅 빈 도시에 남은 것은 고양이와 개, 그리고 그들에게 쫓기는 쥐들과 이름 모를 온갖 벌레들뿐이었다. 마침내 지표에 도착한 나는 주저하다가 헬멧을 벗었다. 후끈거리는 열기가 실린, 상한 냄새가 섞인 습한 공기가 살갗을 휘감았다.

고작 몇백 년 동안의 반성으로 낙원을 되찾으려 하다니, 정말 안일한 생각을 하고 있었다.

그때 지축을 흔드는 듯한 소리가 났다. 바다를 가로지르는 커다란 다리 사이로, 내가 살아온 폴리스에서 이곳 앞바다에 내리꽂은 튜브가 냉각수를 끌어올리며 요동치고 있었다. 그 거대한 튜브는 마치 사람이 지어 올린 천국의 계단처럼 보였지만, 나의 눈에는 보였다. 우리가 실컷 이용하고 재활용한 미지근하고 더러운 물을 쏟아버리고, 바닷물을 한순간 수면이 낮아질 정도로 빨아들이는 그 기만이. 인간들이 말하는 위대한 순환도, 언젠가 지구가 정화되면 다시 돌아와 주인 노릇을 하고 싶어 하는 그 이기적인 약속도, 나에게는 그저 대책이 없는 탐욕처럼 느껴졌다.

그 순간에도 나는 잠시 머뭇거렸다. 모든 폴리스가 이런 식으로 군다면, 단 하나의 폴리스에 경종을 울리는 것에 어떤 의미가 있을까 하고. 하지만 나의 할머니는 말씀하셨다. 바위 위에 떨어지는 물방울이 언젠가 그 바위를 뚫고야 말 것이라고. 나는 할머니의 목소리를 떠올리며, 이 기만적인 착취의 선線을 영영 끊어버리기 위해 탐험선의 자폭장치를 기동시켰다.

통역

정보라

1976년 서울 출생. 연세대 인문학부 졸업. 미국 예일대 러시아동유럽 지역학 석사. 인디애나대 슬라브어문학과 박사 학위. 2008년 중편소설 「호(狐)」로 제3회 〈디지털작가상〉 공모전 모바일부문 우수상 수상. 소설집 『저주토끼』 『여자들의 왕』, 장편소설 『죽은 자의 꿈』. 2022년 〈부커상〉 인터내셔널 부문 최종 후보.

"결국 모든 일은 기계로 해결할 수 있으니까요."

그가 차분하게 말했다.

"작업에 방해가 되는 요소도 기계로 처리해야겠지요."

그가 사용하는 단어는 간단하고 명확해서 알아듣기 쉬웠다. 나는 그 말을 그대로 통역했다.

근로감독관의 표정에는 아무런 변화가 없었다.

"처음부터 순서대로 말씀해보세요."

근로감독관이 요청했다.

사건의 전말은 간단했다. 사장은 살아 있을 때부터 난폭하고 무례한 사람이었다. 죽어서도 그런 성격은 변하지 않았다. 오히려 죽은 뒤에는 살아 있을 때의 물리적 제약이 없어져서 더 흉악해지고 더욱더 마음껏 난폭하게 구는 것 같았다. 죽은 사장이 물리적으로 제약을 받지 않는다는 얘기는 즉 자신이 물리적으로 물건을 던지거나 사람을 때릴 수 없게 되었다는 뜻이기도 했다. 죽은 사장은 이 사실에 가장 화가 난 것 같았다. 근로감독관이 그의 말을 막고 물었다.

"그게 언제입니까? 처음 나타난 게, 몇 월 며칠이었습니까?"

나는 질문을 통역했다. 그가 곤란한 표정으로 나를 보고 살그머니 고개를 흔들었다. 그는 지구인의 시간 감각에 익숙하지 않았다. 나는 고개를 돌려 그의 옆에 앉은 외계노동센터 소장님을 바라보며 눈으로 도움을 청했다.

"아, 그거 기록 다 찾아 가지고 왔어요. 여기 있네요."

소장님이 기다렸다는 듯 준비해온 서류 뭉치를 펼치고 큰 글자로 적힌 날짜를 가리켰다. 내가 근로감독관에게 날짜를 알려주었다. 근로감독관은 화면을 쳐다보며 입력했다. 소장님이 서류 뭉치를 넘기며 말했다.

"처음에는 밤에만 나타났어요."

서류 뭉치는 일반적인 A4용지 크기에 책 두 권 정도 두께였다. 안에는 온갖 표와 숫자와 영수증 등의 사진과 사진을 복사한 사진과 지장 찍힌 진술서가 들어 있었다. 우주의 모든 이야기들, 모든 속 터지는 사연들이 그 안에 들어 있을 것이라고 나는 생각했다. 소장님은 계속 서류를 넘기며 진술서를 읽어주었다.

"새벽 두 시에서 세 시 사이."

소장님이 그를 바라보았다.

"벽에 전광판 걸려 있잖아요. 전광판 숫자 앞자리가 02나 03일 때, 맞아요?"

그의 표정이 밝아졌다. 그가 고개를 끄덕였다.

"02나 03일 때 나타났다가 04가 되고 나면 갔습니다. 05가 되고 나서 가고, 06이 되고 나타나고, 07이 되어도 가지 않았습니다."

그는 기억을 더듬으면서 숫자를 하나하나 말했다.

"08에 나타나고, 09에 나타나고, 15에 나타나고, 16에 나타났습니다. 18과 30에 일이 끝날 때에 나타났습니다. 작업장 문 앞에 서 있었습니다. 가지 않았습니다."

진술 앞부분에 접속사가 없어서 논리적 연결이 조금 어려웠다. 어쨌든 나는 그대로 통역했다. 근로감독관이 해석했다.

"새벽에 나타나서 해가 뜰 무렵에 사라졌다가, 나중에는 해가 떠도 나타나고, 하루 종일 안 없어지고, 퇴근 시간에 문 앞에 나타났다…… 맞습니까?"

내가 통역했다. 그가 근로감독관의 해석에 대체로 동의했다. 근로감독관이 다시 물었다.

"그래서 어떻게 했습니까?"

내가 질문을 전달했다. 그가 담담하고 단호하게 답했다.

"생명 기능이 사라지고 물질대사를 하지 않는 잔존 에너지이므로 흡수해서 전환하고 나머지는 소멸시켰습니다."

"잔존 에너지이므로 소멸시켰다…… 어떻게 소멸시켰죠?

평소에 일할 때 쓰던 기계를 썼어요?"

근로감독관이 분주하게 입력하면서 화면을 바라본 채로 물었다. 내가 통역했다. 그가 대답했다.

"예, 기계로 소멸시켰습니다."

말하면서 그는 양손으로 누르는 듯한 동작을 해 보였다.

"그게 평소에 쓰는 기계였어요? 공장에 있는 기계예요?"

근로감독관이 재차 물었다. 그가 대답했다.

"예, 공장에 있습니다. 평소에 기계로 일합니다."

근로감독관이 그의 답변을 입력했다.

그들은 시간과 차원을 넘어 다니며 계속 이동하는 방식으로 존재했다. 이동하려면 에너지가 필요했다. 먼 차원으로 이동할수록, 여러 번 이동할수록 그만큼 더 많은 에너지가 필요했다. 그들은 모든 종류의 물질적인 유휴 자원을 에너지로 전환하는 기술을 오래전부터 발전시켰다. 지구는 유휴 자원으로 넘쳐나고 있었다. 그래서 그들은 우리 행성으로 왔다.

플라스틱 쓰레기가 지구의 땅과 바다를 뒤덮고 하늘은 오래된 인공위성과 기계 쓰레기로 덮여 있었다. 지구에는 물도 식량도 없었다. 오로지 플라스틱과 중금속뿐이었다. 지구인에게 처치 곤란한 쓰레기가 그들에게는 에너지로 전환할 수 있는 유휴 자원이었다. 우리는 살아남기 위해 그들과 계약을 맺었다. 그들의 설계에 따라 인간이 이해하지 못하는 기계를 만들어내고 그들의 요청에 맞추어 그들이 작업할 수 있도록 쓰레기장 한가운데 공장을 지었다. 그들은 기계를 돌렸고 쓰레기를 사라지게 해주었고 그 대가로 쓰레기에서 전환해낸 에너지를 가져갔다. 그들이 쓰레기장에 자리를 잡은 뒤로 쓰레기장은 점점 작아지기 시작했고 쌓여 있던 썩지 않은 플라스틱과 비닐은 꾸준히 줄어들었다. 지구는, 땅은, 인간은 그만큼 조금씩 더 숨을 쉴 수 있게 되었다.

그들은 한 세대씩 찾아왔다. 이동하기에 충분한 에너지를 비축하고 나면 그들은 떠났다. 그러면 다음 세대가 찾아와서 작업을 이어받았다. 그들은 어딘가에 발을 디디고 정주定住해야만 하는 인간과는 근본적으로 다른 자유로운 존재들이었다. 우리는 조그만 행성의 쓰레기 속에 파묻혀 간힌 채 살아갔다. 그들은 우리에게 꼭 필요하지만 절대로 이해할 수 없는 기술과 인간이 인간으로 존재하는 한 결코 사용할 수 없는 지식을 가진 채 찾아왔다가 떠나고 또 찾아왔다가 떠나갔다. 많은 나라에서 많은 경우에 지구인은 그들을 두려워했고 혹은 두려워서 미워했다. 그들은 아랑곳하지 않았다. 그들이 아랑곳하지 않았기 때문에 지구인은 그들을 더욱 두려워하고 미워했다. 나는 지구인이 그들을 적으로 여겼기 때문에, 적을 알고 나를 알아야 한다는 오래된 전쟁기술의 원칙에 따라 그들의 언어를 배우고 그들의 존재방식을 공부했다. 그들에 대해 배우면서 나는 그들이 적이 아니라는 사실을 천천히 깨달왔다. 내가 사는 지역에 그들의 언어로 말할 수 있는 사람은 극히 드물었다. 그래서 나는 통역을 맡게 되었다.

근로감독관이 그의 일반적인 근무시간을 물었다. 그는 다시 곤란한 표정으로 나를 쳐다보았다. 외계노동센터 소장님이 서류 뭉치를 몇 장 넘기더니 나에게 내밀었다. 나는 서류에 적힌 시간을 확인하고 그에게 숫자를 보여주었다. 그가 고개를 끄덕였다. 나는 서류에 적힌 대로 근무시간을 근로감독관에게 알려주었다. 근로감독관이 화면을 들여다보며 숫자를 입력했다. 그리고 여전히 화면을 들여다보며 물었다.

"입사했을 때 사장이 살아 있었습니까? 공장에서 사장이 살아 있는 모습을 본 적 있습니까?"

내가 질문을 통역했다. 그가 고개를 끄덕였다. 부가설명은 하지 않았다. 근로감독관이 다시 물었다.

"그 사람이 사장이라는 걸 알고 있었어요? 사장이 공장 일에 관여를 했습니까? 업무 지시를 하거나, 근태 관리를 하거나?"

"알고 있었습니다."

내가 통역하자 그가 다시 고개를 끄덕이며 대답했다.

"어느 기계로 가서 일하라든가, 재료가 많이 들어와서 야근해야 된다든가, 그런 걸 사장이 매일매일 알려주었습니다."

"매일매일? 그러면 출근하면 사장한테 가서 업무 지시를 받았단 말이죠?"

근로감독관이 확인하며 입력했다. 그리고 다시 물었다.

"사장이 사망했을 때 공장에 있었습니까? 사장이 사망하는 걸 직접 봤어요?"

"아뇨."

그가 고개를 저었다.

"전날 일…… 많이, 오래, 했습니다. 사장이 쉬라고 했습니다."

말하면서 그는 다시 곤란한 표정을 지었다. 외계노동센터 소장님이 옆에서 또 서류 뭉치를 뒤져서 내밀었다. 나는 그에게 숫자를 확인한 뒤에 근로감독관에게 야간근무 시작과 종료 시간을 알렸다. 근로감독관이 눈으로는 화면을 들여다보며 손으로는 키보드를 빠른 속도로 두들기며 물었다.

"그러면 사장이 죽은 걸 알고 있었습니까? 사람이 죽었다는 게 뭔지, 죽은 사람하고 산 사람이 어떻게 다른지 이해할 수 있어요?"

이 질문은 상당히 모욕적이라고 나는 생각했다. 그래도 나는 통역이었고 어쨌든 그의 답변을 듣고 전달해야 했다. 그래서 나는 통역했다. 그는 이전과 똑같이 담담하고 차분하게 대답했다.

"상무가 사장 죽었다고 말했습니다. 죽은 인간은 살아 있는 인간과 에너지 상태 측면에서 전혀 다릅니다. 죽은 인간은 에너지 대사를 하지 않습니다."

"그러면 사장이 죽은 걸 확실히 알고 있었단 말이죠?"

근로감독관이 다시 한번 확인했다. 그가 고개를 끄덕였다. 근로감독관이 이어서 물었다.

"죽은 사장이 공장에 나타났을 때 어땠습니까? 놀랐어요? 무서웠어요? 아니면 아무렇지도 않았어요? 다른 동료들은 어땠습니까?"

내가 질문을 통역하자 그는 잠시 생각했다.

"흥미로웠습니다."

그가 말했다.

"지구 인간이 물질대사 없이 순수한 잔존 에너지 상태로 존재하는 것도 때때로 가능하다는 이야기를 '존재의 원천'에게 '멀리서' 들은 적은 있지만 실제로 목격한 건 처음이었습니다."

인간의 방식으로 말하자면 귀신 얘기를, '부모' 혹은 '조부모'에게, '오래전에' 들어본 적이 있다는 뜻이다. 나는 통역했다. 그가 흥미롭다고 말했다는 사실은 망설이다가 뒤에 덧붙였다. 그는 물론 지구인이 아니었지만 나는 그가 인간의 죽음을 '흥미롭다'고 표현하여 더욱 비인간적인 존재로 여겨지는 것을 원치 않았다. 다행히 근로감독관은 크게 신경 쓰지 않는 것 같았다. 감독관은 무심하게 화면을 들여다보며 입력했다.

"다른 동료들은요?"

근로감독관이 짧게 물었다. 그가 아무렇지 않게 대답했다.

"흥미나 놀라움을 표현하기도 했습니다. 그러한 감정을 바탕으로 하여 작업을 멈추고 관찰하기도 했습니다. 상무가 고함을 지르고 기계를 발로 차고 작업 도구를 던졌습니다."

"상무가요?"

근로감독관이 되물었다. 근로감독관의 눈썹이 살짝 움직이는 것을 나는 보았다. 신경이 쓰였다. 근로감독관이 계속해서 물었다.

"상무는 지구인 직원입니까?"

"상무가 거기 사장 아들이에요. 그때는 상무였고 지금은 사장 죽고 회사 이름만 바꿔서 똑같은 공장에서 자기가 사장 노릇 하고 있어요."

소장님이 더 이상 못 참겠다는 듯 끼어들었다. 근로감독관은 대답하지 않고 화면을 바라보며 키보드를 두들겼다. 그리고 물었다.

"그래서 상무가 고함지르고 난동을 부렸단 말이죠?"

"그…… 사람들 원래 툭하면 그래요. 특히 그 사장 아들……. 상무, 지금 사장 해먹는 그…… 인간, 정말, 아주 개차반이에요."

소장님은 단어 사이사이로 욕설이 새어 나오지 못하게 억누르면서 최대한 냉정하고 차분하게 강조했다.

"사장은 대부분 욕하고 소리 지르고 물건 던지고 그러는 정도인데 그 상무는 꼭 사람을 패요. 아주 악질이에요. 근로자 폭행해서 고소, 고발을 당한 적도 한두 번이 아니라고요. 여기 보시면 고발장 사본도 다 가지고 왔어요."

그러면서 소장님은 서류 뭉치를 들어서 근로감독관 책상

앞 투명 칸막이에 바짝 가져다 댔다. 근로감독관의 표정에는 변화가 없었다. 그러나 투명 칸막이를 통해 소장님이 들고 있는 고발장을 흘끗 보면서 근로감독관의 눈썹이 또 한 번 살짝 움직인 것을 나는 놓치지 않았다. 나쁜 징조일까? 그에게 불리해지는 걸까? 나는 불안해졌다.

근로감독관의 눈썹은 아주 빠르게 제자리로 돌아갔다. 근로감독관이 무감정하게 물었다.

"그래서 작업에 방해를 받았다고 느끼셨다는 거죠? 다른 동료들도 같은 생각이었습니까?"

그가 입을 열었으나 대답을 하기 전에 소장님이 재빨리 끼어들었다.

"작업 방해 정도의 문제가 아니에요. 아예 공장 전체 다 쉬고 날 잡아서 굿도 했다니까요."

소장님은 그를 바라보며 손짓으로 잠시 기다리라고 신호했다. 그러면서 투명 칸막이 너머 근로감독관에게 열심히 설명했다.

"상무 그 욕심덩어리 인간이 오죽하면 공장을 쉬고 굿을 하고 난리를 치니까 이 친구들이 아, 상무가 사장 귀신 쫓아내달라는 거구나, 하고 이해를 한 거라고요. 다 상무가 자업자득한 거라니까요."

정부는 공장에서 처리하는 쓰레기의 양에 따라 보조금을 지급했다. 쓰레기를 많이 처리하면 할수록 그들이 얻는 에너지도 많아졌고 사장이 받는 정부 보조금도 늘어났다. 그들이 충분한 에너지를 비축하여 떠나가고 나면 새로운 세대가 찾아오기까지 지구인의 시간으로 하루에서 일주일 정도가 소요되었다. 그 기간 동안 일손이 비고 돈 대신 쓰레기가 쌓인다는 사실을 지구인 사장과 공장주들은 못 견뎌 했다. 그들은 아랑곳하지 않았다. 그들이 아랑곳하지 않았기 때문에 사장들은 더욱 조바심을 내고 분노했다. 그러므로 죽은 사장의 유령을 공장에서 쫓아내기 위해 상무가 휴업을 했다는 사실은 중요했다. 나는 소장님의 논리를 이해했다.

"그러니까 본인은 그 죽은 사장 귀신을 에너지로 재활용하고 소멸시킨 것도 사장 아들, 그때 당시 상무의 업무 지시로 이해했다는 말씀이죠?"

근로감독관이 정리했다. 나의 통역에 그가 동의했다. 근로감독관이 화면을 들여다보았다. 손가락은 더 이상 키보드를 두들기지 않았다. 한 손의 검지를 뻗어 화면에 입력된 내용을 읽고 있었다.

"그리고 그게 공장 내의 정상적인 업무 진행을 위한 목적으로, 업무 시간 중에, 작업장 안에 있는 장비를 사용해서 일상적인 업무 형태로 이루어졌으니까, 이 모든 것이 다 근로계약에 따른 정당한 노동 행위라 보아야 한다, 이런 취지입니까?"

"그렇죠!"

그가 대답하기 전에 소장님이 나서서 동의했다. 근로감독관이 나를 쳐다보았다. 나는 통역했다. 그는 고개를 끄덕였다. 근로감독관이 말을 이었다.

"그리고 근로계약에 따른 정당한 노동 행위를 했다는 이유로 계약 기간이 끝나지 않았는데 나가라고 한 것은 부당해고라는 관점이시고요?"

"네, 바로 그겁니다."

소장님이 다시 대답했다. 근로감독관의 시선이 그에게 향했다.

"거의 다 끝났습니다. 진술하신 내용 출력해서 확인하고 지장 날인하시면 됩니다."

근로감독관의 눈썹 때문에 우려했던 바와는 달리 진술서는 건조하고 정확하게 그가 말한 내용 그대로 정리되어 있었다. 나는 12쪽짜리 진술서를 처음부터 끝까지 그와 함께 꼼꼼하게 읽고 재확인했다. 그리고 페이지마다 가로로 반 접어서 뒷면에 그의 지장을 찍었다. 그의 지장 옆에 나도 지장을 찍어야 했다. 내 엄지손가락은 금세 빨갛게 되었다. 반면 그의 손가락에 묻은 인주는 묻힌 즉시 푸르스름한 색으로 변하다가 검은색이 되어 사라졌다. 사실은 사라진 게 아니라 인간의 눈에 보이지 않게 되었을 뿐이다. 그러므로 반으로 접은 진술서에 그가 인주 묻힌 손가락을 대고 누르면 붉은 지장이 찍혔다. 나는 그 신기한 광경을 조금 매혹된 채로 바라보았다. 그들의 신체, 그러니까 지구인식으로 말하자면 신체이고 그들의 본래 형태는 우리와 근본적으로 다르지만, 하여간 그들이 지구에서 체재하기 위해서 취하는 지구인과 비슷한 몸의 형태가 모든 종류의 유휴 에너지를 흡수한다는 사실은 들어서 알고 있었다. 그래서 그들은 지구인의 눈으로 볼 때 까맣게 보였다. 이 때문에 그들을 두려워하고 혐오하는 지구인들은 그들에게 인종적인 차별 용어를 자주 사용했다. 인종차별은 그 자체로도 틀려먹은 데다 그들은 지구인이 아니라서 지구인 피부에 존재하는 색소의 기준을 적용할 수 없으므로 과학적으로도 완전히 틀렸다. 물론 그러거나 말거나 차별을 좋아하는 지구인들은 정교하고 섬세한 과학적 원리를 언제나 거칠고 '간단하게' 축소하려 하였으며 그런 의도에서 완전히 틀린 용어들을 더욱 열정적으로 사용해댔다.

지장을 다 찍은 후에 우리는 일어섰다. 근로감독관도 투명 칸막이 너머에서 일어섰다. 완성된 진술서를 넘겨받은 뒤에 근로감독관이 외계노동센터 소장님을 향해 목소리를 낮추어 빠른 속도로 말했다.

"저 그 공장 가봤는데, 지금 사장 완전히 답이 없는 사람이더라고요. 도저히 말이 안 통해요."

근로감독관이 고개를 절레절레 저었다.

"지금 이 건 앞뒤로도 폭행, 폭언, 직장 내 괴롭힘으로 신고가 몇 건이나 들어와 있어요. 이주하신 분들만이 아니고 지구인들한테도 그래요."

"제가 말씀드렸잖아요, 아주 상습적이라니까요."

소장님이 반가워하며 맞장구쳤다. 그리고 허리를 깊이 숙였다.

"하여간 잘 좀 부탁드립니다."

그와 나도 반사적으로 얼른 따라서 허리를 굽혔다. 근로감독관이 고개를 숙여 우리의 인사에 답했다.

노동청 건물 밖으로 나오니 햇살이 거리를 모두 불태울 듯 내리쬐고 있었다. 나는 서둘러 가방에서 모자를 꺼냈다. 그는 뜨거운 햇살 아래 더욱 까맣게 빛나고 있었다. 태양광을 흡수하면서 그의 신체가 점점 더 까맣게 변해가는 것과 비례하여 그의 피부 위에 점점 더 명랑하게 반짝이는 반투명한 안개가 흐르는 듯 보였다. 그것은 비지구적이며 무척 아름다운 광경이었다.

우리는 시외버스 터미널을 향해 걷기 시작했다. 그는 해고된 뒤에 다른 공장에 취직해서 일하고 있었고 소장님은 센터로 돌아가야 했다.

"한 달쯤 걸린다고 합니다."

그가 햇빛 아래 반투명한 안개 속에 빛나며 말했다. 내가 소장님에게 전달했다.

"한 달 안에 다 끝나나요?"

"운 좋으면 그렇지요. 상대 쪽이 더 이상 항의를 하지 않으면요."

소장님이 대답했다.

"무슨 항의를 더 해요?"

내가 물었다. 소장님이 설명했다.

"상무가 처음에 이 '넘어 다니는 존재들'이 가진 기술로 살아 있는 지구 사람도 소멸시킬 수 있는 거 아니냐, 지구인을 다 죽이고 행성을 뺏으려는 거 아니냐, 뭐 이런 취지로 진정을 넣었어요. 그런데 그 얘기는 애초에 '넘어 다니는 존재들'이 처음 지구에 찾아와서 계약 맺을 때 지구상의 여러 정부나 연구기관들이 다 몇 번이나 확인해서 문제없다고 밝혀진 사실이고요. '넘어 다니는 존재들'의 기술 자체가 살아 있는 유기체에는 해를 끼칠 수가 없어요. 그러니까 그건 말도 안 되고. 진정이 받아들여지지도 않고 짤렸죠. 상무가 그러면 '넘어 다니는 사람들'이 외계 기술을 사용해서 죽은 사람을 불러낸 거 아니냐, 저승 갔던 자기 아버지를 도로 데려와서 구천을 떠돌게 만든 거 아니냐, 이러고 또 진정을 넣었는데 그것도 뭐 실증적으로 증명할 수가 없으니까 각하됐죠."

소장님의 설명을 들으며 나는 조용히 햇빛을 흡수하며 시외버스 터미널을 향해 걸어가는 빛나는 검은 외계인을 바라보았다. 시간과 차원을 넘어 지구인들이 '미래'라 부르는 것을 스스로 만들며 살아가는 그의 양손을 바라보았다.

그들은 한곳에 머무르지 않았다. 머무르지 않는 존재에게 죽어가는 땅덩어리는 아무 쓸모가 없었다. 그들이 단지 지구인이 이해하지 못하는 외계 존재이기 때문에 지구인을 다 죽이고 행성을 탈취하리라는 것은 폭력과 침략을 역사라 부르는 한심한 존재들의 망상일 뿐이었다. 나는 내가 운이 좋아서 만날 필요가 없었던 상무를 상상했다. 쓰레기장 속에서 자신이 쓸 줄도 모르는 기계 덩어리를 몇 개 가지고 있다는 이유만으로 자기가 대단하다고 착각하며 무례와 폭력으로 그 사실을 증명하는 것이 존재 이유의 전부인 불필요하고 무의미하고 초라한 존재에 대해 생각했다. 언젠가 그 상무도 물질대사를 멈추고 잔존 에너지로 변환될 것이다. 그는 그때쯤 이미 오래전에 다른 차원으로 떠났을 것이다. 그의 동료들이 상무의 잔존 에너지도 소멸시켜주면 좋겠다고 나는 속으로 희망했다.

시외버스 터미널 안에 들어서자 그의 몸을 둘러싼 투명한 빛무리가 사라졌다. 그의 형체는 평범하고 부드러운 색조로 가라앉았다. 나는 조금 아쉬웠다.

"안녕히 가세요."

그가 인사했다.

"안녕히 가세요."

내가 그와 소장님에게 인사했다.

그리고 그들은 떠났다.

비 온 뒤

정소연

마산 출생. 소설집『옆집의 영희 씨』.

어젯밤에는 비가 왔어.

우리 집에서 파자마 파티를 했던 날 기억하니? 그때도 밤새 비가 내렸지. 너, 나, 해미 셋이서 잠옷 차림으로 정원에 나가 비를 맞으며 놀았잖아. 해미가 젖은 그네에 앉아 엉덩이가 다 젖었던 밤 말이야. 우리 둘이 젖은 엉덩이를 손가락질하며 한참 웃는 바람에 결국 해미가 삐졌고. 그때는 그게 뭐가 그리 우스웠는지. 더 신기한 건, 아직도 비 오는 밤이면 해미의 그 젖은 엉덩이가 떠오르고, 그럼 웃음이 난다는 거야. 바로 지금처럼.

해미는 그날을 기억할까? 그 애는 놀림을 받았던 입장이니까 어쩌면 나보다 더 또렷이 기억할지도 모르겠네. 해미에게는 이만큼 즐거운 추억이 아니라면 미안해서 어쩌지? 해미의 엉덩이에 빚진 웃음이 적지 않아 어쩐지 조금 미안해지네. 여기서는 웃을 일이 거의 없거든. 특히 밤에는 말이야. 밤에만 비를 내리도록 하는 게 타당한 방침인지 잘 모르겠어. 여기로 와놓고 이렇게 말하면 염치없지만. 우울한데 비까지 오면, 나는 밤새워 뒤척이거든.

그럴 때마다 나는 그 파자마 파티를 떠올려. 네가 입고 왔던 초록색 반바지, 해미가 가져온 토끼 귀 모양 머리띠, 밤에 셋이 부엌에서 끓여 먹었던 라면, 계단참에 앉아 우리가 나눴던 이야기, 해미의 토라진 얼굴, 비 오는데 나갔다 온 증거를 숨긴답시고 벗어서 문 뒤에 걸어놓았던 옷가지, 그중에서도 엉덩이 부분이 젖어 흔들리던 해미의 바지 같은 것들을 죽 떠올리다 보면 나도 모르게 미소 짓게 돼. 그리고 웃는 얼굴로 잠이 들지. 그날을 백 번도 더 거듭 산 것 같아.

우울했던 밤이 그렇게 많았냐고 걱정하겠다. 그렇지만은 않아. 개척지에는 새로운 사건이 많아. 여기 올 때 기대한 대로 하루가 정신없이 지나가지. 일과 사건에 휩쓸리다 보면 해가 저물고 퇴근 시간이야. 언제나 새로운 사건이 일어나지. 내가 '이제 오늘은 일 좀 그만 터졌으면' 하고 생각할 때가 있다면 믿겠어?

너무 많은 일이 일어나는 낮과 너무 조용하고 비가 오는 밤의 대비 때문인지도 몰라. 낮에는 항상 다른 사람들과 있는데 밤에는 항상 혼자 있기 때문일지도. 내가 지금까지 혼자라고 하면 너는 놀랄까. 아마 놀라겠지.

내가 여기 와서 줄곧 혼자였다고 하면, 너는 믿을까? 안 믿겠지? 내가 너와 한 약속은 꼭 지킨다는 걸, 너는 알고 있을 테니까.

맞아. 거짓말이야.

여기 오자마자 새로운 사람을 사귀었어. 너와 약속했던 대로. 바로 옆집에 사는 농기계 수리공이었어. 나보다 2년 먼저 왔던 인력이라 여기 사정을 꽤 잘 알고 있고 자신이 처음 왔을 때 어떤 점이 어려웠는지도 기억하고 있어서, 정착하면서 도움을 많이 받았어.

진취적이고 도전적이고 뭐든지 긍정적으로 생각하는 사람이었어. 네가 나한테 새로운 사람을 사귀라고 했었다는 말까지 했는데, 그것도 긍정적으로 생각하더라고. 관계를 원만하게 유지할 동기가 있다면 좋은 일 아니냐고. 너한테 자길 소개해줄 수 있냐고 묻기에 그건 곤란하다고 했더니, 그럼 됐다더라. 자기도 다자간 관계에는 흥미가 없는데 예의상 물었대.

"그런 질문을 예의상 해? 내가 소개해준다고 하면 어떡하려고?"라고 물었더니, "그러면 새로운 사람을 좋은 관계에서 또 알아갈 테니 그것도 좋지"라는 거야. 정말 어이없이 밝은 사람이지?

네 덕분에 좋은 사람을 만났어. 너와의 약속이 아니었다면 그와 시작하지 못했을 거야. 끝도 깔끔했어. 특별히 잘못한 것도 싸운 일도 없이 서로 고마워하면서 잘 정리했고, 지금도 마주치면 인사하며 지내.

너와 이렇게 끝났다면 어땠을까? 서로 삶의 방향이 다르다고 차분히 대화하고, 지금까지 함께한 시간이 고마웠고 지금의 마음이 바래기 전에 헤어지자고 말할 수 있었다면 어땠을까? 우리에게도, 그렇게 이별을 떠올리는 날이 오긴 왔을까?

이 약속밖에 지키지 못해서 미안해.

아직도 가끔 네가 내 뒤를 따라오는 꿈을 꿔. 신규 이주민 명단이 나올 때마다 네 이름이 있나 찾아. 알아. 내 망상인걸. 네가 있을 리 없지. 머리로는 알면서도, 네 이름과 비슷한 이름만 봐도 가슴이 두근거리고 식은땀이 나. 심장이 가슴에서 튀어나올 것처럼 아픈 게 어떤 느낌인지 알아? 탕탕탕 뛰는 심장이 턱 끝까지 피를 억지로 밀어 올리며 정신 차리라고, 악몽에서 깨어나라고 있는 대로 성질을 부리는 것 같은 느낌이야. 그럴 때면 나는 눈을 감고 숫자를 열까지 세. 눈을 뜨고 명단을 다시 봤더니 내가 잘못 본 이름이 네 이름과 비슷하지조차 않았던 적도 있었어. 완전히 헛걸 본 거지.

너는 나한테 시각적 상상력이 부족하다고 했었지. 네 말이 맞아. 여기 와서 알았어. 내가 만들어낼 수 있는 망상의 최대치가 네 얼굴도 네 몸도, 하다못해 네 손도 아닌 고작해야 네 이름 정도라는걸.

너는 어때? 나를 어디까지, 얼마만큼 만들어낼 수 있었어? 시도해본 적은 있어? 있겠지? 너한테도 내가 옆에 없는 순간이 있었으니까.

나는 나를 상상하는 너를 상상해. 마주 잡은 손에서부터 시작하는 거야. 네 손을 잡은 내 손부터 그런 다음에, 그 손에 이어진 팔, 어깨, 어깨에서 목과 가슴, 그 위의 머리. 얼굴에 있는 눈, 코, 입, 귀. 이렇게, 너와 닿은 부분에서부터 닿지 않은 부분으로 천천히 확장했다면 나를 생생하게 떠올릴 수도 있겠지?

어쩌면 이건 시각적 상상력이 부족한 나 같은 사람이 생각하는 방식이고, 너는 이렇게 단계적으로 나를 빚어낼 필요가 없었을지도 모르겠다. 너는 한 번에 나를 떠올릴 수 있었을지도. 그랬길 바라. 시간이 많지 않았으니까. 네가 나를 아주 빨리, 잘 상상할 수 있었기를. 마치 네 바로 옆에 있는 것처럼 떠올릴 수 있어서, 네 상상 속에서라도 내가 네 곁에 있었기를.

걱정하지 마. 나는 시각적 상상력이 부족한 덕분에 별 탈 없이 지내고 있어. 이주민 명단을 매번 꼼꼼히 확인하는 것도 전혀 유난스럽지 않아. 우리는 1세대잖아. 아는 사람이 왔을까 해서 명단을 찾아보는 사람이 한둘이 아니야. 아무도 나를 이상하게 여기지 않아. 이곳에서 가족이나 친구를 다시 만나는 경우가 정말 있기도 하고.

얼마 전에는 동료의 딸이 왔어. 가능한 한 같이 오려고 했는데 딸 쪽이 승인이 늦게 났대. 지금은 상대연령이 비슷해져서 나란히 있으면 모녀지간이 아니라 자매지간 같아. 나이가 역전 안 되어 다행이라며 웃는 모습이 보기 좋았어. 부럽기도 했고. 그렇게 긴 시간을 넘어 마침내 다시 만나는 사람들도 있는데.

아, 괜히 이런 생각을 하니까 우울해지는 거야. 비가 와서가 아니라. 안 되는 건 안 되는 건데.

어째서 어떤 일들은 인정하고 또 인정해도, 받아들이고 또 받아들여도 괜찮아지지 않을까?

다시 파자마 파티로 돌아가야겠다.

부엌에서 함께 라면을 끓여 먹은 다음, 해미는 자기가 좋아하는 만화영화를 보러 먼저 들어가고 우리 둘은 밖으로 나왔지. 현관 계단에 손을 잡고 앉아 정원을 내려다봤어. 정원의 그네가 흔들리며 삐걱거리는 소리를 냈어. 축축하고 서늘한 공기가 삐걱대는 소리 사이의 정적을 채웠지.

"밤에 비가 올 것 같아."

"그렇다더라. 새벽까지 오고 아침에는 그친대."

내가 일기예보를 읊자, 네가 말했어.

"밤에만 비가 오는 행성도 있대."

너는 이 대화를 기억하니?

서로의 손바닥이 습기로 살짝 달라붙던 감촉이 생생해. 너는 마치 습도를 확인하듯 잡은 손에 힘을 주었다가 손바닥만 살짝 뗐다가, 도로 제대로 쥐고 네 허벅지 위로 당겨 올리고는 마치 날씨를 가늠하듯 고개를 들어 하늘을 보더니 말했지. 밤에만 비가 오는 행성도 있다고.

이곳이 바로 밤에만 비가 오는 행성이야.

이곳의 비는 일출 시각에 딱 그쳐. 해가 서서히 떠오르면 물기를 머금은 수목이 햇볕을 받아 마치 은빛 테두리를 두른 것처럼 반짝이는데, 퍽 아름다워. 너한테 보여주고 싶다. 우리 고향에서는 비 오는 날에 유독 안개가 심했잖아. 여기는 안개가 생기지 않아. 기온과 습도 관리 방식이 다르대. 비 온 뒤에 안개 없는 아침을 맞을 수 있다니, 믿어지니?

파자마 파티 다음 날 아침, 아직 잠든 해미를 방에 두고 우리는 그 안개 속을 걸었지. 우리가 새벽 산책을 그때쯤 시작했었지? 동틀 녘에 손을 잡고 익숙한 길을 안개 속에서 나란히 걸었지. 나는 지금도 가끔 새벽에 눈을 떠. 너와 수십 년 동안 함께하며 생긴 습관이지. 하루의 길이가 다르고 계절이 다르고 밤하늘에 보이는 별자리 어느 하나 그때와 같지 않은 곳에 살면서도 사방이 어두울 때 눈을 뜨고, '아, 산책 가야지'라고 생각하며 오른쪽을 돌아봐. 그리고 오른쪽으로 난 창밖의 안개 흔적조차 없는 풍경, 조금도 구름에 가리지 않은 하늘, 흐리게 반사되지 않는 가로등을 보며 천천히 현실로 돌아와.

있잖아, 나는 안개가 없는 행성이 있다는 걸 여기 오고서야 알았어. 밤에만 비가 오고, 비 온 뒤 하늘은 청명하게 마냥 맑기만 한 행성이 있다는 걸 몰랐어. 너는 알았을까? 몰랐겠지? 몰랐길 바라. 만약 어떤 행성에서는 결코 안개 사고가 일어나지 않는다는 사실을 그때 알았다면 무척 슬펐을 테니까.

그날도 이미 더 슬플 수 있을까 싶을 정도로 슬펐지만, 우리가 다른 곳에 살았다면 일어나지 않았을 일이었다는 생각을 단 한 번이라도 떠올렸다면, 분명 더 슬펐을 거야.

무한한 슬픔은 크기가 같아서 더 큰 슬픔과 더 작은 슬픔이 다르지 않다고 생각했어. 아니야. 아침 햇살을 받아 선명하게 빛나는 나무를 보고 비 온 뒤에도 세상이 맑고 아름답다고 감탄했다가 원래 여기는 새벽안개가 없다는 말을 들었을 때, 나는 슬펐어. 더 작은 슬픔이 더 큰 슬픔을 게걸스럽게 먹어치우듯이 슬펐어.

새벽안개 속 그 길을 잊으려고 그토록 노력했으면서도, 막상 정말 처음부터 안개가 없는 세상을 만나니 마치 우리가 함께 수백 수천 번을 걸었던 그 시간을 빼앗긴 것만 같았어. 안개를 보며 무언가를 떠올릴 기회를 잃은 것 같았어. 이곳에서 안개 없는 날을 나고 또 나다 보면 언젠가는 더 큰 슬픔을 잡아먹은 더 작은 슬픔마저도 흔적도 없이 사라져버릴 것 같은 위기감이 들었어. 어쩌면, 아니 틀림없이, 너는 내가 그렇게 살기를 바랐겠지만.

충분히 슬퍼한 다음에는 더 슬퍼하지 않겠다고, 흔들림 없이 내 삶을 제대로 살겠다고 네게 약속했었지. 우리가 함께 살던 곳에서는 도저히 그 약속을 지킬 수 없어서 밤에만 비가 오는 행성까지 떠나와 놓고, 고작 새벽안개가 없다는 사실 하나에 그 약속을 지키지 못하고 금세 더 슬퍼져서 슬펐어.

매번 과거에 매달린 편지만 쓴다. 웃을 일이랍시고 우리가 함께했던 날의 친구 엉덩이밖에 말하지 못해 미안해. 기쁘고 즐거운 일을 자주 경험하겠다고 약속해놓고 눈앞의 과업과 사건으로 시간을 억지로 밀어내듯 살고 있어. 아직은 정말 기쁘고 즐거웠던 일을 하나도 말할 수 없네. 밤에만 비가 오는 행성으로 도망쳐서 미안해. 비 온 뒤 아침마다 창밖을 보며 울어서 미안해. 너와 했던 많은 약속 중에 아직 단 한 가지밖에 지키지 못해서 미안해.

어쩌면 나는 또 떠날지도 몰라. 이번에는 이주 신청을 할 때 더 자세히 알아보겠지. 특히 날씨를. 밤에 비가 오는지, 새벽안개가 있는지. 이런 것도 가르쳐줄까? 찾아보면 정보가 있긴 하겠지? 그곳에서는 다른 이유로 또 울지도 모르지. 우리가 함께 걷던 그 길과 이사한 곳의 길이 너무 비슷해서. 또는 너무 달라서. 달이 하나라서. 또는 둘이라서. 너와 이름이 비슷한 사람을 만나서. 그때 그 차와 비슷한 모델을 보아서. 아니면 그보다 훨씬 안전한 차를 보아서. 네 이름을 잘못 보아서. 이름 넉 자를 잘못 볼 일조차 없을 만큼 모든 것이 달라서.

너한테 매달리지 말라고 했는데 결국 이렇게 살아서 미안해.

약속한 대로 못 살아서, 미안해.

너의 노래를 듣고 싶어

정재은

2005년 『과학기술 창작문예』 아동문학부문 당선. 동화집 『내 여자 친구의 다리』
『슬이는 돌아올 거래』(공저) 등.

마주 보지 마, 조심해

눈 마주치지 마, 위험해

너의 눈동자, 한 눈, 두 눈,

홑눈, 겹눈 또는 여러 눈을 피해

생각이 멈추잖아, 조심해

마음 약해지잖아, 위험해

　눈을 감고 노래를 불렀다. 아무도 듣지 못하는 노래를. 나 혼자 부르고 나만이 느낄 수 있는 노래를.

　눈 마주치지 마. 노래하는 내 목구멍의 진동이 머릿속을 울렸다. 다른 행성에서처럼, 이렇게 여러 번 노래를 부르며 시간을 견딜 작정이었다. *너의 눈동자……*. 그런데 희미하게 소리가 느껴졌다. 아무도 못 듣고 나만이 느끼는 그 진동을 '소리'라고 해도 된다면 말이다.

처음엔 내가 부른 노래가 되돌아오는 거라 생각했다. 그러나 그 소리는, 그 진동은, 매우 오랜만에 들어보는 차분한 울림이었다. 낮게, 더 낮게 깔리는 진동은 내 노래와 같은 박자로 천천히 어우러졌다. 지구에서 고래의 소리에 나만의 방식으로 화음을 넣었듯, 그랬듯.

설마 이 행성에 고래가 있나? 설마 저들에게 내 노래가 들리나? 나는 천천히 눈을 떴다.

내가 탄 접견보트는 누아 행성 상공에 떠 있었다. 행성의 땅에서부터 접견보트의 발코니까지 놓인 초록빛 유리 다리가 눈부시게 빛났다. 나는 발코니 난간에 기대어 가는눈을 뜨고 두리번거렸다. 유리 다리 위에는 알록달록한 누아인들이 줄지어 있었다. 날아다니는 누아인도 있었다. '화음'의 방향 쪽으로 고개를 돌리자마자 한 누아인이 날개를 펄럭이며 다가왔다. 무지갯빛 깃털로 뒤덮인 누아인이 회색 부리를 달싹이고 있었다. 나는 앞머리를 쓸어 올려 귀 뒤로 넘겼다. 잠깐 동안 그 누아인의 보라색 두 눈과 내 눈이 마주쳤다. 나는 멈췄던 숨을 가다듬으며 노래를 계속했다. *마음 약해지잖아.*

발코니에 있던 승객들이 의례적으로 손을 흔든 다음 하나둘씩 접견보트 안으로 돌아가기 시작했다. 보라색 눈동자의 누아인도 제자리에서 두세 번 날갯짓을 한 후 돌아갔다. 멈칫거리는 나의 팔을 모래가 툭툭 쳤다. 모래 쪽으로 돌아보고 모래의 입술이 말하는 걸 읽었다. 뭐 해? 가자. 다시 고개를 돌려 아까 그 누아인을 향해 손을 들어 올리다 내렸다. 그리고 모래를 따라 접견보트를 타고 은하평화선으로 돌아갔다.

지구에서 12광년 떨어진 누아 행성에선 아무도 내리지 않았기 때문에 은하평화선은 755명의 승객을 다시 태운 채 누아 항성계를 떠났다. 우리은하 23구역 내에서 '23 은하평화조약'이 체결된 이후의 은하평화선 운항은 이번이 세 번째라고 했다. 은하평화조약을 통해 문명이 있는 행성끼리 서로 침공하지 않는다는 점에 합의했으나 그것이 각 행성 안에서의 평화를 보장하지는 않았다. 어떤 행성에 내부 위기가 닥치더라도 '행성 불개입 원칙'에 따라 직접 개입하지 못하지만, 위기로 인해 행성 난민이 발생하면 타 행성에서 그들을 받아들이기로 했다고 한다.

우리은하 23구역 행성들 사이로 난민을 수송하는 정기 우주선이 바로 은하평화선이다. 은하평화선에 탈 수 있는 난민은 지구 나이 기준 12세에서 18세의 청소년으로 제한된다. 어린이는 긴 우주 비행이 힘들고 어른들은 다른 행성에서 문제를 일으킬 가능성이 커서다. 은하평화선이 규약 가입 행성의 궤도에 도착하면 난민들은 접견보트를 타고 행성으로 내려가서 난민을 받아들일 후견자 생명체와 접견한 다음에 거주 여부를 결정한다. 난민들은 마음에 안 드는 행성에 정착하지 않을 권리가 있다.

누아 행성 어땠어? 문명 행성 맞아? 문명 생명체가 막 날아다니다니…… 콘도르 같았어. 아니야, 콘도르보다는 프테라노돈이랑 비슷했어. 프테라노돈이 뭐야? 익룡 종류야. 하늘을 나는 파충류. 그래도 깃털 색이 다양해서 예쁘던데? 그곳 공기가 약간 울리는 느낌이었어. 냄새는 좋았어. 그런데…… 너무 조용해서 이상했어.

보라색 에너지 젤리를 먹으며 아이들이 떠드는 소리를 열심히 받아 듣던 나는 '조용했다'는 단어에 멈칫했다. 조용했다고? 적어도 나에게는 그렇지 않았다. 누아 행성에서는 많은 '소리'가 들렸다. 단순한 기계 울림이 아니라 말하는 듯한, 노래하는 듯한, 그러한 소리가.

이번엔 후견자 숫자가 스무 명밖에 안 되었다며? 그런데 마중 나온 생명체는 왜 많았지? 아, 그게, 참관 나온 어린이들이었을걸? 알록달록 깃털을 가진 외계인은 어린아이들이고, 어른이 되면 깃털 색이 한 가지로 바뀐다는 얘기를 들은 적 있어. 평화활동 점수나, 뭐 그런 거 받으러 나왔거나 구경 온 거겠지. 으엑, 우리가 구경거리라도 되냐? 마찬가지지 뭐, 우리도 걔들을 구경했잖아. 응, 좋은 구경이었어. 하지만 거기선 못 살지. 맞아, 지구랑 너무 다르고, 말도 절대 안 통할 거야. 그런데 누아 행성 에너지 젤리 맛있다! 하나 더…….

나도 민트색 에너지 젤리를 하나 더 집어 들었다. 뭐 해? 웬일로 넥스트를 켜고 있었네? 내 귀 아래 장치에 불이 들어온 걸 확인한 모래가 나에게 말을 걸었다. 여기도 별로였어?

나는 대답하지 않고 젤리를 베어 물었다. 너는? 너는 어땠어? 나는 젤리를 씹으며 물었다. 글쎄? 그런데 너는 먹으면서 말할 수 있어서 편하겠다. 모래가 말했다. 내가 고개를 살짝 끄덕이자 모래는 웃으며 중얼거렸다. 그래, 그래.

오늘의 나는 여기에
내일의 나는 어디에
아무럼 어때, 상관없어
아무럼 어때, 상관없어

불안하면 노래를 부른다. 지구에서 모래를 처음 만난 때에도 나는 편백나무 아래 앉아 속으로 노래를 부르고 있었다. 몇 발자국 앞에 바다가 있었다. 해수면이 갑자기 상승하면서 숲이 바닷가가 되었다는데, 원래 바닷가가 어떻게 생겼는지는 상상하기 힘들었다. 며칠째 자꾸만 땅과 공기가 흔들렸다. 그 탓인지 고래 소리가 거의 들리지 않아 불안했다. 바닷바람에 눈앞을 뒤덮은 머리카락이 흔들렸다. 앞머리를 쓸어 올리다가 나무에 기대어 서 있는 그를 보았다.

머리카락 전체를 뒤로 넘겨 질끈 묶은 얼굴이 보였다. 그는 먼 곳을 바라보며 입을 벌렸다 오므리기를 계속하고 있었다. 나는 그게 노래 부르기라는 걸 알았다. 나는 얼른 귀 아래에 장착된 뇍스트의 스위치를 켰다. 본래 이름은 '브레인 텍스트 변환기'인데, 사람들이 줄여서 '뇌스트'라고 불렀다. 머릿속으로 작성한 문자메시지를 음성으로 변환해서 읽어주는 장치다. 상대방의 말을 문자로 변환하여 나의 뇌에 인식시켜 주기도 한다. 즉, 뇌스트를 켜면 남들과 큰 불편 없이 얘기할 수 있다. 사람들이 부르는 노래의 가사도 들을 수 있다. 하지만 멜로디를 들을 수는 없었다. 노래가 들릴 때 느껴지는 공기 진동의 차이로 아주 약간의 분위기를 짐작할 뿐이다.

미사일이 너무 많아 자꾸 쏴야지
핵발전소가 너무 많아 자꾸 폐쇄해
바닷물이 너무 많아 다 잠기겠지
사람들이 너무 많아……

다 사라져가……. 어? 너 내 노래 듣고 있었어? 에잇, 민망하네. 그가 무척 당황한 표정을 짓는 바람에 나도 흠칫 놀랐다. 잠시 머리를 긁적이던 그가 입을 열었다. 내 이름은 모래야. 그의 말이 내게 전달되었다. 모래? '모래성'의 그 모래? 나의 대꾸가 음성으로 흘러나왔다, 아마 나왔을 거다. 나는 못 듣지만. 뇌스트의 음성은 아무래도 어색할 게 뻔했다. 아, 너 '뇌스트'를 쓰는구나? 듣는 게 불편한가 보네. 다행이다, 아니, 뇌스트 쓰는 게 다행이 아니라, 내 노래 잘 듣지 못해서 다행이라는 말이야. 내가 창피하니까. 모래가 더듬더듬 말했다.

미사일이 꽤 가까운 곳에 떨어졌나봐. 여기도 크게 울리던데. 모래가 말을 돌렸다. 지구 곳곳에서 지구 곳곳을 향해 미사일이 마구 발사된다. 미사일 얘기를 들으니 또 불안해져서 얼른 뇍스트를 끄고 노래하고 싶었지만 그러지 않았다. 평소에 나는 주로 뇍스트를 끈 채로 생활했다. 그래야 고래 소리도 들리고, 그래야 머릿속에서만 울리는 내 노래를 잘 느낄 수 있어서다.

너는 왜 여기 있어? 여기 꼭 있어야 해? 나는 고개를 저었다. 내가 왜 거기 있었는지, 내가 왜 있는지, 왜 태어났는지 나는 알지 못했다. 그냥 살아 있으니까 있었을 뿐이다. 모래는 내가 열두 살이 넘었는지 묻고, 괜찮으면 같이 우주정거장으로 가서 은하평화선을 타자고 했다. 일단 지구를 떠나자고 했다. 내가 머뭇거리자 모래는 나에게 지구에 남아야 하는 이유가 있냐고 물었다.

나는 고개를 들어 바다를 바라봤다. 고래…… 며칠 전부터 고래의 노래가 들리지 않았다. 나한테는…… 사람들이 듣는 소리가 안 들리는 대신 거기서 벗어난 영역의 소리가 들려. 고래의 소리 중에서도 아주아주 낮아서 사람들이 못 듣는 소리가 들려. 고래를 본 적은 없지만, 그 정도로 낮은 주파수의 소리는 고래만 낼 수 있대.

고래? 아직 살아남은 고래가 있어? 멸종됐다고 들었…… 아, 그런데 너 진짜 굉장하다! 남들이 못 듣는 소리를 듣는다니! 모래는 어쩌면 다른 행성에는 고래가 있을지도 모른다고 덧붙이며 우주정거장행 셔틀 발사대를 가리켰다. 발사대가 아주 가까운 곳에 있었다.

지구의 우주정거장에 모인 3,278명의 청소년 난민 승객들을 태운 후 은하평화선은 지구를 떠났다. 최대속력이 광속의 99.995퍼센트에 달할 수 있는 은하평화선은 우리은하 23구역에 속한 행성들의 최첨단 기술이 융합된 인공지능으로 비행궤도를 계산하며 움직이기 때문에 따로 승무원이 없다. 내부는 쾌적하고, 필요한 만큼의 먹을거리와 생활용품이 있으며, 외부에 다양한 행성 환경 적응 장비를 갖춘 300명 정원의 접견보트 열 대가 달려 있다. 지구를 기준으로 볼 때 약 16광년 떨어진 브룸 항성계까지 갔다가 돌아올 예정인데, 그러면 지구 시간으로 40년 정도 걸린다. 그러나 준-광속 비행을 하는 동안에는 우주선 안의 시간이 느리게 흐르기 때문에, 행성에 들르는 시간을 감안하더라도 지구에 돌아오는 승객의 시간은 5년도 되지 않을 것이다. 만일 지구로 돌아가는 승객이 있다면 말이다. 은하평화선 승객들의 목적은 위험한 지구를 떠나 다른 행성으로 이주하는 것이므로 지금까지의 승객 가운데 다시 지구로 돌아간 경우는 없었다.

은하평화선은 선입견을 배제하기 위해서 행성에 대한 사전 정보를 제공하지 않았다. 청소년 승객들끼리 이미 알던 행성

정보를 교환했지만 틀린 사실이 많아 믿을 수가 없었다. 지구에서 4광년 떨어진 록시 항성계의 세 행성에서 2,000명이 넘는 승객들이 내렸다. 그곳에는 이미 지난 세기부터 이주한 지구인들이 많아서 지구인에게 최적화된 거주 구역이 따로 있었기 때문이다. 모래는 내리지 않았다. 나도 마찬가지였다. 록시 항성계에서 2광년쯤 떨어진 바드 행성엔 바다로 뒤덮여 있어 수중생물체만 있기에 접견을 건너뛰었다. 다시 3광년 떨어진 리우 행성에서 수백 명의 승객들이 인간과 흡사한 후견자들을 따라나섰다. 그곳에서도 모래와 나는 내리지 않았다.

은하평화선이 비행하는 동안 승객들은 게임을 하거나 영상을 보거나 운동을 했다. 우주어 공부를 하기도 했다. 우주어 공부를 위해 혼자 사용할 수 있는 스터디 부스가 따로 있었다. 모래는 날마다 스터디 부스에 갔다. 거기서 우주어 공부는 하지 않고 노래를 불렀다. 부스 창문을 통해 노래하는 모래의 만족스러운 표정이 보였다.

어느 날, 노래를 부르고 부스에서 나오는 모래와 마주쳤다. 어, 뭐 해? 모래의 입술이 움직였다. 모래는 나와 마주칠 때마다 '뭐 해?'라고 했다. 그러면 나는 넉스트를 켰다.

왜 자꾸 넉스트를 꺼놔? 여기서도 고래 소리가 들려? 모래가 물었다. 고래 소리 말고도 소리는 많이 들려. 우주선 기계들이 움직이는 소리 같은 거. 하지만 그런 소음은 노래가 아니지.

네 노래, 좋았어. 내가 말하자 모래의 눈이 커다래졌다. 모래가 지구에서 나무에 기댄 채로 불렀던 노래를 말한 거였다. 물론 가사만 알 수 있었고 멜로디를 듣지는 못했지만 느낌이 좋았다고 했더니 모래가 피식 웃었다. 그래? 그랬어?

사실 나도 노래를 불러. 내가 넥스트를 끄고서 입을 살짝 벌리고 멍하니 있을 때마다 노래를 부른다고 보면 돼. 내가 노래를 부르면 머릿속 전체로 울리는데 밖으로는 아무 소리도 안 나나봐. 어쩌면 내 상상일지도 모르지. 어쨌든 나도 노래를 불러. 그래서 노래하는 네 기분을 조금은 알 것 같아.

우아…… 네가 이렇게 긴 얘기 한 게 처음인 거 알아? 어딘가 네 노래를 들을 수 있는 누군가가 있을지도 몰라. 어딘가 내 노래를 들어주는 누군가. 모래의 말 자체가 마치 노래 같았다.

왜 거주 행성을 골라 정착하지 않느냐는 나의 질문에 모래는 노래하기 좋은 행성을 찾고 있다고 했다. 노래하기 좋은 행성? 응, 공기 느낌이 적당해서 너무 울리지 않고, 아늑하게 식물이 있어도 좋고……. 그런데 난 여기 있는 것도 괜찮아. 별 상관없어.

나도 그랬다. 아무 데나 상관없었다. 이대로 모래와 함께 은하평화선을 타고 떠돌아다니는 것도 나쁘지 않았다. 오히려 지구에서보다 더 좋았다. 누아 행성에 다녀오기 전까지는.

지구에서 13.5광년 떨어진 리제 항성계의 두 행성에서 모두 753명의 승객이 내렸다. 환경과 생물체 정보가 거의 알려지지 않은 마지막 행성에 기대하지 않고 안전한 선택을 한 것으로 보인다. 은하평화선에는 모래와 나만 남았다.

고래가 없어
우주에 고래는 없어
나는 왜 있어
우주에 노래는 없어

모래가 스터디 부스에 있는 걸 확인한 나는 식당 한구석에 쭈그리고 앉아 노래를 부르고 있었다. 나는 왜 있어. 나는 ……. 나는 스르르 노래를 멈추고 두 눈을 꼭 감았다. 머리카락을 내려 감은 눈을 가리고, 고개를 무릎 사이에 파묻었다. 머릿속이 뒤죽박죽이었다. 고래의 노래는 기억나지 않고, 누아인의 노래가 자꾸만 맴돌았다. 보라색 눈동자의 누아인이 노래를 불렀던 게 맞을까. 내 노래를 들었던 게 맞을까. 혹시 몽땅 나의 착각일까.

모래가 내 어깨를 툭툭 치다가 흔드는 바람에 정신이 들었다. 뭐 해? 내 얼굴을 본 모래가 놀란 표정을 지었다. 울어? 나는 고개를 저었지만 넥스트 스위치를 켜려고 뺨을 더듬다가 내 얼굴이 눈물범벅이 된 걸 알았다. 모래가 내 옆에 조용히 앉았다. 나는 모래에게 누아 행성에서 있었던 일을 털어놓았다.

누아 행성에 살고 싶었어? 모래가 물었다. 몰라. 은하평화선에 탈 때만 해도 나는 지구 아닌 다른 행성에서 살 생각이 없었다. 아니, 그냥 아무 생각도 없었다는 게 맞다. 실은 스스로 뭔가 결정해본 적이 없다. 하고 싶은 일도 없다.

에이, 없긴 왜 없어. 너는 노래하잖아. 네 노래 누가 들어주면 좋겠잖아. 모래가 중얼거렸다.

모래는 수다쟁이처럼 은하평화선에 대해 알고 있는 사실을 설명하기 시작했다. 은하평화선은 지구에서 16광년 거리의 브룸 항성계에 있는 브룸 행성 C에 들른 후엔 지구 방향으로 되돌아간다. 가면서 지금까지 들렀던 거의 모든 행성을 거치는데, 원하는 행성 근처에서 접견 신청 버튼을 누르면 그 행성에 접견 신청을 할 수 있다. 승객들이 많이 내린 리제 항성계나 록시 항성계에도 다시 갈 수 있다. 지구로 돌아가도 된다. 우리가 도착할 때의 지구는 떠날 때보다 40년은 지났을 테니 어쩌면 전쟁이 끝났을지도 모른다. 괜찮을지도 모른다.

그때도 지구가 엉망진창이면 너는 은하평화선을 다시 타도 돼. 돌아가서 너의 시간이 처음 탔을 때보다 5년쯤 지난다고 해도 너는 열여덟 살이 안 될 테니까. 나는 못 타겠지만……. 아니면, 지구로 가는 길에 누아 행성에 다시 함께 가볼까? 둘이 거기서 내릴까? 거기에서 날아다니는 법을 배울 수 있을지도 모르잖아. 모래가 혼자 떠드는 동안에 내 뺨의 눈물이 다 말라 있었다.

그런데 말이야, 내 목소리 굉장히 이상해. 모래가 내 머리카락을 귀 뒤로 넘기더니 녁스트 가까이에 입을 대며 말했다. 그냥 말할 때는 그럭저럭 평범한데, 노래하면 목소리가 갈라지면서 이상한 소리가 나거든? 나한테 다른 건 몰라도 노래는 절대 하지 말라고 했어.

누가? 내 노래를 들은 사람들 모두 다. 모래의 표정이 쓸쓸했다. 나도 남들 앞에서 노래하고 싶은데……. 그래서 네가 지난번에, 들리지도 않았을 내 노래를 좋다고 해줘서 기분 진짜 좋았어. 그냥 그랬다고.

그러면 내 앞에서 노래해. 여기 아무도 없으니까. 아예 우리 같이 노래할까? 어차피 서로 못 들으니까 이상해도 상관없잖아?

너의 기억 속의 고래
너의 눈물 속의 노래
들려? 들려? 뭐래? 뭐래?
나의 곁에는 항상 모래
내 눈앞의 모래가 말해
뭐 해? 뭐 해? 그래? 그래?

모래와 나는 서로 듣지 못하는 노래를 함께 불렀다.

백 번쯤 잠들었다가 깨고 수천 번도 더 노래한 후에 은하 평화선은 브룸 항성계에 도착했다. 우리는 브룸 행성 C에 도착해서 접견보트를 타고 지표면에 착륙했다. 브룸 행성 C에서는 매우 다양한 생명체들이 마중을 나왔다. 공기가 보드랍고 따뜻했으며, 땅은 싱싱한 식물로 뒤덮여 있었다. 모래와 나는 미리 약속한 대로 접견보트 발코니 난간에서 각자의 노래를 부르기 시작했다.

그러자 눈앞의 풍경이 달라졌다. 마치 양탄자가 깔리듯 노란색이 펼쳐지기 시작했다. 가까운 곳부터 먼 곳까지 크고 작은 노란 꽃이 차례대로 피어나고 있었다. 나는 노래를 멈추고 모래를 바라봤다. 노래 부르는 모래는 무척 행복해 보였다. 내 시선을 느낀 모래가 노래를 그치고 나를 바라볼 때, 노란 꽃들의 꽃잎이 살짝 닫혔다. 모래의 노랫소리가 들릴 때 꽃들이 피어난 게 분명했다.

모래는 눈이 셋이고 머리에 뿔이 달린 후견자를 따라 브룸 행성 C에 남기로 했다. 나도 그럴 거라 생각했는지 내가 떠나겠다고 하자 모래가 당황하며 내 손을 잡았다. 나는 얼른 넥스트를 켜고 말했다. 노래 한 번만 더 불러줘.

노래를 들어줘

노래를 들려줘

노래를 듣고 싶어
너의 노래를 듣고 싶어

발코니 밖으로 찬란한 노란 꽃밭이 펼쳐졌다. 나는 모래의
까만 눈동자를 한참 동안 마주 보다 모래를 꽉 끌어안았다.
모래가 노래를 부른 다음 서로 바라보고 포옹하기를 여러 차
례 반복하는 동안 후견자는 묵묵히 기다려줬다. 마침내 모래
가 말했다. 그래.

은하평화선이 항로를 틀어 지구로 향했다. 나는 우주선에
혼자 남았다. 혼자 에너지 젤리를 먹고 혼자서 스터디 부스에
앉아 있기도 했지만 노래는 부르지 않았다. 넥스트를 켤 일도
없었다. 대부분의 시간을 잠자며 보내다가 리제 항성계를 지
나쳤다. 가끔은 시간 계산을 했다. 지구까지 가는 데 걸리는
시간이라거나, 지구에 갔다 다시 브룸 행성 C로 가기까지 걸
리는 시간이라거나. 남은 에너지 젤리의 숫자를 헤아리다가
창고 가장 위 칸에도 손이 닿는다는 걸 깨달았다. 누아 행성
에서 제공한 에너지 젤리가 많이 남지 않았다. 그게 맛있어서
인기가 많았다.

은하평화선이 누아 행성에 다가간다는 신호를 보고 접견
신청 버튼을 눌렀다. 모래 없이 나 혼자 접견보트를 타기 겁
났지만 민트 에너지 젤리를 왕창 받아오겠다는 핑곗거리를

되뇌며 견뎠다.

행성 지표에서 접견보트 발코니까지 놓인 유리 다리가 이번엔 파란빛이었다. 알록달록한 누아인들이 마중 나와 있었다. 공기 중에는 잔잔한 자연 진동 말고는 다른 게 느껴지지 않았다. 그러면 그렇지, 그때 들었던 노래는 환상이었을 거야. 그럴 거야.

어쨌거나 나 하나 때문에 마중 나온 그들에게 인사는 해야겠기에 조용히 발코니 난간으로 다가섰다. 이제 진짜로 혼자라는 생각이 들었다. 팔을 툭 치며 '뭐 해?'라고 말하는 모래, 무심한 듯 '그래'라고 중얼거리는 모래가 곁에 없었다.

나는 눈을 내리깔고 노래를 부르기 시작했다. 아무도 듣지 못하는 노래를. 나 혼자 부르고 나만이 느낄 수 있는 노래를. 목구멍을 간질이던 진동이 머릿속을 가득 채웠다. *너의 노래를 듣고 싶어, 너의 노래를 듣고 싶어, 너의 노래를 듣고 싶어, 너의 노래를 듣고 싶어*······.

그때 보랏빛 깃털로 온몸이 뒤덮인 누아인이 날아와 날개 끝으로 내 팔을 살포시 건드렸다. 고개를 들자마자 짙은 보라색 눈동자와 눈이 마주쳤다. 몸체와 색깔이 달랐지만 그를 한눈에 알아볼 수 있었다. 내가 우주 비행을 하며 돌아오는 300여 일 동안 누아 행성의 시간은 더 많이 흐른 것이다. 그는 후견자가 될 만큼의 나이가 되어 있었다.

고래의 노래

모래의 노래

어떤 시간, 어떤 공간에서든

너의 노래를 듣고 싶어

　나는 그의 후견 제안을 받아들여 누아 행성에 정착하겠다는 의미로 노래를 불렀다. 보라색 누아인이 나의 노래에 아름다운 화음을 넣었다. 그 화음에는 내가 아는 모든 노래가 담겨 있었다. 환상이 아니라 정말이다. 내가 노래를 부를 때마다, 진짜로 너의 노래가 들린다.

---

* 이 글을 쓰는 동안 방탄소년단의 노래 「Whalien 52」를 반복해서 들었음을 밝힌다.

시대 지체자와 시대 공백

황모과

2019년 「모멘트 아케이드」로 제4회 〈한국과학문학상〉 중단편부문 대상을 수상하며 작품 활동 시작. 소설집 『밤의 얼굴들』, 중편소설 『클락워크 도깨비』, 장편소설 『우리가 다시 만날 세계』. 2021년 제8회 〈SF 어워드〉 중단편부문 우수상 수상. 2022년 양성평등문화상 신진여성문화인상 수상.

1

 장형철 씨는 내가 스마트보디® 갱신센터에서 업무를 시작한 초창기에 만난 시술 대상자였다. 그의 첫인상은 특이했다. 특별하고 매력적이란 뜻은 아니고 솔직히 말하자면 그 반대였다. 옛날 잡지에서나 본 듯한 레트로한 옷차림과 머리 스타일, 구식 안경에 먼저 눈길이 갔다. 무엇보다 심히 불안해 보였다. 원만한 대화가 이뤄지기 힘들 거란 예감을 주는 뿌연 안경 속 눈빛을 보며 나까지 긴장했다. 그는 심각한 약시라고 했다. 약시인 사람은 처음 봤다. 사실 센터에서 일하면서 약시라는 용어를 처음 들었다. 그는 제3의 눈도 착용하지 않았다. 나는 그에게 우리 회사에서 제공 가능한 제품군 특성과 시술 방식을 설명했다. 내 업무는 매뉴얼 화면을 넘기며 시술자에게 하나씩 내용을 읽어주는 일이었다. 의외로 단순한 업무가 아니었다. 시간대를 헷갈릴 정도로 시대 리터러시가 낮은 '시대 지체자'들을 상대하는 일이었다. 상세하고 친절한 안내가 필요한 고객들이기에 회사는 이 업무에 AI가 아니라 나 같은 사람을 채용했다.

"제 3의 눈이란 후방카메라에 비친 정보를 본인의 유효 시야 안에 포함되도록 보조하는 시술입니다. 백미러 방식과 시야 연장 방식이 있습니다. 물론 설정 메뉴에서 추후 변경하는 것도 가능합니다."

스마트보디®가 상용화되기 전, 불과 수십 년 전만 해도 생체 그대로인 플랫 보디를 지닌 사람들이 다수였다. 지극히 비좁은 시야를 통해 세상을 보았다지. 내가 현재 보고 있는 정보 중 고작 반밖에 인지하지 못하며 산 거다. 사각지대에서 다가오는 위험에 특히 속수무책이었다. 시야 확보를 위해 항시 번잡하게 움직여야 했다. 두리번거린다는 표현을 옛날 책에서 읽었는데, 오늘 그를 보니 사어가 된 바로 그 단어가 떠올랐다. 그는 한쪽 렌즈에 금이 간 구식 안경을 붙잡고 다른 한 손으로 벽을 짚으며 상담실 안을 서성거렸다. 나는 설명을 잠시 멈추고 그가 안정을 찾을 때까지 기다렸다. 음료와 함께 건넨 물수건이 책상 위에서 점점 말라갔다.

그가 이 시대에 사는 사람이었다면, 하고 상상하니 그의 처지가 안쓰러웠다. 시력 교정 같은 저렴한 시술을 받지 못한 건 부모나 가족의 무관심, 학대를 암시하는 거니까. 그가 거쳐온 전근대적 구시대를 상상하며 그의 행색을 바라보고 있자니 더욱 가여웠다. 오는 길에 넘어지기라도 한 걸까? 옷은 더러웠고 여기저기 찢겨 있었다. 무릎과 뒤통수에는 검고 더러운 얼룩이 눌어붙어 있었는데 핏자국처럼 보이기도 했다. 일찍 제 3의 눈을 시술받았다면 지금보다는 조금 일찍, 조금 더 안전하게 살아왔을 텐데…….

시대 지체자들은 알츠하이머 환자와 유사한 치료와 돌봄을 받았다. 이들은 단순한 가전제품도 사용할 줄 몰랐다. 생체 열감 스캐닝 위치를 몰라 문밖을 나서지 못했고 심지어 뚜껑을 열 줄 몰라 밥솥의 밥을 먹지도 못했다. 상당히 직관적인 UI인데도 그랬다. 물품 자체를 처음 보는 걸 테니까. 이들은 몸의 시간이 정지한 상태로 미래로 건너온 사람들, 시간 감각이 정체된 연유로 이 시대의 모든 존재와 불화하는 사람들이었다. 우리 회사는 이들에게 사회 복귀에 필요한 제반 서비스를 지원했다.

회사는 이들을 '일종의' 냉동 인간이라고 불렀다. 그런데 냉동 인간 기술은 요즘도 상용화된 기술이 아니다. 입사 당시 설명을 들었을 때도 느꼈지만 '일종의'라는 수식어가 줄곧 미심쩍었다. 비싼 시술 없이 안티에이징 신체를 보유한 사람들이라는 생각에 부럽기도 했으나 이들이 겪어야 하는 복귀와 재활은 미용과는 비교할 수 없을 정도로 차원이 다른 이야기였다. 새로운 시대를 맞이하려면 개인의 의지 이상의 것을 사회가 지원해야 한다. 미래복지부 협력 기관인 우리 회사가 이를 돕고 있다.

점점 상담을 종료할 시간이 다가왔고 나는 빠르게 매뉴얼을 읽기 시작했다. 정해진 업무를 정해진 방식대로 수행하지 않으면 또 매니저에게 한 소리를 듣고 말 거였다. 매니저는 최악의 상사였다. 나이도 나와 엇비슷한데 이런 꼰대가 세상에 없었다. 그는 자신을 자주 베테랑이라고 불렀는데, 원래 뜻인 '퇴역 군인'을 함의한 거라면 달리 더 어울리는 말이 없을 정도였다. 첨단장비를 갖춘 군사전문가가 다 매니저 같진 않을 테고 1, 2차 세계대전 때나 쓰던 구식 장비에 익숙한 사람이랄까? 회사는 도대체 어디서 이런 사람을 불러왔을까? 듣도 보도 못한 스타일의 매니저를 상사로 모셔야 하는 게 업무 중 가장 버거웠다.

나는 장형철 씨에게 곧장 동의서 작성을 독촉했다.

"시술 비용은 미래복지부 긴급구호사업, 시대 지체자 지원 보조금으로 전액 충당됩니다. 본인 부담은 일절 없어요. 아시겠죠? 이 시대의 일원이 되겠다는 이 확약서에 서명하시면 바로 시술을 집행합니다. 시술 후 통증은 거의 없고요. 3일 이내에 완료됩니다. 동의하시겠습니까?"

'시대의 일원'이 되겠느냐는 거창한 구호가 멋쩍었다. 공문 속 얄팍한 문장이 주는 거북함을 애써 외면하며 나는 그를 안내했다. 우리 시대가 옛날보다 진보한 곳인지 나는 모른다. 하지만 적어도 장형철 씨가 지닌 장애는 우리 시대의 기술로 완치할 수 있다. 그러니 약시에만 한정한다면 극복이나 진보란 말을 써도 좋지 않을까? 당신의 해당 문제점은 극복 가능합니다.

그는 자리에 앉지도 않고 계속 목소리를 높였다.

"딸을 만나러 가려던 길이었다고요! 근데 여기선 내 딸이 절 알아보지도 못하잖아요!"

장형철 씨는 시술 따위에 아예 관심이 없었다. 생존에 필요한 긴급하고도 유용한 시술에 이렇게 무관심하다니. 그는 동의서를 앞에 두고도 이전 시간만 떠올리는 듯 명한 표정을 지었다. 나는 그의 심경을 이해해보려 노력했다. 시간을 훌쩍 뛰어넘어 이곳에 왔다. 인생에 얼마나 커다란 공백을 안고 있는 걸까?

"살아남은 나를, 내 딸이 아버지라고 여기지 않는단 말입니다."

그는 소식을 듣고 센터로 찾아온 딸과 차마 대면하지 못하고 먼발치서 바라보았다고 했다. 딸은 현재 52세, 그는 자신이 현재 서른 살이라고 말했다. 1952년생이라면 원래 나이는 여든. 서른 살 얼굴을 한 노인이었다. 자신보다 훌쩍 나이가 많은 중년 여성을 딸이라고 부르면서 가까이 가지 못하는 처지. 혼란스럽고 분열적인 상황일 것 같았다.

사흘이 지나면 희망해도 시술을 할 수 없다. 빨리 확약서를 작성해야 했다. 연민이 들어 나는 그를 달래기 시작했다.

"저는 장형철 님이 이 시대에서 잘 적응해 정착하도록 돕고 싶어요. 당신이 이 시대에서 재활할 의지가 있으시다면요."

줄곧 불안해 보이는 그에게 이번엔 강하게 말했다.

"여기서는 아무도 당신을 지켜주지 못해요. 각자 생존해야 하는 시대죠."

나중에 베테랑 매니저가 상담 로그를 본다면 또 잔소리하겠군. 시술 대상자에게 진짜 마음을 말할 정도로 나는 초짜였다. 쓸데없는 소리를 했나 싶었는데 그가 나를 처음으로 지그시 바라보았다. 더 말해보라는 뜻으로 알고 나는 속마음을 더 털어놓았다.

"장형철 님이 어쩌다 시대에 뒤처진 건지, 어떻게 여기에 도착한 건지 저는 자세히 모르지만 강해지셔야 해요. 이곳에선 아무도 우릴 지켜주지 않아요. 112를 눌러도 경찰은 오지 않고요. 동화책 아닌 현실에서 구급차나 소방차 사이렌을 들어본 적이 없어요. 플랫보디를 가진 사람들은 그냥 집에 계속 머물러야 해요. 주 120시간씩 과로를 해도 최저임금이 적용되지 않고요. 오염 물질 때문에 스마트보디®가 없으면 한 발자국도 밖으로 나갈 수 없어요. 연약한 사람은 그냥 부서져 가루가 됩니다. 약한 사람일수록 아무렇게나 내버려 두는 잔혹한 세상이에요. 그러니 최소한의 생존 방식은 스스로 갖춰야 해요. 이대로 시설을 나가면 살아남을 수 없습니다. 살아야 딸을 만나 이야기라도 할 것 아닙니까? 다행히 지원금도 받을 수 있고 시술을 통해 약시도 치료가 가능합니다. 이곳도 천국은 아니지만 장형철 님이 머물렀던 시절보다는 훨씬 진보한 세상이에요. 아, 기술적으로요."

결국 매뉴얼에 쓰인 것 이상의 말을 하고 말았다. 매니저는 이 상황을 상담사의 유연한 대처로 볼 것인가, 돌발 행동이라 볼 것인가. 매니저의 그날 기분에 따라 달라지겠지.

그는 고개를 폭 숙인 채 자신의 시대는 더하다고 대꾸했다. 나는 속으로 약간 코웃음을 쳤다. 이것 보세요. 2027년 공법 체계 대붕괴 사건 이후로 대한민국엔 법과 치안이 작동하지 않아요. 부서진 도로는 정비되지 않고 강물은 정화되지 않아요. 공교육과 공공 의료가 무너진 지 오래고요. 자신의 시대가 더했다니, 당신은 정말 앞날을 한 치도 모르는 사람이군요.

그는 잠시 고민하더니 선언하듯 말했다.

"아내와 딸이 저를 기다리고 있어요. 눈 시술 좀 받을 수 있다고 여기서 혼자서 살 순 없어요. 눈이 잘 보이면 뭐 합니까? 볼 사람이 없는데."

"따님 여기 계시잖아요?"

장형철 씨는 단호하게 고개를 저었고 돌아가겠다고 했다. 그는 줄곧 고집스러웠고 3일 후 모습을 감췄다. 그가 어디로 간 건지, 원래 살던 곳으로 잘 돌아간 건지 알 수 없었다. 그가 떠난 후 나 역시 그를 잊었다. 사실 업무로 만난 수많은 시대 지체자 중 단 한 사람도 기억에 남지 않았다. 솔직히 기억에 담아두기 어려웠다. 한 사람, 한 사람 사연이 다양했고 복잡했고 너무 버거웠다. 나로선 잘 이해되지도 않았다. 게다가 다들 고집이 세서 간단한 동의서에 날인하는 일도 어려웠다. 확약서 날인 실적이 낮아 나는 매번 업무 평가에서 사내 최저점을 기록했다. 종일 매니저의 폭언에 시달리다 귀가하면 모든 걸 잊고 싶었다. 타인의 어마어마한 사연을 차곡차곡 마음에 담아두기엔 나란 인간의 그릇은 너무 작았다.

베테랑 매니저는 사사건건 나를 핀잔했고 의도적으로 모욕을 줬다. 어떤 순간엔 과단성을 언급하며 나를 우유부단하다고 비난했고, 또 어떤 순간엔 유연성을 언급하며 나를 고지식하다고 경멸했다. 사실 명확한 기준은 없었다. 나도 알고 있었다. 매니저의 기분이 좋으면 어떤 사안은 묵인됐고, 기분이 나쁘면 어떤 사안은 도무지 묵과할 수 없는 일이 됐다. 시시때때로 변하는 불확정적인 말들이 사방을 떠돌았다. 권력을 가진 사람의 즉흥적인 기분이 그럴듯한 이름을 얻었다. 그런 말들 속에 있으니 세상이 허술해 보이기만 했다. 퇴역 군인의 아전인수적 태도에 휘청휘청 휘둘릴 정도였다.

2

한편 스마트보디® 갱신센터에서 만난 사람 중 가장 재활 의지가 뚜렷한 사람은 신해동 씨였다. 형식적인 설명회가 끝나자마자 그는 지원받을 수 있는 모든 혜택을 달라고 요구했다. 스마트보디® 업그레이드는 물론이고 생활비 지원, 주거지 지원, 장애 등록 제도인 슬로보디 신청 등 행정 절차를 확인했고 매 사안 꼼꼼하게 질문했다. 1인 가구 생활비 지원 안내문을 훑으며 혼잣말도 했다.

"흠, 이혼해야겠군."

60대로 보이는 여성이 시술실 앞 복도에서 신해동 씨를 기다렸다. 혼자 세월의 풍파를 맞은 그의 늙은 아내였다. 신해동 씨는 그의 아들, 아니 손자 정도로 보였다.

그는 빠르게 재활 과정을 밟았다. 시각, 청력, 피부 및 근력 강화 시술을 받았다. 최신 스마트보디® 업그레이드 임상시험에 피험자로 참여하기를 희망했다. 늦춰진 자신의 시간을 단번에 복구하려는 듯, 이 시대의 기준치까지 훌쩍 뛰어넘겠다는 듯. 사리에 밝은 눈을 가진 그는 한숨을 쉬며 혼잣말을 했다.

"거기서 괜히 쓸데없이 고민하며 살았잖아."

이곳에 살기로 결심하고 자신의 시대를 마음속에서 포기해버리는 말 같았다.

재활 훈련까지 성공적으로 마친 뒤 신해동 씨는 미디어에 자주 얼굴을 비췄다. 내가 알기로 시대 지체자들 중 미디어에 노출된 사람은 그가 처음이었다. 그는 화술이 아주 좋았다. 시대 지체자들이 겪는 특별한 경험에 대해, 갑자기 인생에 커다란 공백이 생긴 일, 젊은 나이로 일찍 받아 안게 된 미래에 대해 말했다. 그는 자기 삶의 고통을 이야기한 뒤 벅찬 목소리로 언제나 세상을 긍정했다. 자신에게 훌쩍 다가온 진보한 세상에 찬사를 보냈다. 그는 작가가 되어 책을 출간했다. 『성큼 다가온 미래』라는 그의 책은 베스트셀러가 되었고 책을 원작으로 한 드라마에도 출연했다. '긍정 에너지 시간여행자'라는 별칭도 얻었다. 그의 말을 듣다 보면 조금 헷갈렸다. 더러운 강물이 썩어가는 이런 시대도 누군가의 관점에서 보면 천국이라는 뜻이 되려나. 경찰차도 구급차도 소방차도 볼 수 없는 이 시대를 긍정하지 못하는 사람들에게 신해동 씨는 아름다운 말을 건넸다. 나 같은 사람도 사는데, 정작 이 시대에 태어난 너는 왜 누리지 못하느냐고. 그의 말이 힐난으로 들린 건 나처럼 마음이 꼬인 사람들뿐일까?

재활 훈련이 끝나 퇴소할 즈음 신해동 씨의 늙은 아내가 복도에서 중얼거렸던 말이 떠올랐다.

"남편이 그때 갑자기 사라지지 않았다면 세상이 달라졌을 텐데."

40여 년의 공백을 통과해 나타난 그는 40년 전이었다면 하지 않았을 말을 했다.

"주변을 한번 봐. 세상은 한 치도 바뀌지 않았잖아? 그때라고 내가 무슨 힘이 있었겠어. 이렇게 건너온 게 차라리 잘됐어."

이곳에서 신해동 씨는 전보다 안락한 삶을 손에 넣었다. 성공적인 미래를 획득했다. 그는 자신의 시대를 잠시 놓쳤지만 여러 한계와 제약을 극복해 새로운 시대에서 인생의 두 번째 기회를 얻었다. 시대와 불화하지 않으면서도 행복을 거머쥐었다. 젊은 몸으로 스마트보디®를 얻어 일찍 미래를 누리게 됐으니까. 인생은 행운이라고 했으니까.

신해동 씨가 유명인이 된 후 그의 가족들이 인터뷰를 통해 변해버린 그를 힐난했다. 인터뷰에서 그의 아내는 '저들'의 존재에 대해 언급했다.

"저들은 치밀합니다. 젊고 정의로웠던 내 남편을 억지로 이곳으로 끌고 왔어요. 남편에게 미래를 보여주곤 낙담하게 만든 겁니다. 네가 아무리 발버둥 쳐봐야 세상은 꿈쩍도 안 한다고 아주 강렬하게 회유한 겁니다. 그동안 남편이 죽은 줄로만 알고 살았어요. 젊은 플랫보디로 돌아왔다고만 생각했는데 남편의 마음에 그토록 커다란 공백이 새겨진 줄은 몰랐어요."

어딘지 기이하게 느껴지는 인터뷰였다. 나는 그 사연도 그냥 잊고 말았다. 신해동 씨처럼 성공한 사람의 사연까지 알고 싶지 않았다. 내 일상은 한층 더 복잡하고 구차해졌다. 폭언을 쏟으면서 이게 다 날 위한 다정함이라고 말하는 베테랑. 월급을 이유로 상사의 가스라이팅을 언제까지 참아줄 수 있을지 나조차 확신이 들지 않았다.

어느 날, 아주 사소한 일에 피로를 느껴 퇴사를 결심했다. 작은 물 한 방울로 댐이 무너지는 순간이었다. 매니저와 상사, 동료들이 하나같이 옛날 영화 속 인물 같았다. 철 지난 영화 같은 사건들에 무심한 척하는 것도 버거웠다. 시대와 불화하는 사람은 시대 지체자뿐만이 아니었다. 사실 나 역시 이 시대와 맞지 않았다. 세상의 진보나 발전, 작은 개선 따위를 생각할 여유조차 없었다. 하루하루 천정부지로 솟구치는 물가와 반비례하는 월급으로 일상을 버티는 일이 더 시급했다. 어찌 된 일인지 매년 조정위원회를 거칠 때마다 자꾸만 깎이는 최저 시급은 올해는 결국 5천 원대로 떨어지고 말았다.

회사 밖에서도 언제나 분노할 일, 자극적인 문제가 있었다. 이렇게 타올라도 되나 싶을 정도로 타오르고 또 타올랐다. 항시 뜨거우면서도 얼음처럼 차갑고 냉랭한 상태였다. 뜨겁든지 차갑든지 내 상태를 제대로 정의하고 싶다는 마음이 든 어느 날, 베테랑 앞에서 퇴진을 선언했다. 완벽한 투항이었다. 더 이상 이런 식의 생존 투쟁은 할 수 없습니다, 사령관님! 이런다고 당신이 나를 전쟁터에서 지켜준다는 보장도 없지 않습니까? 나야말로 냉동되어 100년쯤 뒤에나 깨어나 재활을 지원받고 싶었다. 그런데 시간 이동 시설은 도대체 어디에 있는 거지? 어떤 사람이 선택되어 시간 이동을 하는 걸까?

퇴사 신청서를 제출한 날, 상담실이 늘어선 우리 부서 앞복도를 천천히 걸었다. 떠날 생각을 하니, 이젠 내가 이 조직의 일원이 아니라 생각하니, 그제야 보이는 것들이 있었다. 사실 그동안 똑똑히 보고 있으면서도 애써 보지 않으려 했던 것들이었다.

무슨 기술인지 도통 원리는 모르겠지만 회사는 과거에서 계속 사람들을 데려왔다. 그들의 미래인 현재의 세상을 보여주고 안락한 삶을 약속했다. 그리고 역시 무슨 원리인지 모르겠지만 3일 이내에 시술을 완료하지 않으면 그들은 원래 있던 시대로 돌아갔다. 많은 사람이 시술을 받은 뒤 미래에 남았고 또 많은 사람이 시술을 거부하고 원래 살았던 자신의 시대로 돌아갔다.

미래복지부와 우리 회사가 제공한 시술과 지원이 그들의 결심을 결정한 핵심은 아닐 것이다. 매니저는 말했었다. 그냥 우리 시대를 설명해주기만 하면 된다고. 있는 그대로 보여주기만 하면 체념하기 쉬울 거라고 말했다. 상품만 좋으면 상품을 파는 일, 소비자의 마음을 '굴복'시키는 일은 쉽다고도 말했다. 과거에서 온 이들은 자신들이 꼭 마주하고 싶었던 미래가 이곳에 없다는 것을 보았을 것이다.

신해동 씨처럼 많은 사람이 이곳에 남았다. 시대 지체자들이 이 시대에 남기로 결심하면 원래 살았던 곳에선 그의 존재가 사라지겠지. 그렇다면 그 시대는 어떻게 됐을까? 한 사람이 사라진 곳엔 공백이 생길 것이다. 문득 상상했다. 우리의 과거는 그런 식으로 계속 헐거워진 건 아닐까?

우리 회사에 엄청난 지원금을 주고 있는 미래복지부는 자신들이 원하는 대로 과거 사람들을 꾸준히 미래로 소환하고 있었다. 베테랑이 전에 말한 바에 따르면 과거에서 한 사람을 소환해 오는 데에는 상당한 비용이 든다고 한다. 그렇게 공을 들일 정도라면 그들은 과거에 꽤 중요한 사람은 아니었을까? 미래복지부는 그 사람의 마음을 바꾸어 과거를 바꿔내고 있었다.

그런 상상 끝에 떠올렸다. 듬성듬성 이가 빠진 퍼즐처럼 중요한 요소가 빠져버린 어떤 그림. 어쩌면 우리 과거는 이전에는 조금 더 밀도가 높았을지도 모를 일이다. 신해동 씨가 자신의 시대에 남아 활약했던 세상은 지금과는 달랐을지도 모른다. 보장된 안락함을 보고 간단히 자기 인생을 바꾸는 그가 과거에 남았다면 어떤 역할을 했을지, 그 누구도 알 수 없지만. 그런데 반드시 돌아간다고 말했던 장형철 씨는 어디로 갔을까?

장형철 씨를 생각하며 옛날 기사를 살펴보았다. 1952년생인 사람이 서른 살, 만 스물여덟 살쯤에 경험했을 사건. 1980년, 지금은 이름이 바뀐 옛 빛고을에서 대규모 폭동이 있었다. 북괴의 지령을 받은 세력이 난동을 부려 무고하고 선량한 시민들까지 피해를 입었다. 공영방송 건물까지 불을 지른 악질 테러리스트를 저지하기 위해 신군부와 진압군이 현장에 투입되어 순국했다. 빛고을 대테러 참사 추모회 특별 사이트를 둘러보다 나는 당시 자료 사진 속에서 그를 발견했다. 사진 한 귀퉁이에 잔뜩 어깨를 움츠리고 무릎을 꿇고 앉아 있는 한 사람이 보였다. 더러운 옷차림과 핏자국, 불안한 표정이 낯익었다. 장형철 씨였다.

진압 용사 추모회가 작성한 설명문을 읽으며 위화감을 느꼈다.

시각장애인 장형철은 평화진압군의 평화 유지 활동에 협조하지 않았다. 지시를 거부하고 다른 방향으로 이동했고 질서에 반하는 행태를 보여 첫 테러리스트로 체포되어 그 자리에서 사살되었다. 신군부에 대항한 첫 테러리스트였다. 그는 딸을 만나러 가는 길이라고 주장했으나 추모회는 그의 사후, 외조부가 북한에서 월남했다는 사실을 판명했다.

상담실에서 만났던 그의 흐트러진 옷차림과 얼룩이 떠올랐다. 그는 이 현장에서 미래로 불려 온 거였나? 그렇다면 자신이 돌아가면 죽을 거라는 것까지 예감했을까?

3

퇴사 결재를 올리자 대놓고 나를 욕하는 매니저의 목소리가 종일 플로어에 울려 퍼졌다.

"저런 연놈들이 어딜 가나 꼭 민폐를 끼쳐요. 내가 지를 어떻게 키웠는데 다 차려진 밥상에 앉아서 밥도 못 먹냐고. 요즘 2백만 원만 줘도 일하겠다는 사람이 넘치는 마당에 콧대 높여 봤자지? 폐지 주우며 사는 데에도 머리가 좀 있어야 하거든?"

매니저도, 그의 말에 웃으며 맞장구치던 동료들도, 말 그대로 구시대 사람들이었다. 전체주의적 사고에 익숙한 시절, 과거에서 불려와 채용된 사람이었다. 그 사실은 퇴사한 이후에 알았다.

매니저가 미래복지부의 거대한 역사 전복 사업을 기획한 자도 아니며 프로젝트를 리드할 정도의 권한이 없다는 것도 잘 안다. 그는 그저 회사의 충직하고 고분고분한 노예일 뿐이다. 어쩌면 나와 입장이 다르지 않다. 하지만 그를 보면 미래복지부 사람들에게도 그에게도 똑같은 의문이 들었다. 저들은 자신들의 말과 행동이 부끄럽지 않은 걸까?

사실 답은 알고 있었다. 매니저도 회사도 마찬가지였다. 부끄러울 필요가 없는 거다. 부끄럽다는 건 자신의 실수나 과오를 돌이킬 수 없는 평범한 사람들이 느끼는 감정이다. 돌이킬 수 없다는 좌절, 다 망쳐버렸다는 절망, 도저히 회복할 수 없다는 공포는 모든 이에게 똑같이 작동하지 않는 거다.

미래복지부는 끊임없이 과거를 만회했다. 자신들의 입장과 관점을 완벽한 진실로 만들기 위해 다른 이들의 삶을 간편하게 바꿔버릴 정도로 기꺼이. 저들은 부끄럽다는 감정을 느낄 이유가 없다. 언제든지 바꿔치울 수 있으니까. 매니저가 당당한 태도를 보일 때면 정말 무서웠다. 이미 마음이 굴복해서가 아니라, 저들만이 가진 도구가 너무 압도적이라는 사실 때문이었다.

저들이 지정하기만 하면 모든 이들은 시대 지체자가 되고 만다. 단순한 사실이 간편하게 타락하고 마는 시대의 역행. 깨끗한 강물을 보고 싶다는 희망은, 소박하게 꿈꾸는 조금 더 나은 미래는, 끝끝내 만날 수 없을지도 몰랐다. 기술의 진보라는 우아한 말 속에 숨은 강렬한 무력감. 수질 정화 시설이 작동하지 않는 첨단의 시대에 사는 우리가 매일 맛보는 맹독의 맛이었다.

시대 지체자들이 이 시대와 불화하지 않도록 도왔던 지원 업무가, 내가 복무해온 일의 의미, 내가 애써 외면해온 사실이 몽땅 부끄러웠다. 나는 사내 시스템에 접속할 수 있는 마지막 순간까지 그동안 내가 응대해온 시대 지체자들의 기록을 따로 적어두기 시작했다. 사례를 모아보니 시기와 사건에 일정한 패턴이 보였다. 1923년 간토대지진 불순 조선인 우물 독 살포 사건, 1947년 제주 남조선 로동당원 선동 폭동 사태, 1980년 5월 구 빛고을 남파 간첩 대규모 테러 사건, 1987년 6월 반사회적 개헌추진 세력 서울역 점거 사건, 2016년 무차별 촛불 테러까지……. 다이내믹함으로는 내로라하는 대한민국에선 왜 이토록 유난히 반사회적 활동이 반복되어온 걸까?

장형철 씨의 심경이 궁금했다. 직업인으로선 그가 약시를 치료하기 바랐지만 개인인 나로선 그의 삶을 함부로 비평할 수 없었다. 북괴의 지령을 받아 평화 유지 활동을 의도적으로 방해했다는 기록은 믿을 수 없었다. 다만 인생에 큰 공백을 가졌다고 생각했던 그가 달리 보였다. 음울하게 연출된 추모회 사이트 화면을 통해서도 그가 자기 시대에 공백을 만들지 않았다는 사실만큼은 똑똑히 확인할 수 있었다. 그런 사람들이 있었다. 평범하기에 무력함을 느끼는 사람들, 평범한 절망을 아는 사람들이 만들어낸 시대가 있었다.

회사 시스템에 기록된 데이터를 모두 외워 집에서 기록 노트를 만든 직후 나는 퇴사했다. 내가 만난 시대 지체자 리스트를 클라우드에 저장해두었고 혹시 몰라 노트를 종이로도 출력해두었다. 그날이었다. 완성한 노트를 집어 든 순간, 이상한 경험을 했다. 주변 풍경이 바뀌었고 극심한 어지러움을 느껴 바닥에 주저앉았다. 잠시 후 눈을 뜨니 회사 상담실이었다. 상냥한 목소리 톤의 누군가가 내게 괜찮냐고 물었다. 괴상한 옷을 입은 안내자가 내게 말했다. 여기는 2130년, 시대 지체자 케어센터라고, 이곳의 설비와 장치와 새로운 삶의 방식을 즐기라고, 준비된 모든 것을 자신의 현재로 여기라고. 이 시대에 머물 것을 결심하면 시대와 불화하지 않을 거라고. 구식 스마트보디를 업그레이드시켜주겠다고. 그가 내게 확약서에 사인을 종용했다.

"이 시대의 일원이 되겠다고 확약서만 쓴다면 바로 시술을 집행합니다. 동의하시겠습니까?"

이상했다. 나는 허약할 정도로 평범한 사람인데, 최저임금도 받지 못하는 무력한 사람인데, 구세대 관리인들에게 가스라이팅을 당하고도 찍소리도 못 내던 사람인데 왜 내가 미래로 소환되었을까? 나처럼 힘도 없는 사람에게 새로운 시대를 허락하겠다고 제안하는 저들은 누굴까? 기괴한 일이었다. 손에는 달랑 노트가 한 권 들려 있었다.

나는 잠시 생각할 시간을 달라고 말하고 방 안을 둘러보았다. 강물이 정화된 것인지 깨끗하게만 보이는 2130년의 풍경이 창밖에 보였다. 불안해 보이는 나를 다독이듯 안내자가 부드러운 표정을 보이며 음료수와 물수건을 건넸다.

이곳 갱신센터에서 일하면서 나는 내가 늘 세상의 파편 같다고 생각했다. 퍼즐의 한 조각도 채 되지 못한 일부. 조각 중에서도 깨진 쪼가리. 조각난 파편도 그림의 일부라고 불릴 수 있을까? 나라는 개인은 절대로 알 수 없는 법칙 위에 머물며 살아갈 뿐이었다. 이리저리 배치되어 살다 지쳐갔고 그러다 영원히 고정적이고 확정적인 것이 없다는 거짓말 속에, 진짜와 가짜라는 구분 따위 세상에 아예 존재하지 않는다는 허무한 사실 속에 놓이곤 했다.

바깥 풍경이 보이는 커다란 창문 한구석, 작은 픽셀이 튀어 색깔이 달라 보였다. 그제야 그게 창문이 아니라 스크린이라는 걸 알았다.

여기 머문다면 지금보다 나는 더 부끄러울 것이다. 돌이킬 수 없는 사람들만이 아는 감정이 내 안에 남아 있다는 사실이 조금 기뻤다. 나는 내 시대에 공백을 만들지 않기로 마음을 정했다. 평생 단 한 번도 본 적 없는 깨끗한 스크린 속 강물이 내게 말해주는 듯했다. 이곳의 모든 것과 불화할 때 제대로 살고 있는 거라고.

창문 귀퉁이에 이가 빠진 듯 붉은 픽셀이 깜빡이고 있었다. 그 공백은 작지만 가장 선명했다.

* 5·18 광주민주화항쟁 첫 희생자인 김경철 씨는 청각장애인이었습니다. 김경철 씨를 비롯한 국가폭력 희생자들의 명복과 안식을 기원합니다.

이토록 아름다운 세상에서

지은이 정보라 외 19인
펴낸이 김영정

초판 1쇄 펴낸날 2022년 10월 28일
초판 3쇄 펴낸날 2023년 5월 25일

펴낸곳 (주)현대문학
등록번호 제1-452호
주소 06532 서울시 서초구 신반포로 321(잠원동, 미래엔)
전화 02-2017-0280
팩스 02-516-5433
홈페이지 www.hdmh.co.kr

ISBN 979-11-6790-134-7 (03810)

* 책값은 뒤표지에 있습니다.